정신병동 수기

Aufzeichnungen aus dem Irrenhaus
by Christine Lavant

All rights reserved by the proprietor throughout the world in the case of brief quotations embodied in critical articles or reviews.

Korean Translation Copyright © 2025 by Moonji Publishing Co., Ltd., Seoul

Christine Lavant
Das Wechselbälgchen. Erzählung
Neu hg, und mit einem Nachwort versehen von Klaus Amann
© Wallstein Verlag, Göttingen 2012

Christine Lavant
Das Kind
Neu hg, und mit einem Nachwort versehen von Klaus Amann
© Wallstein Verlag, Göttingen 2015

Christine Lavant
Aufzeichnungen aus dem Irrenhaus
Hg, und mit einem Nachwort von Klaus Amann
© Wallstein Verlag, Göttingen 2016

This Korean edition is published by arrangement with Wallstein Verlag, Göttingen through Bestun Korea Literary Agency Co., Seoul.

이 책의 한국어판 저작권은 베스툰 코리아 출판 에이전시를 통해 Wallstein Verlag와 독점 계약한 ㈜문학과지성사에 있습니다. 저작권법에 의해 한국 내에서 보호받는 저작물이므로 무단 전재와 복제를 금합니다.

Aufzeichnungen aus
dem Irrenhaus

정신병동 수기

크리스티네 라반트 소설집
임홍배 옮김

문학과지성사

크리스티네 라반트 소설집
정신병동 수기

펴낸날 2025년 4월 30일

지은이 크리스티네 라반트
옮긴이 임홍배
펴낸이 이광호
주간 이근혜
편집 김은주 김인숙
마케팅 이가은 최지애 허황 남미리 맹정현
제작 강병석
펴낸곳 ㈜**문학과지성사**
등록번호 제1993-000098호
주소 04034 서울 마포구 잔다리로7길 18(서교동 377-20)
전화 02) 338-7224
팩스 02) 323-4180(편집) / 02) 338-7221(영업)
대표메일 moonji@moonji.com
저작권 문의 copyright@moonji.com
홈페이지 www.moonji.com

ISBN 978-89-320-4366-1 03850

ⓒ Werner Berg / Bildrecht, Wien - SACK, Seoul, 2025

이 서적 내에 사용된 일부 작품은 SACK를 통해 Bildrecht과 저작권 계약을 맺은 것입니다.
저작권법에 의하여 한국 내에서 보호를 받는 저작물이므로 무단 전재 및 복제를 금합니다.

차례

어린아이 7

정신병동 수기 67

마귀 들린 아이 177

옮긴이 해설
_육신의 고통을 이겨낸 영혼의 기록 260

작가 연보 283

일러두기

1. 이 책은 Christine Lavant의 *Das Kind*, Neu herausgegeben von Klaus Amann, 3. Auflage(Göttingen: Wallstein Verlag, 2015), *Aufzeichnungen aus dem Irrenhaus*, Neu herausgegeben von Klaus Amann(Göttingen: Wallstein Verlag, 2016), *Das Wechselbälgchen*, Neu herausgegeben von Klaus Amann, 7. Auflage,(Göttingen: Wallstein Verlag, 2017)을 우리말로 옮긴 것이다.
2. 본문의 주는 모두 옮긴이의 것이다.

어린아이

Das Kind

어린아이들에겐 진실이 드러날지니.*

1

긴 복도가 있다. 복도 좌우로는 흰색으로 칠한 문들이 있다. 흰색으로 칠한 많은 문들. 그 위쪽, 어쩌면 거기서 하늘 언저리가 시작될지도 모를 아득히 높은 그 위쪽은 아무리 눈을 치켜떠도 보이지 않고, 거기에는 뭔가 검은 것이 아른거린다. 이 검은 것이 무엇인지는 아마 죽은 후에나 알게 될 것이다. 죽으면 모든 것을 알게 되니까.

아이는 이런 생각을 한다. 지독한 근시여서 방문마다 번호가 쓰여 있다는 것을 전혀 알지 못한다. 그저 문일 뿐인 진짜 문은 이렇지 않다. 하긴 진짜 문도 정말 신기하다! 집

* 마태복음 11장 25절: "그때에 예수께서 대답하여 이르시되 천지의 주재이신 아버지여 이것을 지혜롭고 슬기 있는 자들에게는 숨기시고 어린아이들에게는 나타내심을 감사하나이다."

에 있는 방문도 정말 신기해 보인다. 얼룩이 묻어 있는 갈색 방문은 엄마가 크리스마스나 부활절 전에 물걸레로 닦아내면 정말 낯설어 보인다. 방문은 겨울에 가장 보기 좋다. 겨울이면 문의 위아래와 양옆에 낡고 거친 모포의 자투리 띠를 못으로 박아서 붙인다. 그러면 문에 옷을 입힌 것 같아서 인형처럼 옷을 벗겨주고 싶지만 아빠가 못 하게 한다. 그래도 집에 있는 방문은 진짜 문이고 좋은 문이며, 여기 이 문들과는 다르다. 이 문들은 어떻든 진짜 문이 아니다. 진짜 문인 체할 뿐이다. 이 문들은 전혀 다른 것이고, 영원처럼 끝없는 복도의 일부다.

복도 끝에 흰색으로 칠한 문을 칸막이로 삼아 작은 공간이 있는데, 그 안에는 아주 예쁘고 작은 하얀 의자와 벤치들이 있다. 그 방은 밖에 비가 오거나 날씨가 추울 때를 대비하여 아이들 놀이방으로 꾸며놓은 것이다.

놀이방으로 통하는 이 문은 특별해서 절반이 유리로 되어 있다. 누가 이런 문을 본 적이 있을까?

아이들은 모두 아마 이 문을 통과할 때 약간 겁을 먹지 않을까? 아무렴, 정말 그럴 거다! 그렇지 않다면 어째서 아이들은 영원처럼 끝없이 긴 복도를 지나 남자 병동의 청소 도구실을 지나갈 때 마치 죄지은 어른들처럼 몰래 살금살금 걸어갈까? 그곳에서 아이들은 낮은 발코니를 지나 야외로 나갈 수 있다. 실내는 너무 덥고 너무 깨끗하고, 구석 어디엔가 공도 하나 있다. 밖에는 쌀쌀맞고 짜증스럽게 비가 내린다. 그렇지만 집에서는 절대로 비가 이렇게 내리지 않는다. 집에 있을 때 비가 내려 방 안에 있는 것이 너무 지겹거나 엄마 손님이 낡은 침대 시트를 기워달라고 찾아와서 놀 수 있는 여유 공간이 없어지면 농가의 축사로 가곤 한다. 축사에는 교회처럼 크고 굵은 기둥도 두 개 있다. 머슴은 칸막이로 막아놓은 방에 사는데, 그 방에는 침대도 있다. 신발을 벗으면 그 방에 들어가도 좋다는 허락을 받아 방 안에 앉아서 온갖 생각을 한다. 그 방은 정말 덥다. 다행히 가축들은 모두 매여 있다! 그러니 아무 짓도 할 수 없다.

물론 여기서는 짐승을 겁낼 필요가 없다. 여기에는 짐승이 없으니까. 기껏해야 새들이 있을 뿐이다. 하지만 오늘처럼 비가 내리면 새들도 모두 집에 갔을 것이다. 여기는 분명히 새들 집이 아니니까. 여기가 집인 사람은 아무도 없다. 아플 때만 여기가 집이다. 주임 의사 선생님만 여기가 집이다. 하지만 선생님은 진짜 인간이 아니다. 선생님은 진짜 문이 아닌 문의 저쪽 세계에 속해 있고, 아마 법적 권리상 하늘나라에 살고 계실 것이다. 주임 의사 선생님은 문들 위쪽에 있는 새까만 것이 무엇인지 아실 거야. 선생님은 무엇이든 다 아시니까!

그래, 정말 짜증스러운 비다. 여기서 듣는 빗소리는 오두막과 건초 더미, 축사와 옥수수 울타리에 떨어지는 빗소리 같은 멜로디가 없다. 여기 비는 괭이로 치는 것처럼 딱딱하다. 아마 그래서 창피한 나머지 담쟁이덩굴을 사납게 흔들어대는 모양이다. 병원의 병동 사이를 연결하는 목재 통로의 지붕에 정겹게 붙어 있던 담쟁이덩굴은 사나운 비바람에 떨어져 내려 거친 회초리 모양이 되어버렸다. 그래서 이 아이보다 훨씬 더 용기 있는 다른 아이들조차도 그런 모양새에 질겁한다.

이렇게 비가 오는 날 아이들이 가장 좋아하는 놀이는 자기 집 그리기다. 가장 좋아하는 놀이여서 매번 똑같이 반복하지만, 기분이 나쁜 어른들은 이 놀이에 엄청 짜증을 낸다. 아이들은 두 복도가 만나는 교차 지점에 함께 웅크리고 앉아서 젖은 돌이나 쓰고 버린 탄 성냥개비를 가지고 번갈아 자기 집을 그린다. 한 아이가 자기 집을 그리면 거의 예외 없이 다른 아이가 중단시키고는 거의 매번 이렇게 말한다. "야, 네가 그리는 건 아무것도 아냐! 우리 집은 훨씬 멋져. 자, 내가 그리는 걸 봐! 정말 우리 집은 이렇다니까!" 그러면 계단과 출입문, 그리고 도저히 믿기지 않는 것들이 생겨난다. 정말 이 아이들이 모두 으리으리한 저택에 사는가 보다 하는 생각이 들 정도다. 특히 머리를 근사하게 많은 키다리 소녀는 이름도 근사해서 리젤로테인데, 집 그리기 놀이를 아무리 자주 되풀이해도 매번 모든 아이들을 까닭 모를 경탄에 빠뜨리곤 한다. 아이들은 부러워하는 기색을 조금도 숨기지 않는다. 그 소녀가 그린 집에는 아이들 방이 있다. 이들 중에 과연 누가 아이들 방이라는 말을 들어보기나 했던가? 그러니까 거기선 아이들만, 어쩌면 아이 한 명만 잔다는 것이다. 그게 도대체 말이 되는 걸까? 하긴 오빠는 지하실에서 아무도 없이 혼자 잔다. 기껏해야 손님이 오거나 언니들 중 누군가가 내려갈 때만 혼자가 아니다. 하지만 그건 분명히 아이들 방이 아니다. 지하실에는 백설 공주나 헨젤과 그레텔이 그려진 하늘색 벽도 없다. 누가 그런 그림을 그릴까? 아마 요정이 그리겠지. 그럼 리젤로테는 분명히 아주 착한 아이란 뜻이잖아!

"그렇지." 키다리 소녀가 말한다. "그리고 여기, 여기 좀 보라고! 여기에 피아노가 있거든……"

이건 정말 새로운 거다! 지금까지 피아노는 나온 적이 없다. 이렇게 엄청나게 중요한 것을 정말 그렇게 오래도록 잊어먹을 수 있을까? 아니면 바로 지금을 위해 아껴두었던 것일까?

은근히 불신이 생겨나고 사실상 매우 불쾌해하는 분위기 속에서 여전히 가장 겁이 많은 아이는 뭔지 알 수 없는 볼품

없는 것을 그리기 시작하지만, 이 그림은 다른 아이들에게 눈곱만큼도 별다른 인상을 주지 못한다. 아무렇게나 끼적거린 낙서에 행여 누가 관심을 가질 거라고 생각할 수 있을까. 어림도 없다! 언제나 붕대를 칭칭 감고 있는 아이의 집이 무슨 볼품이 있을까? 이 아이가 얼마나 끔찍한 병을 앓고 있는지 누가 알까? 어떻든 가난병인 것은 분명하다.

정의감을 과시하고—비록 가난에 쪼들릴망정!—귀한 집안 티를 내는 키다리 소녀가 마침내 짐짓 친절한 어조로 묻는다. "어머 얘, 대체 뭘 그리는 거야? 응?" 그러자 다른 아이들도 이쪽으로 눈길을 돌린다. 그렇지만 예외 없이 모두 깔보는 표정이고, 정말 은근히 비웃는다.

아이는 붕대 감은 얼굴을 살짝 숙이면서 대답한다. "아, 이건 그냥 돌이야!" 그러자 페피가 대꾸한다. "아하!" 페피는 어제 지체 높은 삼촌이 다녀갔다. 걔네 삼촌은 급행열차 차장이다! 삼촌은 케이크와 와플 과자를 놓고 갔다. 와플 과자가 어찌나 많은지 아이들이 모두 여유 있게 하나씩 받았다. 페피가 말한다. "아하! 너희 집에는 돌밖에 없구나. 그렇지? 그럼 너희 식구들은 돌바닥 위에서 산다는 거잖아! 그럼 내가 너희 집에 가서 돌을 집어 내던져버리면 너희 식구들은 집도 없어지는 거네!"

"하지만 우리는 분명히 집이 있어. 그럼, 틀림없어! 아주 큰 방이 하나 있어. 그 방에는 뭐든지 다 있다고. 그럼, 재봉틀도 있다니까. 정말이야, 하느님께 맹세해! 재봉틀도 있단 말이야!"

"그래, 그럼 돌은 뭐야?"

"아, 돌은 그냥 그렇게 있는 거야. 집 대문 앞 우물가에 있어. 이 돌은 아무도 못 들어. 엄청 크고 사람을 묻는 관처럼 생겼어. 집 밖으로 나가는 사람은 모두 이 돌을 밟아야 해. 그러니까 엄마도……"

"쟤 또 울잖아, 리젤로테. 네가 그렇게 울면 우리는 모두 안으로 들어가서 수간호사님께 너 혼자 밖에 나갔다고 일러바칠 거야. 그럼 혼날걸!"

"저기 봐!" 리젤로테가 길게 땋은 자기 머리를 얼른 잡고서 말한다. "저기 악마가 온다. 제기랄, 하필 이럴 때!"

물론 진짜 악마는 아니다. 밀짚모자를 쓴 땅딸보 사내일 뿐이다. 그런데 그는 아이들이 있지 말아야 할 곳에 있을 때면 어김없이 나타나는 기분 나쁜 습관이 있다. 물론 아무도 그를 정말로 무서워하지는 않지만, 그래도 그가 나타나면 보통 때보다 일찍 서둘러서 발코니를 통해 실내로 물러나야 한다. 만약 그가 우리가 있는 현장을 덮쳤다면 어떻게 욕을 하며 삿대질을 할지, 우리는 깨끗하고 따뜻한 복도로 안전하게 피신해서 그런 온갖 상상을 하면 정말 짜

릿하다.

아이들은 조금도 스스럼없이 활기차게 유리문을 통해 안으로 들어간다. 아니…… 완전히 맞는 말은 아니다. 겁먹은 아이도 있다! 다른 아이들은 모두 유리문이 아주 평범한 문인 것처럼, 이 문을 통과하는 일이 식은 죽 먹기인 양 지나간다.

그렇지만 언제나 모종의 두려움을 느끼는 아이는 유리문을 통과할 때면 언제나 남몰래 주춤거린다.

유리문을 아무렇지도 않게 지나가면 마법이 일어나지 않을까?「난쟁이 코」*에서도 분명히 이런 유리문이 있었는데도?…… 난쟁이 코는 마녀의 집으로 양배추를 배달해 줘야 했지. 우리 엄마는 절대로 나를 마녀의 집으로 보내지는 않을 거야. 내가 아무리 말을 안 들어도. 그럼 난쟁이 코네 엄마는 혹시 계모였을까? 내가 지금 유리문을 지나가면 무슨 일이 일어날지 어떻게 알아? 바닥이 저렇게 수상쩍게 반짝거리고 심지어 검붉은색이잖아! 게다가 발판도 없고, 쥐구멍도 보이지 않아! 진짜 바닥이라면 쥐구멍이 있어야지. 뭔가 맞지 않아! 어쩌면 유리문을 지나가다가 나도 모르게 갑자기 발에 신발 대신에 호두 껍데기가 달라

---

* 빌헬름 하우프Wilhelm Hauff(1802~1827)의 동화.

붙지 않을까? 다람쥐나 멧돼지로 둔갑하는 건 아닐까? 아니, 돌고래였던가? 결국 그게 그건가?

어떻든 매번 주의해서 살펴볼 필요가 있어. 벌써 안에 들어간 다른 아이들이 진짜 아이들이 맞는지 살펴봐야지. 그런데 신기하게도 아이들은 매번 멀쩡하다.

혹시 아침에 제대로 경건한 기도를 했는지, 혹시 다른 아이들이 더 많이 더 훌륭하게 기도하지는 않았는지, 그래서 마법에 걸리지 않은 것인지 얼른 따져본다. 그러고서 마침내 아이는 최대한 정신을 집중하고 용감한 동작으로 신기한 문을 통과한다.

아, 아무 일도 일어나지 않았다. 전혀 아무 일도! 그래서 안심이 되면서도 마음 한구석에는 아주 은밀히 실망처럼 느껴지는 여운이 남는다.

아이는 언제나 한쪽 구석에 자리를 잡는다. 언제나 구석자리가 제일 좋다. 구석에 있으면 언제나 두 벽이 든든히 지켜주니 친숙한 느낌이 든다. 게다가 이쪽 구석에서는 창밖을 바라볼 수 있다. 아, 얼마나 신기한 창문인가! 물론 진짜 창문은 아니다. 진짜라고 하기엔 너무 크고 게다가 창살도 없다. 어쩌면 창문이야말로 이 병원에서 가장 신기한 게 아닐까? 첫번째 기적이 이 창문에서 일어났고, 밖에서 너무 오래 놀지 않고 그저 정신 차리고 지켜보기만 하면 기적은 매일 일어날 수도 있다. 바로 첫째 날 기적이 일어났다. 병원까지 데려다준 큰언니가 물건을 사러 갔다가 금방 돌아올 거라고 했을 때부터. 하지만 언니는 돌아오지 않았다. 그렇게 해서 언니는 죄를 하나 더 짓게 되었으니, 저녁에 기도할 때 그 죄를 잊으면 안 된다.

그게 정말 기적이었을까?— 이런 은근한 의구심을 끝까지 생각하다 보면 이상하게 지독한 두려움이 생긴다. 왜냐하면 기적이 아니었다면 저 리젤로테라는 키다리 소녀가 뻔히 알면서도 거짓말을 했다는 뜻이기 때문이다. 그리고 거짓말을 했다면 아이들 방도 사실이 아니다. 그렇다면 혼자 자기만의 방을 따로 쓰는 아이는 없는 것이다. 하늘색 벽에 동화 속 인물들이 그려진 방도 없고, 잠자리에 들기 전에 부모님께 인사하고 자기 방으로 간다거나, 침대에서는 휘파람을 불면 안 된다는 것도 거짓말이다. 하지만 베르타 수녀님이 그때 함께 있었는데 "리젤로테, 너 거짓말하는구나!"라고 말씀하시지는 않았다. 그렇다면 리젤로테가 거짓말을 했을 리 없다.

수녀님은 그저 웃기만 했다. 그렇지만 베르타 수녀님 같은 분은 하늘에서 실제로 양탄자가 내려오지 않는데도 누군가가 "정말이야, 하늘에서 양탄자가 내려와"라고 거짓말을 하면 그냥 웃어넘기지 않는다. 그런데 기적은, 엄청난 기적은 하늘에서 양탄자가 내려오듯 찾아온다! 그리고 우리가 아주 착하게 마음먹고 제대로 기다릴 수만 있다면 기적은 매일 일어날 수도 있다. 심지어 오늘이라도, 어쩌면 금방이라도. 처음에는 분명히 으스스한 느낌이 들 것이다. 실내가 아주 어두워지니까. 창문 앞쪽에서는 뭔가 넓은 것이 아주 느리게 내려오면서 이리저리 흔들리는데, 처음에는 종鐘처럼 보이고 그것이 얼마나 아름다운지 제대로 알아볼 수 없다. 그러고는 가만히 매달려 있는데, 아주 가까이 있어서 누군가가 창문을 열어주면 손으로 잡을 수도 있을 것 같다. 하지만 아무도 창문을 열지 않는다. 창문을 열지 않는 것이 오히려 좋을 것이다. 창문을 열면 혹시 부서질지도 모르니까. 창문에는 사람 얼굴처럼 보이는 커다란 꽃들이 피어 있다. 어쩌면 가장 어린 천사들일까?! 새들도 있다. 물론 하늘나라의 새들이다. 저렇게 아름다운 색깔이니까.

어찌서 베르타 수녀님은 이렇게 오래도록 오시지 않는 걸까? 그렇게 멋진 이야기도 들려주셨고 먹을 것도 갖다 주셨는데. 먹을 것은 언제나 리젤로테가 나누어주었다. 혹시 다른 병동의 주임 의사 선생님이 수녀님을 내보내지 않는 것일까? 그렇다면 진짜 주임 의사 선생님이 아니다. 그분은 우리 병동의 주임 의사 선생님과는 생김새가 다르다.

키가 작고 뚱뚱하며, 말할 때 목소리가 종소리처럼 울리지 않고 유리눈*도 안 끼고 있다. 베르타 수녀님이 곧 오시지 않으면 저기 있는 공은 찌그러져 죽을 것이다. 그러면 더는 공을 가지고 놀 수도 없다. 공을 잡으면 튀기는커녕 낡은 누더기처럼 쭈그러든다. 수두를 앓는 소년은 어제 공을 밟기까지 했다. 그럴 필요가 없었는데. 하긴 사내애들은 죄다 그 모양이다. 수두를 앓는데도 그렇다. 그런데 걔는 분명히 아주 가난할 거야. 나보다 더 가난할 거야. 다른 꼬마를 놀리지도 않잖아. 베르타 수녀님이 오시면 금방 공을 발견할 테고 공이 망가졌다는 것도 아시겠지. 더 이상 굴러가지도 않아, 불쌍한 공. 하지만 수녀님은 금방 공을 부엌으로 가져가서 뜨거운 물에 담글 거야. 그러면 공은 다시 극락조처럼 놀라운 푸른색으로 부풀어 오르고 단단해져서 너무 기뻐 팔짝 튀어 오를 거야. 그러면 아이들이 수두 꼬마에게 공을 주면 좋을 텐데. 걔는 가지고 놀 게 아무것도 없으니까. 그런데 수녀님이 물에 어떤 마술을 부리는지 알면 좋으련만. 분명히 강력한 마술일 거야. 집에 있는 오빠가 카드놀이할 때 거는 마술보다 훨씬 더 셀 거야. 오빠는 그냥 이렇게 마술 주문을 외지. "수리수리 마수리 삼

---

* 안경을 가리킨다.

곱하기 칠은 육……" 하지만 베르타 수녀님은 아무 말도 안 하셔. 수녀님의 마술은 아주 깊은 마음속에, 어쩌면 심장 속에 감춰져 있나 봐. 수녀님이 다시 오시면 주문을 분명히 알려드려야지. 하지만 리젤로테가 옆에 있으면 안 되고, 아무도 옆에 있으면 안 돼! 뜨거운 물에 담그면 분명히 아플 텐데. 아니, 결국에는 아프지 않을지도? 수녀님은 착하신 데다 강력한 마술도 부리시니까 어쩌면 전혀 아프지 않게 하실 수도 있을 거야. 갑자기 다른 아이가 되어서 나오면 다들 눈이 휘둥그레지겠지!— 그럼 내 얼굴이 아주 매끈하고 동그랄 거야. 하지만 창백하겠지. 아니, 창백한 것도 예쁘고 매력적이라고 언니가 그랬지. 언니도 얼굴이 창백한데 벌써 숭배자가 여럿이지. 상처도 없어질 테고, 더 이상 붕대로 감을 필요도 없어. 그럼 나는 집에 돌아가 다른 아이들과 함께 어울려서 학교에 갈 테고, 아이들은 화를 내겠지. 이젠 나를 놀려먹지 못하니까. 그래, 그럼 나는 이렇게 말해야지. 위대한 마법사가 고쳐주었다고. 엄마가 마법사의 재킷을 기워주었으니까. 게다가 내가 크면 마법사는 나한테 왕자님도 붙여주실 거라고. 재킷이 새것처럼 말쑥해져서 그저 덤으로 그렇게 보답해주는 거라고. 아뿔싸! 그럼 내가 거짓말을 하는 거잖아. 거짓말을 하면 안 되지. 차라리 아무 말도 하지 말아야지. 거짓말을 하면 결국 나도 못돼먹은 아이가 되니까. 하지만 한 가지는 절대로 잊지 말아야지. 길게 땋은 머리가 필요해! 리젤로테처럼 길게 땋은 머리. 가능하면 리젤로테보다 좀더 길고, 살짝 곱슬머리도 괜찮겠어! 마술이 뭐든지 할 수 있을 만큼 강할까? 사실 눈은 지금 그대로 둬도 괜찮아. 하긴 이틀마다 커다란 주사를 맞고 따가운 가루약을 바르면 엄청 아프긴 해. 그래도 주임 의사 선생님은 이렇게 말씀하시지. "그렇지, 정말 얌전하구나!" 그러면 모든 게 말짱하고 그다지 아프지도 않아. 분명히 연옥이나 지옥에 떨어진 것처럼 아프지는 않아. 의사 선생님이 나를 바라보는 모습이란! 그분의 유리눈은 태양처럼 빛나지. 진짜 눈은 아니야. 분명히 진짜 눈은 언젠가 눈이 완전히 먼 아이한테 선물로 주셨을 거야! 그러고는 의사 선생님은 지난번에 리젤로테한테 그랬듯이 내 머리에 손을 얹으시고 이렇게 말씀하실 거야. "머리가 정말 예쁘구나, 애야!" 그러면 나는 리젤로테처럼 그렇게 멍청하게 웃지 않을 거야. 나는 이렇게 말만 할 거야. "예, 주임 의사 선생님, 하지만 저한테는 필요 없어요. 선물로 줄게!" 아니, 그런 말투를 쓰면 안 되지. "선생님께 선물로 드릴게요! 선생님께 따님이 있다는 거 알아요. 따님은 예쁜 옷을 입었지만 머리가 저처럼 길지는 않잖아요. 그러니 제 머리칼을 가져도 돼요."

그래, 그렇게 말해야지. 정확히 그렇게. 그럼 의사 선생님이 기뻐하시겠지! 그럼 분명히 나한테 "예쁜 녀석!"이라고 하실 거야! 그리고 엄마 손처럼 자상한 손을 내 얼굴에 갖다 대시겠지. 이젠 내 얼굴에 상처가 없고 예쁘니까— 하지만 우리 둘만 있어야 내가 그런 말을 할 수 있는데. 아이쿠, 어떻게 그런 자리를 만들지? 혹시 저녁에 기도를 아주아주 많이 하면 어떨까. 모든 기도를 순서대로 열 번 하는 거야. 파란색 기도, 빨간색 기도, 초록색 기도, 흰색 기도. 조용한 저녁 시간에 하는 빨간색 기도, 주 예수님 기도는 더 자주 해야지. 그 기도는 우단옷처럼 정말 아름다우니까. 하느님, 그 대신 제가 어떻게 하면 주임 의사 선생님과 단둘이 있는 자리를 만들어서 얘기할 수 있는지 꿈에서 알려주셔야 해요. 의사 선생님이 엄청 기뻐하시고 따님도 기뻐할 수 있게요. 그런데 그렇게 빨리 이루어질 수는 없지 않을까? 그러기 전에 우선 내가 마법에 걸려야 하니까. 특히 길게 땋은 머리가 생기려면. 그런데 땋은 머리가 중요한 게 아니야! 분명히 주임 의사 선생님은 상처가 있는 아이 것은 아무것도 따님에게 주지 않을 테니까.

베르타 수녀님이 안 오신 지도 한참 되었다.

그때 키다리 소녀 리젤로테는 얼마 동안 쌓아 올리기 블록을 가지고 놀다가 유리문 밖을 바라보면서 이렇게 말한다. "셸리 수녀님, 그렇게 달리지 마세요! 그러면 폐렴에 걸린단 말이에요!" 그러면 아이들은 모두 식사가 오고 있다는 것을 안다. 리젤로테는 식사가 오면 늘 그렇게 말하고, 그러면 아이들은 모두 한바탕 웃는다. 전혀 웃을 일이 아닌데도 말이다. 셸리 수녀님은 절대로 뛰지 않으시니까. 어떤 경우에도 뛰지 않으신다. 하물며 식사를 가져올 때는 말할 것도 없다. 도대체 리젤로테는 웃기는 애다. 도무지 이해할 수 없는 애다. 어떤 때는 수두 소년이 말을 걸고 싶은 유일한 아이처럼 느껴진다. 그런데 걔는 거의 늘 울어댄다. 정말 자주 눈에 따가운 약을 넣기 때문이다. 게다가 좀처럼 말을 하지 않는다. 하지만 그건 좋은 일이다. 말이 많으면 학교 사내애들처럼 그저 다른 애들 놀려먹는 가락이나 읊어댈 테니까.

아이는 식사 때가 언제나 두렵다. 아침에 일어날 때와 식사할 때는 집 생각이 아주 간절해지기 때문이다. 여기서는 각자 그릇으로 식사를 하니 자기 몫이 줄어들까 봐 걱정할 필요가 없다는 것이 정말 신기하다. 집에서 한번은 큰언니가 식사 중에 잠깐 자리를 비워야 했다. 언니와 오빠들은 차례대로 모두 "하느님께 맹세해!"라며 십자가를 긋고 큰언니가 돌아올 때까지는 식사를 하지 않겠다고 했다. 그런데도 큰언니는 자기 쪽 음식에 침을 뱉었다. 큰언니가 돌아오자 모두 식사를 계속했지만 아이는 먹지 않았다.

지금 여기서 이렇게 낯선 식사를 하면 그때 기억이 무거운 돌덩이처럼 아이를 짓누른다.

언니가 음식에 침을 뱉으면 소름이 돋아야 정상이 아닐까. 그래도 계속 먹어야 할까?

그때 주임 의사 선생님의 커다란 유리눈이 떠오른다. 그리고 그분의 손! 의사 선생님이 너무나 부드럽게 잡아주어 눈꺼풀을 뒤집어도 전혀 아프지 않고, 그럴 때면 너무나 깨끗한 냄새가 난다. 틀림없이 손을 매일 씻으시고, 어쩌면 더 자주 씻으시는 게 아닐까? 분명히 누가 침을 뱉은 그릇으로 식사를 하시지도 않겠지. 그분이 식사하는 그릇도 모두 유리가 아닐까? 한번은 큰언니가 일하는 성에 갔더니 온통 유리그릇을 설거지하던데. 그래, 정말 그랬어. 죄다 유리그릇뿐이었어. 물론 그 그릇들은 만지지 못하게 했지. 그래도 색깔은 환한 제비꽃이나 햇살처럼 아름다웠지. 분명히 주임 의사 선생님도 그런 그릇을, 아니 더 예쁜 그릇을 갖고 계실 거야. 혹시 그릇이 깨지더라도 다시 마법으로 감쪽같이 붙이실 거야. 의사 선생님은 유리눈 뒤에 세상에서 가장 위대한 마법을 감추고 있으니까. 어쩌면 선생님이 눈먼 아이에게 눈을 주셨을 때 요정이 유리눈을 선물하지 않았을까? 선생님은 유리눈으로 모든 사람을 건강하게 낫게 해주시지. 정말이야, 틀림없이 그럴 거야. 어쩌면 요정이 선생님을 더 자주 찾아올지도 몰라. 하늘에서 양탄자가 내려오면 말이야. 다음번에는 어떻게 되는지 정신 바짝 차리고 지켜봐야지.

식사를 하는 중에 벌써 아주 크고 근사한 해가 떴다. 그러면 비는 떠나야 하니 분명히 아주 슬퍼하겠지. 하지만 이제 비는 저 아래 자기 집으로 돌아갔을 테고, 엄마가 창밖을 내다보겠지. 엄마는 창살이 있는 조그만 진짜 창문으로 바깥을 내다보면서 귀염둥이 딸을 생각할까? 사랑하는 하느님, 엄마가 너무 슬퍼하지 않게 해주세요!

셀리 수녀님이 유리문 안쪽으로 소리친다. "얘들아! 밖에 나가서 놀아야지. 얼른!"

"수녀님처럼 그렇게 서두르면 안 돼요. 그럼 폐렴에 걸린다니까요." 당연히 리젤로테가 한 말이다.

아이는 깊은 근심에 잠겨 마지막으로 밖으로 나간다. 기적의 양탄자 때문에 걱정이 되고, 밖으로 나가는 것 자체가 내키지 않는다! 또 달콤하고도 끔찍한 놀이를 해야 하니까! 리젤로테는 이번에도 제일 좋아하는 놀이를 할 것이다. 이 놀이는 근사하지만 큰 죄가 된다! 하느님, 이번 한 번만 함께 놀게요. 오늘 딱 한 번만! 이런 놀이를 하면 안 된다고 오늘 리젤로테한테 말해버릴까? 하느님이 평범한 천사보다 힘센 수호천사를 보내주시겠지. 그럼 나는 어떤 두려움도 극복하고 이렇게 기도할 거야. "예수님을 위해 모든 걸 바치겠어요." 아냐, 그건 맞지 않아! 예수님을 위한 게 아냐. 기도할 때는 거짓말을 하면 안 되지……

힘센 천사님이 들을 수 있도록, 나를 도와달라는 신호로 아주 조용히 이렇게 기도할 거야. "주임 의사 선생님, 당신을 위해 모든 걸 바칠게요!" 그렇게 말할 거야. 그러면 나는 힘센 천사님한테서 엄청난 기운을 받을 거야. 위대한 순교자들처럼. 그러면 절대로 겁먹지 않을 테니 리젤로테한테 뭐든지 말할 수 있어.

그런데 어쩌면 오늘은 리젤로테가 다른 놀이를 할지도 모르잖아? 그러면 내일 말해주면 될 테니 오늘 저녁에 기도를 더 할 수 있지 않을까……?

그렇지만 리젤로테는 여느 때처럼 작은 정자 쪽으로 간다. 수두 소년이 뒤따라간다. 쟤는 언제나 리젤로테를 졸졸 따라다닌다. 그래서 리젤로테는 이따금 성가시면 쟤한테 '롤프'라고 한다. 롤프는 리젤로테네 집에 있는 강아지 이름이다. 정말 리젤로테는 강아지도 있다. 수두 소년 다음으로는 페피가 아직도 삼촌이 준 와플을 한 덩어리 손에 들고서 따라간다. 그다음으로는 꼬맹이 소녀 단짝이 따라간다. 둘은 손을 꼭 잡고 있지만 자매는 아니다. 하지만 늘

둘이 함께 붙어 있어서 사람들은 자매라고 생각한다. 둘은 거의 아무것도 보지 못한다. 덤불 줄기에서 길쭉한 종처럼 자라나는 아름다운 꽃들, 언젠가 아마 요정이 그 꽃들을 주임 의사 선생님에게 가져와서 이렇게 말했을 것이다. "당신에게 이 꽃을 선물할게. 꽃을 당신 마음대로 해도 좋아." 그러자 의사 선생님은 이렇게 대답했을 것이다. "잘 아시잖아요. 늘 아이들이 노는 작은 정자 앞에 두기로 해요. 그러면 아이들이 기뻐할 테니까요." 그래, 우리 주임 의사 선생님은 그런 분이다. 그렇지만 꼬맹이 단짝 둘은 이 신기한 종 모양 꽃이 붉은보라색이라는 걸 알지 못한다. 그래, 보라색이라고 리젤로테가 그랬다. 그런데 꼬맹이 단짝은 그저 초록색이라고 생각한다. 아주 평범한 초록색. 걔들은 이 꽃이 들판에 자라는 덤불과 같다고 생각하는 모양이다. 그 정도로 시력이 나쁘고 요정에 대해서도 알지 못한다.

정말이지 하느님, 사정이 이러하니 오늘은 힘센 천사를, 아주 힘센 천사를 꼭 보내주셔야 해요.

정말 리젤로테는 모든 아이들을 차례대로 정자에 앉혔고, 수두 소년은 ─ 하필이면 서툴기 짝이 없는 걔가! ─ 덤불에서 근사한 종 모양 꽃을 따야 한다. 생각만 해도 끔찍하다! 요정님이 선물로 주신 꽃을 따다니!

어린아이

하느님, 형편이 여의치 않으시면—그러니까 진짜 힘센 천사를 당장 부릴 수 없는 거죠?—혹시 악마를 보내실 건가요? 진짜 악마 말고요. 아시잖아요, 밀짚모자 아저씨 말이에요……

하지만 밀짚모자 아저씨는 아주 멀리 떨어진 채 뚱뚱한 간호사 아줌마와 웃고 떠드느라 아무것도 모른다.

"오늘은 네가 보조 의사야, 꼬마야!" 리젤로테가 말한다. 정말 쟤는 벌써 이런 말도 할 줄 안다. 정말로 힘센 천사가 도와주지 않으면 쟤가 원하는 걸 거역할 도리가 없다. 분명히 힘센 천사는 오지 않는다!

이제 아이는 불쌍한 저 신성한 꽃을 받아야 한다. 그 꽃이 눈 치료를 위한 주사기니까. 이 꽃이 길쭉해서 유리 주사기처럼 보이니까, 리젤로테가 그렇게 말한다. 하지만 그건 분명히 옳지 않다.

"어서 주사를 놓으라니까요, 선생! 언제나 차례대로 한 방씩. 큰 것 먼저, 그다음에 작은 것. 아니! 잠깐, 오늘은 큰 주사만. 다들 눈이 아주 악화되어서 진짜 따끔한 주사를 맞아야 해요. 그래야 낫지." 그러고는 화를 내며 말한다. "야, 꼬맹이, 계속 그렇게 멍청히 바라보기만 하면 다시는 인형을 돌려주지 않을 거야."

"그렇지만 작은 꽃들을 대체 어떻게 하지?"

"첫째, 그건 꽃이 아니고, 둘째, 그냥 내던져버려. 알았지!"

여전히 천사는 흔적도 보이지 않는다!

아이는 잔뜩 겁먹고 혼란스러운 상태에서 리젤로테의 독촉을 받으면서—줄곧 키다리 소녀가 겁이 나서—키다리 소녀를 외면하고는 작은 꽃들을 만지작거린다. 환자복은 세 번이나 접었지만 그래도 발목까지 흘러 내려온다. 그래서 아이는 입원한 첫날부터 '할머니'라는 소리를 듣게 되었다. 그래도 모든 아이들이 그렇게 놀리는 걸 엄하게 금지한 장본인은 바로 키다리 소녀였다. "환자복이 큰 것은 애 잘못이 아니야. 애는 키가 작으니까 그냥 꼬마라고 불러!" 그래, 리젤로테는 그런 애다! 늘 붙어 다니는 두 소녀 중 한 명은 벌써 키다리 소녀의 무릎에 앉아 있다. 그래도 단짝의 손은 한사코 놓지 않는다. 이건 리젤로테도 막을 수 없다. 다른 일에는 아주 엄하게 굴지만 말이다. 심지어 진짜 주임 의사 선생님보다 더 엄하다.

"선생! 어서 빨리 나를 도와줘야 해요! 안 그러면 해고야!" 그러고는 목소리를 낮추어 이렇게 말한다. "너 계속 이렇게 놀이를 망칠 거면 꺼져버려! 그럼 애들이 다시 할머니라고 놀릴걸? 나는 손가락 하나 까딱하지 않을 거야, 알겠어!?"

힘센 천사는 대체 어디에 있는 거지? 혹시 제가 뭔가를 잘못해서 그 벌로 보통 천사도 데려갔나요?

아, 모든 게 평소처럼 계속 진행된다. 차례대로 모두 주임 의사 선생님의 치료를 받는다. 거의 삐쳐서 말이 없는 보조 의사가 그래도 서둘러 나서서 도와준다. 아이의 얼굴은 열에 들뜬 것처럼 발갛고 눈은 마치 잠자는 아이처럼 거의 감겨 있다.

낯선 여성 환자가 정자 곁을 지나간다. 6병동 환자다. 저 아주머니도 집에 꼬맹이 아이들이 있고, 언제나 낯선 어린이들을 둘러보기를 좋아한다. 아주머니가 정자 입구 쪽으로 다가와서 우리를 보고 다정하게 웃으며 말한다. "의사 놀이를 하는구나? 정말 잘하네. 지루하지 않게 시간을 보내려면 뭐든 해야지, 그렇지! 의사 놀이도 할 줄 아네! 진짜 의사 선생님 같구나!"

칭찬에 고무되어서인지 그냥 신이 나서인지, 예쁜 키다리 소녀의 동작이 타고난 배우처럼 이렇게 섬뜩할 정도로 진짜 주임 의사 선생님의 동작과 똑같은 적은 없었다. 심지어 어른인 환자 아주머니조차도 잠시 멈춰 서서 이 낯선 위엄에 감동받은 표정이었다.

주임 의사 선생님이 아주 어린 환자를 다룰 때처럼 무한히 사랑이 넘치는 따뜻한 태도로 리젤로테가 페피의 어깨에 팔을 올려놓았다. 이제 막 페피의 치료를 마치고 놓아 줄 참이었다. "얘야, 용감하게 해냈구나. 이제 내일은 절대로 아프지 않을 거야, 아무렴!"

힘센 천사님! 힘센 천사님! 모든 성인과 14 수호성인* 님, 저를 도와주세요!

정말 힘센 대천사가 온 것일까? 환자 아주머니는 갑자기 잽싸게 자리를 뜬다.

리젤로테는 갑자기 누군가가 땋은 머리를 잡아당기는 것이 느껴진다. 너무 놀라고 질겁해서 감히 저항할 엄두를 내지 못한다.

"너! 너! 오늘 밤에 너한테 악마가 찾아올 거야. 정말이야, 두고 봐! 진짜 악마, 지옥의 악마가 온다니까. 네가 아무리 리젤로테라 해도, 아무리 머리를 땋았다 해도. 너희 집에 아이들 방도 있고 뭐든지 다 있다 해도! 악마가 너를 데려갈 거야. 너와 네 모든 것을! 신성한 것을 가지고 장난을 치니까!"

리젤로테의 땋은 머리가 내팽개쳐진다. 모습을 드러낸

---

* 가톨릭 신자들이 고난에 처했을 때 그 이름을 부르며 소원을 비는 14인의 순교 성인.

어린아이

아이는 키가 작고 붕대를 칭칭 감고 있지만 아이 주위에는 엄숙함과 절박함과 야성적인 분위기가 감돌고, 모두가 마치 나무 인형처럼 뻣뻣이 굳어 꼼짝도 하지 않는다. 아이의 목소리는 아주 나직하지만, 병약하면서도 뜨겁게 달아 있다. "포도 농사를 짓는 베비 아주머니는 한때 수녀원에 있었으니까 신앙 문제는 뭐든지 잘 아는데, 가축을 돌볼 때 우리한테 얘기했어. '죽음'을 가지고 놀면 그건 죽을죄가 된다고. 하느님과 죽음, 그리고 신성한 것들을 가지고 장난치면 안 돼. 그건 성령을 거스르는 죄악이라고 아주머니가 그랬어. 그래, 딱 그거야. 네가 주임 의사 선생님 놀이를 하면 그것도 성령을 거스르는 죄야. 그건 하느님이 절대로 용서하지 않는 유일한 죄라고 아주머니가 그랬어. 리젤로테, 앞으로는 절대로 하지 마! 절대로 안 돼!"

키다리 리젤로테는 유난히 강해 보이는 광대뼈의 볼이 새빨갛게 달아올랐다. 소녀의 졸개 중 하필 가장 소심한 아이가 이렇게 도발적인 반항을 하자 견딜 수 없이 격분해서 속이 부글부글 끓는다. 그런데 갑자기 소녀의 입가에 웃음기가 감돈다. 아주 희미한 표정이지만 은근히 다정한 기색도 엿보인다. "할머니!" 소녀는 그저 그렇게 말할 뿐이다. 소녀의 목소리는 그윽하고 부드럽고 아주 말짱하다. 복수심이나 조롱기는 전혀 없다. 다른 아이들도 모두 마땅히 그래야 하는 것처럼 "할머니"라고 합창한다. 역시 조롱기는 거의 느껴지지 않는다. 오히려 이 끔찍한 사건이 지나가서 안도하는 분위기다.

아이가 무엇에 쫓기듯이 잽싼 동작으로 뛰어나가자 키다리 소녀는 아주 엄한 어조로 말한다. "다시 쟤한테 할머니라고 하는 애는 원숭이야. 나는 원숭이하고는 놀지 않아, 알겠어?!" 아이들은 도무지 이해할 수 없어 어리둥절한 표정으로 소녀를 바라본다. 그런 표정 뒤에는 늘 완전히 순종하는 자세가 있다.

오로지 페피만이 마지막 와플 조각을 씹은 입맛을 다시면서 이렇게 말한다. "쟤한테는 한 조각도 주지 말 걸 그랬어." 그러자 리젤로테가 "닥쳐!"라고 말한다. 이것으로 사건은 일단락되었고, 놀이는 계속된다. 하지만 이제는 같은 놀이가 아니다.

밖으로 나간 아이는 걸어가면서 자꾸만 넘어지는데, 붕대를 얹은 커다란 줄무늬 환자복이 걸어가는 것처럼 보인다. 아이는 출입이 금지된 어른들 정자 쪽으로 살금살금 다가갔다. 아주 몰래, 이건 잘못이라는 걸 빤히 알면서. 어제 수간호사님이 다시 말씀하셨다. 아이들이 어른들 병동에 출입하는 건 주임 의사 선생님이 금지했다고.

하지만 갑자기 이상한 반항심이 생긴다. 그분이 바라지

않는 걸 무조건 하고 싶어서 견딜 수 없다.

지금 그분이 오신다면! 그분의 유리눈이 아무리 세게 번득여도 나는 보란 듯이 당당하게 어른들 병동으로 가는 거야. 나는 벌써 휘파람도 불 줄 안다.「내 애인이 결혼식을 올리면」이라는 노래를 휘파람으로 불 거야. 그 노래 끝에는 방사선과 의사 얘기도 나오지. 주임 의사 선생님이 오시면 휘파람으로 그 노래를 불어야지. 그럼 나한테 바짝 다가와서 뭐라고 얘기하시겠지. 아마 그때처럼 아주 나쁜 말을. 아뿔싸, 그분은 유리눈 뒤에서 마법을 부리시니까 모든 걸 아시면 어떡하지? 지금 내가 무슨 생각을 하는지, 예전에 무슨 생각을 했는지도 다 아시면? 그렇다면? 그렇다면?

만약 그렇다면 어떻게 할지 아이는 퍼뜩 알아차린다. 만약 그렇다면 물속으로 들어가는 거다. 그게 어떤 건지 제대로 떠올리지는 못하지만, 물속으로 들어간다는 생각만 해도 이루 말할 수 없이 달콤하고도 우울한 느낌이 든다.

언젠가 어른들 병동의 금지된 정자에 갔을 때, 어른들은 어린 처녀가 물에 뛰어들었다고 했다. 불행한 사랑 때문이라고 그랬다. 그 말을 똑똑히 알아들었다. 불행한 사랑, 그건 분명히 엄청나고 경이롭고 슬픈 것이 틀림없다. 어른들은 갑자기 표정이 바뀌었으니까. 언제나 담배를 씹었다가 내뱉는—아마 끔찍한 병 때문에 그럴 텐데, 불쌍한 할머니!—뚱뚱한 할머니도 그 얘기를 듣고 바로 울었다. 붉은 수염을 기르고 다리가 짧은 아저씨도 "불쌍한 애!"라고 했다. 아마 모두가 그 처녀를 "불쌍한 애!"라고 하며 표정이 달라졌을 거야. 그러면 간호사 한 분이 분명히 주임 의사 선생님에게 말씀드릴 테고, 그럼 그분도 표정이 달라질 테지. 그럼 드디어, 어쩜, 드디어 그분이 다른 눈을, 예전의 진짜 눈을 갖게 되는 걸까?

이런 생각이 들자 너무 어리둥절하고 소스라치게 놀라서 주임 의사 선생님이 나타났는데도 이런 생각에서 벗어날 수 없었고, 뭔가 어둡고 무거운 느낌, 그러면서도 뭔가 기다려지는 느낌이 점점 커졌다. 주임 의사 선생님은 큰 걸음으로 다음 복도를 향해 급히 가고 있었다. 결혼식을 올리는 애인의 노래, 방사선과 의사에 관한 노래는 까맣게 잊었다.

깜짝 놀라면서도 달콤한 느낌이 들었다. 모든 크리스마스 저녁을 합쳐놓은 것보다 더 달콤한 느낌. 어두운 느낌은 점점 더 어두워지고, 무거운 느낌은 점점 더 무거워지고, 밤중에 엄마가 울 때와 같은 느낌이 든다. 언니들이 춤추러 가서 저녁 8시까지는 집에 오겠다고 철석같이 약속해놓고 밤중까지 오지 않아서 엄마는 울었다.

그분은 감당하기 힘든 걱정거리 때문에 잔뜩 긴장하고

골똘한 생각에 잠긴 표정으로 황급히 지나가느라 아이를 보지 못했다.

갑자기 잔뜩 어둡고 무거운 느낌만 남고, 목덜미와 얼굴과 손의 모든 상처가 아프기 시작한다. 낡은 붕대를 서둘러 떼어내고 새 붕대를 감을 때처럼 꼭 그렇게 아프다.

어른들 정자에서 키 크고 삐쩍 마르고 마음씨 좋은 아줌마가 나와서 아이를 보고 깜짝 놀란다. "그래, 어쩌다가, 불쌍한 녀석. 대체 무슨 일이냐? 무슨 일이야? 애들이 또 괴롭혔니? 누가 널 때렸어? 자, 그래, 그렇게 울지 마. 우리 방으로 가자꾸나. 전에도 늘 우리 방에 왔잖니."

안에서는 파이프 담배를 피우는 영감의 목소리가 들려온다. "떡갈나무 아래 자리 잡는 사람들만 살아남는다······ 예언자 무녀가 그렇게 말했지······"

그다음에 나타나는 것은 커다란 불, 큰불이다. 이웃집 헛간을 다 태워버린 불만큼이나 큰불이다. 하녀와 결혼하지 못하게 해서 큰아들이 불을 질렀다고 모두들 그랬다. 그러고는 아무도 큰아들을 보지 못했다. 잿더미에서 뼈도 찾지 못했다. 어쩌면 불이 나자마자 곧바로 가야 할 곳으로, 지옥으로 떨어진 것일까?

그다음에는 가을철 홍수 같은 것이 보인다. 강뿐 아니라 들판까지도 온통 물에 잠겨 있다. 하늘의 모든 구름과 푸른색까지도 떨어져 내려 물속에 잠긴다. 물이 영원처럼 끝없이 깊으니까. 그러자 사람들은 위를 쳐다보며 내가 신발과 양말을 벗고 물속에 들어오기를 바란다. 그래야 그들이 외롭지 않고 함께 놀 거리가 생기니까. 하지만 수호천사가 말한다. "물에 들어가지 마라. 하룻낮 하룻밤 하고도 하룻밤만큼이나 깊어서 물에 들어가는 사람은 다시는 엄마와 언니들한테 돌아가지 못해."

물과 불은 점점 더 커지고 불길 한가운데 어마어마하게 큰 떡갈나무가 서 있는데, 나무 아래에는 어두운 사람들 형체가 우글거린다.

이따금 외마디 소리가 이 모든 것을 가로질러 울려 퍼진다. "사람들이 빨간 옷을 입고 빨간 신발을 신으면…… 예언자 무녀가 말한다……"

아뿔싸! 빨간 옷이라니? 주임 의사 선생님의 딸은 빨간 옷을 입었는데…… 아냐, 진짜 빨간색은 아니었어. 기껏해야 빨간색 비슷했을 뿐이야. 아주 짙은 작약 색깔이니까 절대로 빨간색은 아닐 거야. 그리고 신발은 분명히—틀림없이!—검은색이었어. 손가방은 은색이었고. 내가 손가방의 매듭을 풀어 열어주자 너무 귀엽게 "고마워"라고 했지. 그래, 홍수처럼 완전히 은색이었어……

쏴 하는 바람 소리가 나고 떡갈나무는 점점 크게 자라서 어느새 하늘에까지 닿는다. 하늘에서는 아마 예언자 무녀가 기다리고 있을 것이다. 떡갈나무 아래에는 아주 키 큰 남자와 작은 소녀가 있을 뿐 다른 누구도 없다. 소녀는 화사한 은색 손가방을 들고 있고 키 큰 남자는 유리눈을 끼고 있다.

2

여름날 초저녁 어스름에 공원의 키 큰 나무들이 오래전부터 아껴서 간직해둔 것처럼 짙은 녹음의 푸른빛을 침실의 높은 창문으로 드리운다. 그렇지만 침실은 독특한 어둠을 그대로 간직하고 있어서 흰색으로 칠한 작은 난간 침대만 밝은색으로 보인다. 바깥은 쥐 죽은 듯 조용하고 드문드문 애절한 새소리만 들릴 뿐이다. 새의 노래는 그 어떤 햇살보다 감미롭고 고요한 정적을 조금도 방해하지 않는다. 정적은 집 안으로 들어오길 겁내는지 창문 밖에 잠자코 서 있다.

안에서는 아주 어린 아이들 몇이 우는 소리가 들린다. 아마 목욕을 시키는 모양이다. 그렇지 않고서야 저렇게 울어댈 까닭이 있을까? 어린아이 소리라고는 믿기지 않을 만큼 큰 소리로 울어댄다.

아이도 꼬마들이 왜 저렇게 우는지 줄곧 두려운 마음으로 골똘히 생각한다…… 아직 이 계절에는 불쌍한 영혼들이 저렇게 울부짖지 않는다. 혹시 엄청난 대죄를 지은 아주 나쁜 아이들이 새로 들어온 것일까?

셸리 수녀님은 목소리가 높고 가늘다. 수녀님이 바로 지금처럼 지극정성으로 「베드로께서 문을 닫으시고」를 부를 때면 목소리가 점점 더 가늘어지는데, 이러다가 목소리가 부서질까 봐 겁나서 떨리기까지 한다.

집에서 언니가 설거지를 하면서 노래를 부를 때는─아무렴, 언니도 노래를 부를 줄 안다─노래가 사뭇 다르다. 언니의 목소리는 저음이고 당당하며 마치 검은 말을 타고 달리는 듯한 느낌을 주기 때문이다. 하지만 언니가 노래를 부르면 대개는 엄마가 "교회 노래를 부르렴"이라고 말한다. 엄마는 거의 교회 노래만 부르는데, 이 노래를 주로 부른다.

> 제 모든 근심
> 당신의 가슴에 맡기나이다.
> 제 모든 근심 편안히 감싸주시니
> 내 사랑 그대 안심해도 좋아요.

어린아이

저는 굳게 믿사오니

주님은 영원히 저를 버리지 않으리라.

근심을 잘 감싸주면 정말 편안할까? 건초 더미 속에서 야옹 하고 울었던 새끼 고양이들처럼 근심도 편안히 잠잘 수 있을까? 어미 고양이가 쥐를 잡아 오면 새끼들은 아주 조용하고 눈에 띄지도 않았다. 그러면 새끼 고양이들도 편안하게 숨어 있었던 거야.

엄마가 말한 가슴은 예수님의 가슴이다. 예수님의 가슴은 분명히 엄청 클 거야. 그렇지 않으면 엄마의 모든 근심이 어떻게 거기에 들어갈 수 있을까? 엄마의 모든 근심이 아무리 서로 바짝 붙어 있어도 그건 불가능하다. 집에 있는 침대도 크다. 하지만 엄마와 두 언니가 바짝 붙어 눕지 않으면 누울 자리가 모자라니 언니들은 자리싸움을 해야 한다. 하지만 예수님의 가슴은 훨씬 더 크겠지. 아마 하늘나라 침대만큼 넓고 영원처럼 깊을 거야.

그렇다면 엄마도 얼마 동안 근심을 견딜 수 있겠지. 하지만 근심이 너무 많아지면 곤란해. 안 그러면 언젠가는 또 자리싸움을 벌이다가 예수님 가슴도 집에 있는 침대처럼 부서지고 말 테니까. 그러면 하느님이 내려와서 욕하실 거야. 아빠가 한밤중에 부서진 침대를 못질로 고치면서 욕을 했듯이. 아빠 귀가 어두운 건 다행이야. 안 그러면 언니가 너무 투덜댄다고 얻어맞았을 테니까. 그렇지만 다시 생각하면 아빠 귀가 어두운 건 좋은 일이 아니야. 귀가 어두워진 다음부터는 탄광 갱도 안에서 일하지 못하고 낮에 밖에서만 일하시니까. 그래서 보름마다 받는 봉급도 줄어들었고, 엄마는 방세와 우윳값을 어떻게 댈지 노상 쩔쩔맨다. 고기와 빵도 점점 비싸진다. 하지만 우리는 외상으로 사지는 않는다. 엄마는 외상이란 이런 거라고 말한다. 그러니까 처음에는 오래도록 값을 치르지 않고 원하는 것을 얻을 수 있고 상인도 친절히 봐준다. 그때까지는 아주 좋다. 그렇지만 결국에는 좋을 수가 없다. 결국 상인은 사악하게 돌변하고 평생 구경도 못 한 큰돈을 지불해야 한다. 그렇지만 지불할 수 없으니까 장롱과 침대에 재봉틀까지 빼앗긴다. 정말 끔찍하다! 재봉틀까지 빼앗기면 도대체 어떻게 농부들이 가져오는 바지와 아마포 담요를 바느질하겠는가? 밤에만 바느질을 하면 손톱 밑의 때만큼도 벌 수 없다. 엄마는 그렇게 말한다.

그래도 주인 할머니가 돌아가셔서 그나마 다행이다. 죽기 전에 주인 할머니는 밤낮으로 비명을 질러댔다. 아마 엄마를 못살게 구박해서 벌을 받은 모양이다. 주인 할머니가 죽을 때 엄마는 한사코 가보려 하지 않았다. 그러자 주인 할머니의 딸이 찾아와서 엄마의 목을 끌어안고 애원했다. "아주머니가 우리 엄마를 용서해주시지 않으면 엄마는 눈을 감지 못할 거예요."

그래서 엄마가 주인 할머니를 용서한 것은 잘한 일이다. 적어도 주인 할머니가 눈을 감을 수는 있었으니까. 그래, 주인 할머니를 위해 기도하자꾸나. 엄마는 그렇게 말한다. 나는 벌써 기도를 했고, 내일도 다시 기도할 거다. 주인 할머니가 노상 찾아와서 그렇게 고함을 지를 필요는 없었는데. 그 바람에 우리는 겁을 먹고 침대 밑으로 기어들어 가야만 했다. 그래도 엄마는 주인 할머니가 다가오는 것을 창문으로 보면 늘 방문을 걸어 잠갔다. 그리고 문밖을 향해 한마디도 대꾸하지 않았다. 그저 눈을 크게 뜨고 기도할 때처럼 양손을 모아 쥐었을 뿐이다. 물론 기도할 때는 그렇게 손을 떨지는 않았지. 내가 곁에 없어서 엄마가 너무 슬퍼하지는 않을까? 언니들 중에는 나만큼 잠자리를 따뜻하게 데울 수 있는 사람이 없다. 엄마는 자정까지 바느질을 하느라 발이 시릴 텐데, 내가 없어서 울지 않을까? 사랑하는 하느님, 엄마가 언제나 발이 따뜻하고 슬퍼하지 않도록 해주시면 저는 오늘도 주인 할머니를 위해 기도할게요. "하늘에 계신 아버지……"

조심스럽게 방문이 살짝 열리고 의사 선생님 둘이 아주

조용히 들어온다. 나중에 들어오는 선생님은 키가 몹시 크고 유리눈이 있다.

아이는 가슴이 마구 뛰는 바람에 주기도문이 호지부지 중단된다…… 의사 선생님이 지금 마법을 부리려는 걸까? 밤중에 들어오신 적은 한 번도 없는데! 아니면 모든 걸 알고 계시는 걸까? 나를 다시는 보지 않으려고 낯선 의사에게 넘기려는 걸까? 아니면?―

두 분은 조용히 침대에서 침대로 걸음을 옮긴다. 주임 의사 선생님이 낯선 의사 선생님에게 마법 신발을 주셨나 보다. 발걸음 소리가 전혀 들리지 않으니까.

다시 모든 것이 지나갔다…… 아주 잠깐 지나가는 사이에 커다란 손이 침대의 난간 아래쪽을 스쳤을 뿐이다. 그러자 침대가 튀어 오를 듯이 화들짝 떨었다. 멍청한 침대! 의사 선생님을 겁낼 필요 없어. 아니면, 아뿔싸, 마법의 충격 때문에 그랬을까?……

신기한 밤이다! 달님도 나왔다. 아마도 이렇게 커지려고 오랫동안 보이지 않았던 모양이다.

아이는 놀라서 잠이 달아나 침대에 앉아 있고, 크게 뜬 눈에 열기가 있다. 조금 전에 꾸었던 꿈은 깊이 떨어지는 꿈 같았는데, 꿈은 지나갔지만 뭔가 이해할 수 없는 것을 깜박 잊고 남겨놓았다. 이해할 수 없는 그 무엇이 여전히 남아 있어서 기다리고 있다.

모든 것이 달라졌다.

이건 진짜 침대가 아니다. 나를 어디로 데려온 것일까?

아이는 얼굴을 만져본다. 그러자 너무 놀라서 심장이 멎을 것 같다.

이럴 수가, 도대체 붕대가 어디로 사라졌지? 얼굴이 맨살로 만져지고 매끈하다⋯⋯ 내가 마법에 걸린 것일까? 정말 마법에 걸렸나? 얼굴이 이렇게 매끈하다니! 그런데 땋은 머리는? 땋은 머리도 잊지 않았겠지? 그래. 마법은 아무것도 잊지 않았어. 마법은 강하게 잘 걸렸어. 양쪽으로 길게 땋은 머리가 늘어져 있네⋯⋯ 이제 다 잘됐어. 이젠 평생 기도할 거고, 어른이 되면 수녀원에 들어갈 거야. 하지만 관棺 속에 누워서 자야 하는 수녀원에는 가지 않을 거야. 수녀원에서는 길게 땋은 머리는 필요 없으니까 쉽게 선물해줄 수 있겠네.

좋아, 간호사님들이 모두 주무시고, 리젤로테와 아이들도 모두 잠들었다. 의사 선생님이 늘 마법을 거는 방이 어디 있는지 나는 잘 안다. 계단을 내려가서 맨 아래쪽에 있다. 그 방에는 탁자가 있고 파란색 등도 있다. 아마 알라딘의 마술 램프일 거야. 그 램프는 분명히 사람들을 잘 고쳐주라고 요정이 선물로 주었을 거야. 그 램프가 효력이 없다면 사람들이 그렇게 멀리서 찾아오지는 않을 테니까. "심지어 빈Wien의 손님들도 우리한테 치료를 받으러 온다니까요." 어떤 간호사가 숙녀분에게 그렇게 말했다.

이 기다란 환자복은 정말 짜증 나고 못됐어! 단단히 묶어도 자꾸만 흘러내린다. 이런 옷을 입고 가서 선물을 줄 수는 없다. 슬리퍼는 더 짜증 난다. 발가락을 꼬부려서 단단히 잡고 있지 않으면 자꾸만 벗겨진다. 하지만 다행히 이젠 모든 게 쉽게 된다. 아무튼 문은 항상 열려 있고 어디에도 인기척은 없고 사방이 조용하다. 새가 조용히 노래할 수도 있지만 그래도 꿈속일 뿐이고 곤히 잠들어 있다. 어디선가 불빛이 비치고 달도 떴다. 짧은 긴급 기도를 하면 아무것도 겁낼 필요가 없다. "자애로운 예수님, 우리를 구해주세요!" 이런 긴급 기도는 아마 사악한 것을 모조리 쫓아낼 거야.

하느님은 복도를 왜 이렇게 길게 만드셨을까! 아마도 끝없는 영원함이 낮보다 밤에 훨씬 더 커지나 보다. 밤에는 유령들도 잠잘 자리가 필요하니까.

하느님, 대천사를 깨워주세요! 얼마 동안만요. 대천사는 얼마 후 다시 잠자러 가도 되고, 저는 아마 평생 다시는 대천사를 찾지 않을 거예요. 수녀원에 들어가니까요.

하지만 천사가 너무 깊이 잠들었거나 결국 하느님도 주

무시느라 두 분 모두 아무것도 듣지 못하는 걸까?

그래도 땋은 머리가 있으니 다행이다. 그런데 마법이 너무 세게 걸린 모양이다. 걸음을 옮길 때마다 땋은 머리가 점점 길어지니까. 머리가 계속 이렇게 길어지고 문이 얼른 나오지 않으면 의사 선생님네 딸은 아직 그렇게 크지 않아서 걔한테는 내 머리가 너무 길 텐데. 하지만 그러면 머리숱이 많은 가장 예쁜 부분만 주고 다른 부분은 수녀원에 갖고 가지 뭐.

복도는 군데군데 아주 어둡다. 무덤 파는 영감만 나타날 생각을 하지 말았으면 좋겠는데!? 그 영감은 줄곧 경계석을 옮기는데, 지금은 분명히 영원 속에서 불에 달군 슬리퍼를 신고 낫을 벼리고 있을 거야.

주임 의사 선생님, 천사와 성인들이 모두 잠자고 있다면 선생님이 저를 도와주세요!…… 선생님은 세상에서 가장 강한 마법을 부리고 모든 걸 아시잖아요.

그래, 선생님은 내가 땋은 머리를 딸에게 선물할 거라는 것도 알고 계셔.

아마 그래서 내 선물을 고대하실 거야. 아마 딸이 내일 생일이어서 내가 선물하는 땋은 머리가 필요할 거야. 그래서 밤에 황급히 찾아와서 마법으로 나를 변화시킨 거야. 내 눈과 심장도 가지셔도 되는데. 선생님이 필요한 건 뭐든지 다. 그래서 나한테 아무것도 남지 않으면 "불쌍한 녀석"이라고 하시겠지. 어쩌면 손으로 내 얼굴을 만지실까? 사실 조금은 뛰어갈 수도 있는데……

갑자기 모든 사악한 조짐이 다시 나타났다. 옷에도, 심지어 땋은 머리에도. 모든 것이 뒤죽박죽이 되어버리고, 가볍게 쿵 하는 소리와 함께 아이는 어둡고 음흉하게 매끄러운 바닥에 쓰러졌다. 하지만 비명 소리는 전혀 내지 않았다.

이윽고 커다란 창문에 달이 비쳐서 환한 달빛이 실내로 쏟아져 들어왔다. 모든 사물이 춤을 추기 시작한다. 사실은 이렇게 얼마 동안 누워 있는 것도 근사할 텐데. 하지만 의사 선생님이 기다리고 계신다면!—

이제 정신 바짝 차리고 눈을 크게 뜨고 땋은 머리를 천천히 풀어 헤쳐야 한다. 그래야 머리가 엉키지 않는다. 머리가 엉키면 아무것도 금방 알아볼 수 없다.

이제부터 나타나는 것은 가장 깊은 지옥만큼이나 나쁘다. 아니, 그보다 더 나쁘다.

땋은 머리는 어디에 있지?— 원래대로 숱이 적은 매끈한 머리밖에 없다. 늘어뜨려진 것은 끝없이 길긴 하지만 횐색이고 군데군데 피가 묻어 있다. 붕대가 완전히 풀어져서 안전핀으로 머리 한쪽에 겨우 붙어 있을 뿐이다.

어린아이

복도는 아이의 이런 모습을 보아야 한다는 사실이 몹시 창피하다. 유령들도 창피한 모양이다. 유령들이 모두 갑자기 복도를 떠난다.

침대는 원래 자리에 그대로 있고, 달님은 아무 일도 없었다는 듯 태연해 보인다. 하지만 그런 체할 뿐이다.

3

귀여운 꼬마야, 얼른 일어나지 않으면 회초리를 가져올 거야. 졸린 체해도 소용없어. 그런데 붕대를 완전히 풀어 내렸구나. 잠깐!—

아침 회진 때 주임 의사 선생님이 말했다. "어째서 이 아이는 아직도 데려가지 않았나요. 벌써 여드레 전에 부모님께 편지를 보내 집에서 계속 치료해도 된다고 했는데……"

그러자 수간호사님이 대답했다. "주임 의사 선생님, 제 생각에는 아주 가난한 사람들이라 그럴 거예요. 장거리 차비를 낼 돈이 없나 봐요."

"그래요? 그렇게 생각해요? 그런데 이 아이를 찾아온 언니는 리본 달린 모자를 쓰고 숙녀 행세를 하던데요……"

아이는 오늘 아주 작은 주사를 맞았지만 눈이 이렇게 아픈 적이 없었다. 유리문이 아직 그대로 있지만 이제는 겁먹고 지나갈 필요가 없다. 방의 구석도 너무 낯설어 보이고 어느 쪽도 보호벽이 되지 못한다.

리젤로테가 말한다. "조심해, 꼬마야. 오늘 다시 하늘에서 양탄자가 내려와. 주임 의사 선생님 방에서 다시 소독이 있을 거야. 벌써 노크하는 소리가 들렸다고. 할멈, 이제 어쩔 거야? 뭘 그렇게 눈이 휘둥그레? 그러다가 눈 빠지겠다!"

갑자기 세상의 모든 유리가 깨지는 것처럼 쨍그랑하는 소리가 난다. 수두 소년이 따가운 눈을 손으로 가리고 있다가 유리문에 부닥친 것이다.

소년은 어린 짐승처럼 처절하게 끝없이 울부짖는다.

이 울음소리는 언제나 저렇게 계속된다. 눈을 감고 이 울음소리만 듣고 있으면 오히려 만사가 훨씬 편안하다.

하지만 벌써 간호사들이 달려온다. 셸리 수녀님도 함께 오고, 마지막으로 주임 의사 선생님도 오신다.

의사 선생님은 이제 어떤 목소리로 말씀하실까? 집의 탁자 서랍 안에 들어 있는 날카로운 칼처럼 말씀하실까? 그 칼은 아빠만 사용할 수 있다. 아니면 전에 늘 붕대 얘기를 하기 전에 말씀하신 그런 목소리일까?

어린아이

아니다. 이번에는 목소리가 다르다.

"그만 좀 울어! 뚝 그쳐, 도대체 다 큰 녀석이 왜 그렇게 우니. 봐라, 여자아이들도 아무도 울지 않잖아. 이렇게 붕대를 감고 있는 꼬마 여자애도 절대로 울지 않아. 간호사님, 치료 후에는 항상 애들을 데려가세요, 다시는 이런 일이 생기지 않도록."

이번에는 다시 낭랑한 목소리다.

혹시 두 목소리를 가진 걸까? 어쩌면 그중 하나는 언제나 속에 가두어둘까? 속에 감춘 목소리는 겁이 많은데, 일단 밖으로 나오면 사악해지고 누군가를 해코지하는 걸까?

요정이 의사 선생님에게 그렇다고 말해주었으면 좋을 텐데! 아무렴! 어쩌면 전혀 착한 요정이 아닐 거야. 그러니까 요정이 의사 선생님의 눈을 위해 최고의 마법을 선물하지 않은 거야! 그러니까 의사 선생님이 모든 걸 다 알지는 못하지. 모든 걸 다 아신다면 언니가 리본에 한 푼도 쓰지 않았다는 걸 아실 텐데. 언니는 낡은 블라우스로 리본을 만들었지. 사모님이 크리스마스 선물로 낡은 블라우스를 주셨는데, 그 블라우스는 벌써 구멍이 숭숭 났지…… 15일에는 아빠가 돈을 가져올 텐데—

아이는 리젤로테에게 언제가 15일이냐고 묻고 싶었지만 목소리가 나오지 않았다. 목소리가 어디론가 사라졌다……

나도 떠날 거야! 그래, 다시 용기가 생긴다. 내일 바로 떠날까? 아니면 오늘이라도. 그래, 오늘이야. 제일 좋은 건 바로 떠나는 거야. 그럼 여기서 더 아무것도 먹을 필요도 없어. 그래, 여기서는 절대로 안 먹을 거야.

하루가 이렇게 빈틈없이 흉악한 것들로만 꽉 채워질 수 있다니! 복도가 이렇게 매끄러운 적은 없었다. 병실 문 위쪽에 있는 검은 것이 이렇게 위협적으로 검은 적은 없었다.

혹시 사물들도 간밤에 있었던 일을 모조리 알고 있어서 말을 할 줄 안다면 학교 사내애들처럼 비웃는 노래를 부를 것이다. 복도 끝에 있는 문이 가장 고약하다. 그 문이 이렇게 기세등등한 것은 문 뒤에 마술 램프가 있기 때문일 것이다. 문은 지나가려는 사람을 아무도 통과하지 못하게 하려는 것 같다. 하지만 벌써 오전이고, 대천사는 분명히 잠을 충분히 잤을 것이다.

대천사님, 지금 와서 저를 밖으로 데려가주시면, 완전히 길거리까지 데려가주시면, 저는 관 속에서 잠을 자는 수녀원이어도 들어갈 거예요.

대천사 중에 가장 힘센 천사도 그런 소원은 들어주지 못할 것 같지만 어떻든 문은 가로막기를 포기한다! 어쩌면 그저 문이 멍청해져서 굳이 애써 가로막을 가치가 없다고 생각한 모양이다.

어린아이

저기 덩굴 꽃이 피어 있는 정자가 있다. 하지만 이젠 저기에 가면 안 된다. 이젠 절대로 안 된다! 남자들이 담배를 사는 곳에서 옆으로 돌아가 계단이 있는 큰 집으로 가야 한다. 거기서 예배당으로 갈 수 있다. 그다음에 큰 시내에 도달하면 한 집에 들어가서 장군님이 사는 집이 어디냐고 물을 것이다. 장군님 댁에는 개도 많고 말도 있고, 따님은 매일 말을 타고 나가며, 노부인은 손님이 오면 레이스가 달린 검은색 원피스를 입는다. 그건 분명히 누구나 알 것이다. 개들이 나한테 덤벼들지 않을까? 개들은 내가 단지 언니한테 가려는 거라고 냄새로 알겠지. 상황이 위급하면 이번에도 천사님이 잠깐 살펴주시고 개들을 막아줄 수 있겠지. 언니는 어쩌면 벌써 사모님한테서 돈을 받았을지도 모른다. 언니는 그 집에서 엄청 일을 많이 하니까 사모님이 언니한테 돈을 줘야 한다. 언니는 손바닥에 딱딱한 굳은살이 생겼다. 언니는 다리미질을 엄청나게 많이 해야 하는데 종종 밤 1시까지도 한다. 하지만 언니는 다행히 아주 고운 장갑이 있는데, 그 장갑은 좋은 냄새가 나고 언니가 장갑을 끼면 손바닥의 굳은살은 아무도 모른다. 언니는 정말 멋지다. 언니들은 모두 정말 착하다. 어떤 사람도 언니들을 흉보면 안 된다. 안 돼, 절대로 어떤 사람도!

제발 모든 사물이 이렇게 크고 무겁지만 않으면 좋으련

만. 예를 들어 계단 쪽으로 가려면 반드시 통과해야 하는 이 문도 그렇다. 그 계단을 올라갔다 다시 내려가면 시내로 나갈 수 있다. 하느님은 오로지 어른들을 위해서만 문을 만드셨을까?

그래, 정말 그런 것 같다. 안쪽에서 남자가 손쉽게 문을 연다. 이런 문을 움직이는 것쯤은 식은 죽 먹기라는 듯이.

아이는 붕대 속까지 얼굴이 창백하게 질려서는 양손으로 이마를 문지른다. 아마 진짜 지옥의 악마가 나타났다 해도 밀짚모자를 쓴 이 악마만큼 무섭지는 않을 것이다.

"어이, 말썽꾸러기 꼬마야, 대체 여기에 무슨 볼일이 있냐? 도망치려는 거구나. 그럼 그렇지! 대체 어느 병동 환자야? 잠깐, 그건 금방 알아낼 수 있지. 뭐라고? 예배당에 가려는 거야? 그럼 왜 바로 그렇게 말하지 않았니! 잠깐, 내가 계단 위로 데려다주마, 불쌍한 것. 너는 이렇게 많은 계단을 오르기엔 다리가 너무 짧아······"

그래, 악마가 나쁜 사람이라고 할 수는 없어. 이 아저씨는 분명히 대죄를 지은 적이 없어. 손이 크고 따뜻하고 착하잖아. 눈을 감고 이 아저씨의 손이 다른 사람 손이라고, 그러니까 유리눈을 가진 사람 손이라고 상상하고서 언제나 이렇게 계단을 오르면 얼마나 좋을까. 한평생 내내, 하늘나라에 갈 때까지.

어린아이

"자, 이제 다 왔다. 하지만 예배당에서 허튼짓하면 안 돼! 나를 위해서도 기도 좀 해주고."

그래, 틀림없이 기도해야지. 악마를 위해 기도하는 거야.

하지만 어찌 된 영문인지 기도가 되지 않는다! 모든 기도가 사라져버렸다. 아주 작은 기도까지도. 우단 옷처럼 예쁜 붉은색 기도는 어디에도 없다.

그 대신 밤의 모든 사물이 나타났다. 어디를 둘러봐도, 심지어 예배당 제단 앞의 성체등에도 그것들이 도사리고 있다. 게다가 울음소리까지 더해진다. 어차피 벌써 한참 동안이나 꾹 참았던 울음이다.

아주머니가 병을 낫게 해달라고—고칠 수 없는 병인데 아주머니는 그걸 모른다—기도하려고 들어왔다. 어른의 눈으로는 사방에 도사리고 있는 것들을 하나도 보지 못하고 우는 아이만 본다.

아, 그러고는 아주머니가 위로해준다. 좋은 위로인 건 분명하다. 진심에서 우러나오는 위로다. 엄마 손처럼 부드럽고 정겨운 손길로 위로해준다. 하지만 그래도 어른의 위로일 뿐, 어린아이를 감싸고 있는 사물의 영역까지 끌어들이는 위로는 아니다.

"그래. 집에 가고 싶은데, 엄마는 차를 타고 올 돈이 없구나. 의사 선생님은 네가 벌써 나았다고 하시지. 그래, 흠.

조금 참고 기다려야 해. 고통받는 성모 마리아께 모든 걸 바치면 해결책을 찾아주실 거야. 아, 뚝 그쳐, 그렇게 우는 애가 어디 있니. 봐라, 식구들이 데리러 오지 않으면 관할 관청에 탄원서를 보낼 거야. 그러면 관청에서 필요한 조치를 취해줄 거다. 그러니 이젠 얌전하게 바로 앉아서 눈물을 닦자꾸나. 그렇지, 눈을 떠봐! 이럴 수가, 어떻게 그런 눈으로 볼 수 있니! 나은 것 같지 않구나, 불쌍한 것. 자, 이제 함께 묵주기도를 드리자꾸나. 그럼 모든 게 금방 좋아질 거야."

그런 기도가 위로가 될까? 게다가 관청에 탄원서까지? 성모 마리아는 이번에는 어른의 기도만 들으실 거다.

만약 병원에서 관청에 탄원서를 보낸다면, 절대로 아무것도 공짜로 받지 않는 엄마에게 그런 모욕을 준다면, 하느님, 저는 절대로 수녀원에 가지 않을 거예요. 그러면 물속에 뛰어들 거예요.

어떤 사람도 나를 '불쌍한 아이'라고 해선 안 돼. 그 누구도. 그럼 모든 게 끝장이야.

안 돼, 아주머니가 위로받은 아이를 다시 병동으로 데려왔다고 하는 말이 돌아선 안 돼. 다행히 아주머니는 그걸 몰라. 아주머니가 자기 병을 고칠 수 없다는 걸 모르듯이.

오늘은 하느님이 분명히 어디론가 소풍을 가신 거야. 아마 모든 천사들과 함께. 그렇지 않고서야 모든 게 이렇게 죽도록 나쁠 수가 없어.

이미 어른이 된 간호사들은 이 모든 일을 전혀 알지 못하고 하느님의 부재도 느끼지 못하니 하느님이 필요하지도 않은 모양이다. 간호사들은 아이가 식사를 해야 한다고 재촉한다.

하지만 겁이 많은 아이는 먹지 않는다. 그러자 간호사들이 말한다. "두고 봐, 회진 때 주임 의사 선생님께 일러바칠 거다!"

그러자 아이는 식사를 한다.

다시 밤이 되었다. 구름이 끼고 바람이 부는 음침한 밤이다. 사랑하는 하느님도 천사들과 함께 소풍에서 돌아왔을 거라고 생각해도 무방할 것이다. 그중에는 분명히 아직은 어린 천사도 많겠지. 벌써 얼마나 많은 사람들이 하느님을 애타게 기다리고 있을지 누가 알겠는가? 아마 내일 물속에 뛰어들고 싶은 사람이라면 당연히 아주 무거운 마음으로 하느님을 기다릴 것이다.

그렇지만 지금 당장은 모든 것이 죄악처럼 새까맣고 완전히 죽어 있는 것 같다. 정말이지 문자 그대로 죄악의 냄새, 대죄의 냄새가 진동한다. 창문 바깥에 있는 재스민 덩굴도 이 냄새를 더 강하고 자극적으로 만드는 데만 골몰한다. 하느님이나 천사가 오신다 하더라도 우선 바깥에서 이 덩굴을 헤치고 담판을 벌여야만 할 것이다. 그래, 오늘 밤은 이렇다.

병원에서 정말로 관청에 탄원서를 보낸다면 나는 그 전에 세상의 모든 대죄를 저지르고 나서 물속에 들어갈 거다. 그 전에 나는 어떤 인간을 위해서도 기도하지 않을 테고 기껏해야 악마를 위해 기도할 거다. 하지만 진짜 지옥의 악마를 위해, 하느님이 영원히 추방한 지옥의 악마를 위해. 하느님이 그 악마를 도와주시지 않을 거라면 나를 도와줄 필요도 없어요. 나는 완전히 악마 편이 되어서, 하느님이 우리가 있는 지옥으로 내쫓은 자들을 괴롭히지 말라고 악마에게 부탁할 거예요. 그러면 우리는 모두 단결해서 강해질 거예요. 하느님의 모든 천사들보다도, 의로운 자들보다도 더 강해질 거라고요. 신부님이 설교하면서 "의로운 자들만이 하늘나라에 갈 것이다"라고 하셨잖아요. 하지만 그렇다면 2학년 담임 선생님도 우리가 있는 지옥으로 오겠네? 그 선생님은 불공평하니까! 뭔가 먹을 것을 갖다 바치는 농부네 아이들한테는 모두 최고 점수를 주거든. 그 선생님이 여기에 오면 악마가 하루 종일 느긋하게 괴롭힐 수 있을 거야. 하지만 불태우면 안 돼! 밖에 나가서 무릎

꿇고 두 손 들게 해야지.

그리고 또 누가 불공평하지?

밖에서 대천사 한 분이 재스민 덩굴을 헤치고 있다. 하느님이 잽싸게 보내주신 천사다. 천사는 힘든 담판을 벌이고 있다. 구름이나 바람과도 담판을 벌인다. 그리고 꿈속에서도 아주 조용히 애절하게 적어도 조금은 노래할 수 있는 새들과도 담판을 벌인다. 그렇다면 대천사님은 굳이 이렇게 먼 길을 오는 수고까지 하실 필요는 없었을 텐데. 마침내 대천사님이 안에 들어와 침대 앞에 서 있다.

아이는 작은 심장이 마구 뛰는 것을 느끼면서 생각한다…… 하느님! 자애로운 하느님! 의로운 자만이 하늘나라에 간다면 주임 의사 선생님은 틀림없이 지옥으로 가겠네요. 그분은 불공평하니까요! 불공평한 말을 했거든요. 그분이 언니의 리본과 숙녀 행세 어쩌고 하는 말을 했다는 건 하느님도 아시잖아요! 그건 불공평한 말이었고, 신부님도 결국 고해성사 때 그분을 사면하지 않으실 거예요. 그건 분명히 무거운 대죄니까요. 언니의 리본은 낡은 블라우스로 만든 것일 뿐인데! 아이는 침대에서 일어나 앉아 두 손을 비빈다. 하지만 그분은 그 사실을 몰랐어요! 분명히 몰랐어요! 맙소사! 그분은 몰랐다고요! 하느님은 그래도 그분이 마법도 부릴 줄 안다고, 그러니까 뭐든지 다 안다고 생각하시는 거죠? 하지만 그럼 요정이 그분을 속인 거예요. 그러니까 완전히 마음속까지 착한 요정은 아니었어요. 맞아, 그런 요정이었어요. 하느님, 제 말을 믿어주세요! 그럼 저는 물속에 뛰어들지도 않을 거고, 그 어떤 대죄도 저지르지 않을 거고, 관 속에 누워 잠자는 수녀원에도 갈게요!

지금 포도 농부 베비한테 찾아가서 어떻게 하면 완전한 사면을 받을 수 있는지 물어볼 수 없을까? 그분이 이렇게 무거운 죄를 지었는데 하느님이 오랫동안 살려두실지 누가 알겠는가. 어린이 교리문답 시간에 선생님이 그러셨는데, 하느님은 죄를 지으면 바로 죄인을 데려간다고 했어. 그래서 죄인은 죄를 보상할 시간 여유가 없고, 그러니까 영원히 지옥에 있어야 한다고! 그분은 지옥에 떨어지면 안 돼. 지옥에 떨어지면 안 돼!

내일은 집에 가야 한다. 포도 농부 베비한테 찾아가서 완전한 사면 방법을 알아내야 한다. 그러면 늦지 않게 일찌감치 해결할 수 있겠지?……

완전히 안심한 천사는 최단거리 길로 하늘나라로 돌아간다. 해야 할 일을 했고, 자신의 영역이 그리운 것이다. 지나가는 길에 천사는 꿈을 꾸는 커다란 새를 다시 한번 살짝 만져주었다. 새는 완전히 깨지는 않았지만 새의 애절한 노래가 천사의 마음에 든다.

어린아이

아이는 다시 잠자리에 들면서 애절하고도 강하게 기도한다. "사랑하는 하느님. 제가 사면장을 받아 오기 전에 그분을 미리 데려가실 거면 그분의 대죄를 거두어 저에게 주세요."

낮 시간 중 최악은 언제나 아침이다. 저녁 시간이 조용히 진정시킨 것과 밤 시간이 완전히 제거하거나 밤에 부여된 꿈의 힘으로 변화시킨 것들을 아침은 다시 요란스레 더 강화된 상태로 되살려놓는다. 그래서 하루도 빠짐없이 날마다 그것들을 극복하는 일에 매달려야 한다.

아침 회진 때는 이것이 불공평한 사람의 손이라고는 도저히 믿기지 않는다. 이 손이 닿는 모든 것을 이렇게 다정하고 자애롭게 어루만져주는데.

아이의 얼굴이 떨리면서 지금까지는 늘 용감하게 참아내던 두 눈이 불안하게 마구 깜박깜박했다. 의사 선생님은 놀라서 유리눈을 살짝 번득였지만 그렇다고 전혀 조바심을 내지는 않았다.

죄지은 자들의 피난처이신 성모 마리아님, 그분을 도와주세요!

내가 대죄에 대해 기도드린 것을 하느님이 제대로 이해했는지 두려움이 점점 더 커진다. 하느님이 그분의 대죄를 거두어 나한테 넘겨주었다면 분명히 뭔가 느낌이 올 것이다. 대죄를 떠안고도 곧장 온몸에 느낌이 오지 않을 리는 없기 때문이다.

해결책은 하나뿐이다. 최대한 빨리 집에 가는 거다. 그분의 죄가 크니 하느님은 언제라도 그분을 데려갈 수 있다.

이제 아이는 오전 내내 지붕이 있는 목재 통로에 서 있다. 담쟁이덩굴이 가장 많이 감겨 있는 기둥 뒤에 계속 서 있다. 너무 긴장해서 눈이 아프고 찌푸려져 있지만 한순간도 눈을 감을 수 없다. 눈을 감은 사이에 말을 붙이고 도움을 청할 수 있는 귀부인께서 지나갈 수도 있기 때문이다. 아주 특별한 귀부인이어야 한다. 아름답고, 부자이고, 착하기도 해야 한다. 착한 게 가장 중요하다. 안 그러면 도와주지 않을 테니까. 하지만 귀부인은 많이 오지 않고, 그나마 오는 분들도 모두 다른 통로로 들어간다. 그렇다고 이 자리를 떠날 수도 없다. 여기가 몸을 숨기기엔 가장 좋고 무릎을 꿇어도 아무도 보지 못하기 때문이다. 그래, 꼭 필요하다면 무릎을 꿇을 것이다. 꼭 필요할 때만. 손깍지도 끼고 이렇게 말할 것이다. "자애롭고 아름다운 부인, 저에게 호의를 베푸셔서 따님의 옷 한 벌만 갖다주세요. 오늘, 제발 오늘요! 분명히 댁에 따님이 있고, 부자이시니까 옷도 많이 있겠지요. 그중 한 벌은 벌써 해지고 더러워져서 따님이 다시는 입고 싶지 않을 거예요. 그 옷을 좀 갖다주세요!" 그러고서 손에 입도 맞춰야 할까? 꼭 필요하면 그렇게 해야지. 하지만 수녀원 얘기를 하는 게 낫겠어. 매일 밤 관 속에 누워서 부인과 따님을 위해 기도할 거라고. 그럼 틀림없이 부탁을 들어주실 거야! 그럼. 내가 진짜 옷을 입으면 아무도 내가 병원에 입원해 있다는 걸 모를 거야. 그럼 나는 문병 온 사람처럼 밖으로 나갈 수 있어. 누가 물으면 리젤로테에게 문병 왔다고 하면 되지. 그다음에는 언니한테 가야지. 언니는 집에 갈 차비를 줄 거야. 정거장에서 내리자마자 포도 농부 베비한테 가고, 그다음에는 교회에 가서 사면장을 받아야지. 그러면 그분은 아마 오늘 밤에는 죄를 사면받고 오래 살 수 있고, 아니면 바로 하늘나라에 갈 수 있겠지.

죄지은 자들의 피난처, 성모 마리아님, 저에게 귀부인을 보내주세요! 엄마가 아침 미사에 가자고 깨워도 절대로 화내지 않을게요······

어린아이가 따뜻한 침대에서 단잠을 자다가 일어나야 해도 화내지 않겠다는 것이 어떤 의미를 갖는지 성모 마리아님은 경험으로 아시겠지? 어떻든 결국 귀부인을 보내주실 거야.

저분은 옷이 어쩜 저렇게 화사할까! 어머나, 어쩜 옷이 저렇게 예쁠까! 내가 어른이 되면— 하지만 그럼 나는 수녀원에 가야 하잖아!

그래, 저 숙녀분은 이쪽 통로로 들어오고 있어. 하느님이 보낸 신호야! 저분은 정말 우아하니까 분명히 부자일 거야. 그 뒤에 누가 한 사람 더 있는데 가난한 여자네. 분명히 동행이 아닐 거야. 가난한 여자가 빨리 지나가면 좋겠는데. 그래야 우리 둘만 남지. 안 그러면 말을 꺼낼 수도 없고, 더군다나 무릎을 꿇는 건 불가능해.

두 사람이 어느새 이렇게 가까이 왔는데 가난한 여자는 더 빨리 지나가질 않으니 어쩌지. 자애로운 가난한 부인, 제발 얼른 지나가주세요……

내 말을 알아들었나?— 뒤에 있던 여자가 숙녀를 앞질러서 아이 앞에 다가서자, 아이는 따뜻하고 부드러운 느낌, 한없이 다정한 느낌이 든다.

"애야! 내 새끼, 꼴이 그게 뭐니!—"

그래, 드디어 엄마가 왔다.

그리고 숙녀도 가까이 다가왔는데, 모자에 리본을 달고 있다. 숙녀가 웃으며 말한다. "우리 귀염둥이, 옷을 할머니처럼 입혀놓았네!"

그래, 언니도 왔다. 그러니까 이 두 사람이 가난한 여자와 숙녀였구나! 이루 말할 수 없이 혼란스럽고 가슴 찡한 눈물이 쏟아지는 가운데 갑자기 세상의 모든 유리가 부서지는 것만 같다. 두 유리눈만 온전히 동그랗고 아름답다. 하느님이 "그는 의로운 사람이다!"라고 너무 큰 소리로 말하는 바람에 온 세상이 다 알아들을 지경이다.

엄마와 숙녀 그리고 아이는 접수부서로 찾아갔고, 모든 수속이 신기하게 빨리 끝났다.

그다음에는 영원처럼 끝없는 복도를 지나 유리문을—그 무섭던 유리문을!— 통과해서 마술 램프가 있는 방으로 들어간다.

모두가 친절하다. 의사 선생님이 의로운 사람이라는 걸 모두가 안다. 이 의로운 사람이 언젠가 가장 아름다운 하늘나라에 가면서 이들 모두를 함께 데려갈 거라고 모두가 알고 있고, 그래서 너무나 기뻐한다.

의사 선생님은 이루 말할 수 없이 따뜻하고 다정한 목소리로 엄마와 얘기하고, 아이는 의사 선생님 앞에 기쁘고 겸손한 표정으로 서 있는 엄마 곁에서 살짝 벗어나 언니 곁에 다가간다. 언니는 의사 선생님의 목소리가 어째서 이렇게 따뜻하고 다정한지 전혀 눈치채지 못한다.

언니는 처녀다운 다정한 미소를 지으며 아이를 내려다

보면서 "이 귀염둥이!"라고 나직이 말한다.

아이는 자기 손을 언니 손안에 밀어 넣고—언니는 접수부서에서 서명을 하느라 고운 장갑을 벗었다—언니의 손가락 끝에서 단단한 굳은살이 만져지는 것을 느낀다. 사모님을 위해 오래 다림질을 하고 여러 가지 일을 하느라 생긴 굳은살이다.

사랑하는 하느님, 이제 의사 선생님을 위해서는 제가 그렇게 많이 기도할 필요가 없어요. 그분이 의로운 사람이라는 걸 알았으니까요. 이젠 굳은살이 있어도 예쁘기만 한 언니가 진짜 숙녀가 되게 해주세요. 늘 일만 하지 말고 아주 곱고 부드러운 손을 갖게 해주세요. 그러면 의사 선생님이 리본과 옷차림 때문에 약 올릴 필요가 없을 테니까요. 진짜 숙녀는 리본도 달고 예쁜 옷을 입을 수 있으니까요. 그러면 의사 선생님이 언니 손에 진짜 숙녀처럼 키스를 하게 될 거예요. 그분이, 의로운 사람이!

어린아이

정신병동 수기

Aufzeichnungen
aus dem
Irrenhaus

나는 2병동에 있다. 이곳은 비교적 증세가 약한 환자들을 위한 관찰 병동이다. 원래 법적으로는 3병동을 경유한 환자들만 이곳에 들어오게 되어 있다. 그런데 나는 아직 3병동을 거치지 않았기에 이곳 사람들이 대부분 나를 고깝게 여긴다. 어제 나는 '여왕'이 레나테에게 이렇게 말하는 것을 들었다. "쟤는 안경을 끼고 서류 가방을 들고서 당당히 여기에 들어왔어. 진짜 재수 없어! 우리 병동에 무슨 볼일이 있는 거야? 보나 마나 첩자 노릇이나 하겠지, 아님 뭐겠어?!" 그러자 레나테는 그저 "아, 또 시작이군요"라고 대꾸했다. 그런데 저녁 무렵 레나테가 나한테 다가와서 머리핀이 다시 필요하니 돌려달라고 했다. 이럴 수가! 머리핀이 아까운 게 아니고 레나테 때문에 마음이 아프다. 그렇게 일종의 우정을 맺을 수 있을 거라고 생각했기에. 바로 첫날부터 그녀에게 호감이 갔다. 눈매가 너무 부드럽고 슬픈데다 처량하게 실없는 미소를 지어서 살짝 마음이 아팠기 때문이다. 하지만 다른 환자들의 웃음소리에는 화들짝 놀란다. 그래도 이상한 표정이나 말에 믿기지 않을 만큼 빨리 적응하게 된다. 키 크고 삐쩍 마른 여자가—그 여자는 꺽다리라고 불리는 것으로 아는데—픽 쓰러지자 맹꽁이 간호사는 나한테 "아, 보지 않는 게 좋아요, 당신하고는 무관한 일이니까!"라고 했다. 나는 거칠어 보이지 않으려고 정말 충격을 받은 체했지만 사실은 모든 것을 자세히 지켜보고 싶었다. 하지만 그들은 나를 세면실로 밀어 넣었고, 나는 거기서 마치 의무를 다하듯이 마구 울어댔다. 하지만 쓰러진 여자 때문은 아니었다. 세면실 안에서는 그 여자의 비명 소리가 더 끔찍하게 들리긴 하지만. 내가 울음을 터뜨린 것은 단지 욕조 가장자리에 걸터앉아 잠자코 있을 수가 없었기 때문이다. 나는 노래를 부르거나 휘파람을 불거나 병원 슬리퍼로 축축한 벽을 칠 수도 있었지만, 결국 울기로 작정했다. 그런데 이렇게 너무 울음이 복받쳐서 좀 괴롭긴 했지만 달리 어쩔 도리가 없었다. 당연히 간호사들이 나를 달래면서 왜 그러는지 죄다 알려고 했다. 하지만 이런 소동도 지나갈 것이고, 일주일 후면 내가 울든 머리로 벽을 치든 아무도 신경 쓰지 않을 것이다. 그러면 아마 레나테가 나한테 다가와서 그저 실없는 미소를 지을 것이다. 하지만 내가 보기에 그녀는 여왕을 무서워한다. 여왕은 꺽다리만큼이나 나를 지독하게 싫어한다. 그래서 나는 양쪽 등급의 우두머리에게 애초부터 찍힌 것이다. 단번에 이런 상황을 뒤바꿀 수 있다는 것도 안다. 예를 들면 배식할 때 그저 한 번만 토해버리거나 양철 식기를 벽에다 던져버리면 된다. 하지만 간호사들이 나한테 존댓말을 쓰면서 '아가씨'라고 불러주는 것이, 그리고 의사들이 회진할 때 내 앞에 와서 짓는 미소가 조금이라도 인간적인 표정을 띠는 것이 내겐 무척 중요하다. 여기서 나를 잠시 거쳐 가는 손님으로 대해주고 내가 손님의 지위를 번듯하게 유지할 때만 정신 질환자로 분류되는 마지막 경계선을 넘지 않게 된다.

방금 베르타가 춤을 추었다. 이상하게도 이번에는 간호사들 가운데 누구도, 심지어 맹꽁이 간호사조차도 나를 병실에서 내보낼 생각을 하지 않는다. 병실 안에 있는 모든 사람들이 그녀의 춤에 관심을 보이는 걸로 봐서 그녀가 춤을 추는 것은 드문 일인 듯하다. 심지어 미나 간호사도 아기 옷 뜨개질을 잠시 멈추고는 까만 눈을 동그랗게 뜨고 아주 기분 좋게 흔쾌히 혼자 웃었다. 내가 베르타한테 다가가서 그녀를 잡고 춤을 멈출 때까지 마구 흔들어대면 어떻게 될까? 그러면 아마 내 눈을 할퀼 것이다. 그녀는 춤을 추면서 행복해할지도 모르고, 적어도 누군가의 자발적인 도구 노릇을 하는지도 모른다. 그런데 그녀 안에는 누가 있을까? 과연 누가 그녀로 하여금 앙상한 맨살이 드러난 무릎 위까지 줄무늬 환자복을 걷어 올리고 윤기 없는 머리카락을 이마로 늘어뜨린 채 머리카락 아래로 쉴 새 없이 흰자위만 보이는 창백한 눈을 이리저리 굴리게 시키는 것일까? 그녀가 갈색 타일 바닥 위에서 앞뒤로 왔다 갔다 하며 추는 춤의 독특한 리듬은 과연 누가 주입했을까? 연주용 톱의 울림을 떠올리게 하는 고음으로 이가 없는 입에서 터져 나오는 목소리는 너무 기이해서 언제라도 그 입안에서 조그만 흰색 동물이 나타날 것만 같았다. 하지만 그 동물은 감춰진 채 보이지 않았고, 보이지 않게 우리들 사이에 함께 있는 누군가를 위하여 환희에 찬 고음의 노래만 부르고 있었다. 그런데 보이지 않게 우리와 함께 있을 수 있는 그 무엇이 존재한다면 우리가 죽은 후에도 계속 살아 있는 그 무엇도 존재할 것이다. 그렇다면 내가 저지른 자살 시도는 이성적으로 생각하면 쓸데없는 짓거리였다. 내가 죽어도 그 무엇이 계속 살아남는다면 목숨을 끊어봤자 무슨 소용이 있겠는가? 아뿔싸, 어쩌면 나는 이미 넘어가선 안 될 경계선을 넘어선 것이 아닐까? 나는 여기서 더 이상 손님이 아니라, 나를 의아하게 의심의 눈초리로 바라보는 이 모든 사람들과 같은 부류가 된 것이 아닐까? …… 그런데 무슨 일이 벌어진 것일까?

다름 아니라, 어떤 정신 나간 여자가 허튼소리를 흥얼거리는 일이 벌어졌다. "아A 에e 이i 오o 우u* 내일이면 나는 무엇이 될까? 처음에 나는 흙이었고, 그다음에는 돌, 그다음에는 나무, 그러고는 꽃이 되었지…… 하지만 그러고서 창문이 열렸지. 커다랗고 멋진 창문이었지. 아 에 이 오 우 그다음에는 사방에서 나에게 몰려왔고, 나는 바람 부는 숲보다 더 커졌지. 하지만 그들이 창문을 닫아버렸지. 육중한 검은색 여닫이 창문을 닫아버렸지. 아 에 이 오 우 흙, 돌 그리고 나무, 말 없는 여닫이 창문 아래 적힌 말을 아무도 이해하지 못했지……"

이것 말고는 어떤 일도 벌어지지 않았다. 모두가 웃음을 터뜨리고, 아이를 밴 미나 간호사도 웃는다. 그런데 어째서 하필 여왕이 개입했을까? 그저 화가 나서 그랬거나 권

---

* 오스트리아의 프리드리히 3세(1440~1493)는 공공건축물에 합스부르크 왕조의 권세를 상징하는 이 약어를 새겨 넣었는데, 다음 글귀의 약어로 알려져 있다. Alles Erdreich ist Österreich untertan(지구상 모든 왕국은 오스트리아의 속국이다). Austria erit in orbe ultima(오스트리아는 영원하리라).

력을 과시하기 위해서 그랬다고는 생각되지 않는다. 여왕이 지금 뜨개질하고 있는 푸른색 양말로 춤추는 여자의 목덜미를 후려치자 이 곱사등 노파의 안에서 뭔가가, 마치 비밀을 아는 자의 두려움처럼 불안하게 전율했다. 그녀는 "그만해, 이 미친 악마야!"라고 험악하게 소리쳤다. 그러면서 여왕은 미나 간호사가 구속복*으로 위협을 해도 끄떡도 하지 않았다. 그녀의 두려움은 다른 종류의 것이었다. 그 두려움은 어쩌면 나의 두려움과 비슷한 것인지도 몰랐다. 그렇다, 나는 이제 여기에 단지 손님으로 머물고 있는 게 아니다. 간호사들이 나에게 과연 앞으로 얼마나 더 존댓말을 쓰면서 아가씨라고 불러줄지 누가 알겠는가.

방금 회진이 있었다. 주임 의사 선생님은 내가 무슨 글을 쓰고 있는지 물었다. 하지만 그러고 더 캐묻지는 않았다. 내가 그 질문 때문에 무척 놀랐다고 생각하는 모양이었다. 아직까지도 무릎이 후들거려서 앉아 있으려면 두 무릎을 서로 단단히 붙이고 있어야 한다. 하지만 주임 의사 선생님 때문은 아니었다. 다른 낯선 의사 때문이었는데, 그의 하얗게 센 머리 때문에 당혹스러운 오해에 말려들고 말았다. 주임 의사 선생님은 나를 소개한답시고 그 낯

---

* 말썽 피우는 환자에게 입혀서 꼼짝 못 하게 결박하는 옷.

선 의사에게 이렇게 말했다. "보세요, 이분은 제가 의사 생활을 한 이래 자원해서 우리한테 찾아온 첫번째 사례지요. 물론 이 아가씨는 이런 열악한 시설에 올 사람은 아닌데, 그렇다고 지방 관청에서 고급 요양원에 보내줄 형편도 못 되지요. 그래서 우리가 여기서 비소*를 조금 사용해 시도해보고 있습니다." 그렇지만 나의 초라한 모습을 보면 그의 말이 빤한 거짓말이라는 것을 금방 알 수 있었다. 그래서 낯선 의사는 의혹이 가득한 미소를 지었다. 수간호사도 묘한 표정으로 나를 바라보면서 흥분한 새처럼 어쩔 줄 몰라 했다. 그렇지만 주임 의사 선생님은 모른 체하고 나에게 안심하라고 고개를 끄덕였다. 하지만 그분도 분명히 상황을 파악했다고 나는 확신한다. 내가 단지 그 질문 때문에 무척 놀랐다고 그분이 믿도록 하는 데 성공하지 못한다면 나는 앞으로 며칠 동안은 무척 주의해야 할 것이다. 어쩌면 그분은 당장 내일이라도 '짧은 면담'을 하자고 나를 의사실로 부를지도 모른다.

방금 여왕이 이곳에는 새로운 유행이 생겨서 3등급 환자** 주제에 요조숙녀 행세를 한다고 나에게 욕을 퍼부었

---

* 원래 비소는 독성 물질이지만 당시에는 미량을 사용하면 신경 장애 치료와 식욕 증진에 도움이 된다고 여겨졌다.
** 지방 관청에서 입원 치료비를 지원받는 극빈층 환자.

다. 그러자 간호사들은 나에게 다정한 미소를 보냈고 맹꽁이 간호사는 이렇게 말했다. "전혀 신경 쓰지 말아요. 주임 의사 선생님은 당신이 하고 싶은 것을 해도 좋다고 하셨거든요. 저 싸움꾼 할망구는 금방 잠잠해질 거예요." 하지만 싸움꾼 할망구는 잠잠해지지 않았다. 노파의 곱사등은 성난 고양이처럼 점점 커졌다. 옷을 수선하는 여자들 중 누군가가 노파에게 다가와 가위를 좀 빌려달라고 하자 노파는 당장이라도 덤벼들 기세로 버럭 화를 냈다. 그러자 미나 간호사가 눈을 치뜨고 야단을 쳤다. "이봐 크렐, 얌전히 굴지 않으면 힘센 로젤이 올 거야. 계속 이렇게 봐주진 않겠어!" 이제 어쩌나! 결국 노파는 정말 나 때문에 구속복을 입게 되었다. 나는 두려움과 거부감을 극복해야만 하니, 곱사등 노파에게 양말이나 한 켤레 달라고 빌어야겠다. 그렇게 하면 나에 대한 혐오감이 사라질지도 모른다.

이런 상황에서 사흘 밤을 한숨도 못 자고 꼬박 지새웠다. 이젠 기운이 완전히 바닥나서 크렐 노파와 다투고 싶지도 않다. 레나테가 나한테 반짝 호감을 가졌다가 다시 시들해질 테니 안타까울 따름이다. 내가 곱사등 노파에게 가위를 빌리러 가야 할 때면 레나테는 늘 너무 짠하게 나를 보며 위로의 미소를 짓는다. 그녀 자신도 노파를 무서워하지만 그래도 늘 나 대신 가려고 한다. 하지만 그랬다가는 모두가 보는 앞에서 나는 완전히 체면을 구기는 거다. 병실에 있는 사람들이 모두 늘 우리의 싸움에 관심을 갖는 것이 신기하다. 본래 자기들끼리만 어울리는 아주 폐쇄적인 집단인 2등급 환자들조차도 관심을 보인다. 꺽다리 부인은 안경 너머로 비웃는 표정을 하고 흘겨보는 버릇이 있어서 이따금 나는 그녀가 발작이라도 일으키기를 진심으로 바란다. 적대감만큼 감염되기 쉬운 건 없는 것 같다. 간혹 나 자신이 온통 증오심으로 똘똘 뭉쳐 있다는 느낌이 든다. 예를 들어 크렐 노파가 화난 눈초리로 나를 빤히 바라보면서 악의적으로 "아가씨는 너무 힘들지 않으신가?"라고 비아냥거릴 때면 나는 종종 간호사들이 구속복을 단단히 채우면서 희열의 표정을 짓는 것을 이해하게 된다. 내가 밤에 잠만 제대로 자도 며칠은 더 버텨서 기필코 여왕을 제압할 수 있을 텐데. 내 침대 옆에는 이동식 좌변기가 있다. 적어도 15분마다 누군가가 내 침대 난간 옆으로 뚜벅뚜벅 다가와 눈을 부라리며 나를 노려보면서 나에 대해 알아들을 수 없는 말을 중얼거리는데, 때로는 미안하다고 말하는 이도 있다. 나는 이를 악물고 두번째 베개로 얼굴을 덮는다. 하지만 야간 당직 간호사가 오면 나는 다시 규정대로 베개를 머리 밑에 밀어 넣어야 한다. 야간 간호사는 나를 아주 싫어한다. 그녀는 첫날 밤에 나를 위해

진지하게 노력했지만, 결국 내가 그녀를 모욕했다는 사실이 역력히 드러났다. 하지만 그녀는 너무 많은 걸 알려고 했다. 내가 실연을 당했냐고?…… 그렇게 묻자 나는 노골적으로 비웃는 태도로 "도대체 노상 그 질문만 해요?"라고 맞받아쳤다. 그러지 말았어야 했는데. 간호사는 벌써 약간 기분이 상해서 "그럼 왜 권총 자살을 하려고 했어요?"라고 물었고, 나는 웃으면서 대답했다. "간호사님, 나는 약을 먹었을 뿐인데요." 그러자 간호사는 완전히 기분 잡쳐서 후닥닥 뛰어나갔다. 미안한 생각이 든다. 그녀는 예쁘고 해맑은 표정으로 처음에는 나한테 잘해주려 했던 것인데. 하지만 그렇게 재수 없는 질문이라니! 주임 의사가 배후에 있는지 알 수만 있다면! 워낙 그런 짓을 시킬 사람은 아니다. 나한테 직접 물어볼 수도 있을 텐데, 그러지 않은 것을 보면 물론 수상쩍다. 어쩌면 여자 대 여자로 얘기하면 더 쉬울 거라고 생각하는지도 모르겠다. 내가 어떤 사람인지 안다면 그분은 분명히 더 신중히 대할 텐데. 생각하지 말자! 이런 생각은 집어치우자!! 차라리 소령 부인, 한지, 그리고 여기서 고통받는 모든 사람들을 생각하자. 그래, 증오심에 굴복하진 않을 거야. 아주 담대하게 마음먹고 크렐 노파도 사랑하고, 꺽다리도 야간 당직 간호사도 사랑하는 거야. 눈을 번득이고 사악한 쾌감을 느끼며 구속복을 채우는 미나 간호사의 얼굴도 사랑해야지. 그런 표정을 짓는 어미의 뱃속에 들어 있는 아이는 장차 어떻게 될까? '임신 중' 여성이 정신병원에서 일하는 것은 금지되어 있다고 하던데. 쏟아지는 증오와 비참함에 줄곧 노출되어 있는 아이는 장차 어떻게 될까? 소령 부인만 생각해도…… 그녀는 밤낮없이 매시간마다 시계처럼 침대에서 고함을 질러댄다. "오스트리아에 저주를! 러시아 황제에게 저주를! 온 세상에 세 배로 저주를! 그놈들이 내 남편을 죽였어. 멋지고 당당한 내 남편을. 저주받아라! 저주받아라! 저주받아라!! 살아 있는 자들은 모조리 악마가 데려가라!" 그녀의 눈에는 석탄처럼 불꽃이 이글거린다. 헝클어진 백발 머리는 철사처럼 곤두서 있고, 두 손은 맹금류의 발톱을 길쭉하게 늘인 것 같다. 매시간 이런 소동이 벌어진다. 평소에는 병실 안을 가득 채우는, 덥수룩한 수염을 기른 여가수의 코 고는 소리도 소령 부인의 발작 앞에서는 입김처럼 사라진다. 이따금 나는 소령 부인의 발작을 구원처럼 기다린다. 그러면 적어도 몇 분 동안이라도 한지가 흐느끼는 소리를 듣지 않아도 되기 때문이다. 한지는 이제 겨우 스무 살인데 벌써 꼬박 1년째 여기에 들어와 있다. 매일 세 번씩 코를 통해 호스로 음식물을 공급받는 걸 보면 그녀는 아마 굶어 죽으려 했던 모양이다. 앙상한 해골만 남아 있지만 예전에는 대단한 미인이었음에 틀림없다. 그녀는 검푸른 머리를 대개는 침대 아래로 바닥까지 늘어뜨리고 있다. 오후에 그녀의 어머니가 오면 어머니는 딸의 머리카락을 성물聖物처럼 들어 올린다. 그러면 때로는 소령 부인도 아들이 오기도 전에 저주를 멈춘다. 간호사들은 한지의 어머니 앞에서는 온순한 양처럼 기가 죽고, 끊임없이 노래를 부르는 프리델조차도 매번 잠잠해진다. 이틀에 한 번씩 한지의 남편이 찾아온다. 그는 소령 부인의 아들과 마찬가지로 고위 장교다. 두 사람은 어쩌다 마주치면 근심 걱정 때문인지 수치심 때문인지 얼굴을 붉힌다. 여기서는 고통이 영원히 산처럼 솟아난다. 그 고통의 정점은 매일 사랑하는 마음으로 찾아와 다시 절망해서 돌아가는 사람들이다. 차마 이들의 얼굴을 바라볼 수 없다. 그 표정은 도저히 감당할 수 없다. 이들과 함께 있는 것 자체가 파렴치한 짓이다. 그럼에도 나는 이들의 문병 시간에 침실에 있기 위해 종종 한낮에 몇 시간씩 침대에 드러누워 있곤 한다. 그래서 나는 이들의 동정을 모조리 꿰고 있다. 딸의 머리 다발을 바닥에서 들어 올리는 노부인의 가냘프고 굽은 등, 남편의 절망적인 넓은 어깨. 남편은 늘 장미나 카네이션을 침대 담요 위에 부인의 얼굴 가까이 올려놓고 그 넓은 어깨로 부인의 모습을 최대한 가리려 한다. 아, 이들은 줄곧 한지의 얼굴에서 어떤 변화가 나타나길 얼마나 학수고대하는가! 혹시라도 엄마와 남편을 알아보는 희미한 기색이나 미소, 예전 미소의 잔상이라도, 하다못해 흐느끼는 목소리의 변화 같은 것이라도 나타나길! 하지만 그 어떤 변화도 나타나지 않는다. 영원히 똑같은 목소리가 마치 계산이라도 한 듯이 일정한 간격으로 병실 공기를 날카롭게 가른다. 그럴 때마다 가시에 찔린 어린 고양이의 울음소리를 떠올리게 된다. 이 어머니는 얼마나 숱하게 가슴을 후벼 파는 고통을 느꼈을까?! 정말 나는 그녀의 얼굴 표정을 알지 못하며, 앞으로도 알려고 하지 않을 것이다. 그녀의 굽은 등허리, 대부분 떨리는 손으로 흐느끼는 딸의 이마를 잠시 짚을 때 그 손의 창백한 곡선, 그것만으로도 그녀가 느끼는 고통은 고스란히 표현된다. 때로는 병실을 떠나기 전에 소령 부인의 침대 쪽으로 잠시 몸을 돌린다. 두 어머니, 지체 높은 두 노부인, 끝없이 괴로워하는 두 여인. 두 사람을 에워싼 공기는 얇은 유리막처럼 변하고, 이럴 때 곧잘 소령 부인의 아들이 들어온다. 그는 한지의 어머니에게 마치 성녀를 대하듯 인사를 한다. 그는 한지의 어머니 말고는 그 누구에게도 인사하지 않고 아예 쳐다보지도 않는다. 그는 성큼성큼 어머니의 침대로 다가가서 어머니의 손에 입을 맞춘다. 그러면 어머니의 손은 이제 더 이상 맹금류의 발톱이 아니라 우리가 상상할 수 있는 가장 고결하고 얌전한 손이 된다. 이럴 때면 언제나 누군가가 어머니와 아들 주위를 베일로 가려서, 오로지 눈을 감고 정말 어떤 일이 벌어지는지 어렴풋이만 상상할 수 있다. 늘 아들은 신문을 펴서 읽어주고, 모자는 프랑스어로 몇 마디 대화를 나누며, 힘차게 또는 급작스럽게 몸을 움직이면 난간 침대가 삐걱거리는 소리가 난다. 하지만 이렇게 실제로 벌어지는 일이 참모습은 아니다. 그렇다, 그렇게 겉으로 드러나는 모든 것은 무한히 소중한 어떤 것을 감싸고 있는 깨지지 않는 유리종 바깥에서 벌어지는 것일 따름이다. 어머니와 아들은 그 속에서 황홀경에 잠겨 있다. 눈을 감고 침대에 누워 있으면 그 모습이 눈에 선하게 느껴진다. 여기서는 그 어떤 기적에도 뒤지지 않는 놀라운 변화가 일어나고 있다. 저 어머니는 이제 더 이상 정신이상자, 광란하고 저주하는 자가 아니며, 지금 이 시간 늙은 귀부인의 마음속에는 증오가 털끝만큼도 남아 있지 않다. 마치 물 위를 걷는 예수 그리스도처럼, 아들 앞에서 어머니는 정신착란의 바다 위를 걷고 있다. 그리고 아들은 어머니가 그렇게 한다고 믿는다. 아들은 이제 혹시라도 어머니가 다시 발작을 일으킬 거라고는 한순간도 두려워하지 않는다. 실제로 어머니는 발작을 일으키지 않는다. 아들이 병원의 마지막 문을 닫고 나가기 전까지는 절대로 발작을 일으키지 않는다. 하지만 아들이 나간 후에는 다시 끔찍한 상황이 벌어진다. 모든 지옥이 복수라도 하려는 기세다. 지옥의 소유물을 한 시간 동안 빼앗긴 것에 대한 복수다. 하지만 이루 말로는 형용할 수 없다. '십자가에 매달린 여자'를 보는 것보다 더 끔찍하다. 이렇게 몇 주가 지난 후에도 과연 내가 행여 웃고 싶은 욕구나 용기를 가질 수 있을까? 아, 정말 간절히? 이런 곳에서 웃음을 잃지 않고 간직하려면 먼저 웃는 법을 배워 익혀야만 할 것이다. 방금 크렐 노파가 지나가면서 나를 갈기갈기 찢어서 가루와 재로 만들어버리겠다고 조용히 위협했다. 나는 웃어주었다. 하지만 속으로는 겁이 났다. 어디 한번 '여교사' 테이블로 진출해볼까? 이들은 항상 너무 얌전하게 행동해서 도대체 왜 이런 곳에 들어와 있는지 나도 모르게 자꾸 의문이 생긴다. 그런데 3등급 환자에다 배운 것도 없는 내가 상위 1만 명에 드는 이들의 서클에 진입하기란 쉽지 않을 것이다. 내가 옆을 지나가기만 해도 그들은 모두 쫓아내는 눈초리로 나를 쩨려본다. 다만 나와 같은 병실에서 자는 뚱뚱한 괴테 전문가 여자만이 이따금 살짝 미소를 지어줄 뿐이다. 저 여자한테 『빌헬름 마이스터의 수업시대』*를 빌려달라고 해볼까? 하지만 그러면 결국 나한테 이 작품에 대해

---

* 괴테의 소설.

꼬치꼬치 캐물을 텐데, 나는 이 소설을 정말 읽고 싶은 생각은 없다.

나는 완전히 낙담했다. 내가 다가가자마자 두 여자는 벌써 이탈리아어로 말하기 시작했다. 꺽다리는 고향 관청에서 병원비를 지원받아 여기에 있는 환자는 뭐라도 일을 해야 할 도덕적 의무가 있다고 상당히 직설적으로 말했다. 똑똑하고 진지한 눈초리로 그렇게 말해서 나는 도대체 왜 당신들은 모두 나를 그렇게 싫어하냐고 따질 참이었다. 하지만 바로 그때 천만다행으로 묵주기도를 하는 빨간 머리 여자가 발작을 일으켰다. 그러자 꺽다리가 마치 엄마처럼 나서서 돌봐주었다. 얼른 재킷을 벗어서 쓰러진 여자의 머리 밑으로 밀어 넣어 받쳐주었다. 그리고 혹시라도 혀를 깨물지 않도록 여자의 이 사이로 뭔가를 힘들게 밀어 넣었다. 그래, 이젠 꺽다리가 발작을 일으키길 바라는 마음은 완전히 버려야지. 아무리 나를 비웃고 경멸하는 표정으로 쳐다보더라도. 나는 이제 모든 것을 훨씬 더 잘 이해하게 되었다. 다시는 '여교사' 테이블에 앉지 않을 것이다. 폰 라우슈바호 귀족 집안의 키 작은 여자가 갑자기 검은 눈과 백설빛 머리를 내 쪽으로 휙 돌리며 혹시 '하늘을 나는 말'을 본 적이 있냐고 물었을 때 모두 얼마나 당황했던가. 여자는 프랑스 문학에 관한 이야기를 하던 중에 불쑥 그런 질문을 던졌고, 나는 정말 눈치도 없이 "예"라고 대답했다. 깜짝쇼를 하려는 순간에 이번에도 또 엇박자로 나가다니, 속상하다. 이 여자들 중 누군가를 호의로 대하는 것은 내 분수에 맞지 않는다는 걸 깨달았어야 하는데. 여자가 질문을 했을 때 한바탕 폭소를 터뜨리며 "미친 소리 그만 지껄이세요!"라고 받아쳤어야 했다. 그랬더라면 아무도 감히 나한테 앙심을 품지 못했을 것이다. 하지만 무안하게 "예"라고 부드럽게 대답하니까 키 작은 폰 라우슈바흐는 우스워죽겠다고 폭소를 터뜨렸고, 다른 여자들은 누구도 나를 용서하지 않았다. 모두가 격분하면서도 어쩔 줄 몰라 하는 눈초리로 나를 째려보는 것이 지금도 느껴진다. 하지만 누구도 말로는 개입하지 않았다. 이들은 '하늘을 나는 말' 다음에는 평범한 어휘가 나와서는 안 된다는 것을 경험으로 알고 있으며, 그래서 다른 여자들은 내가 있는 자리에서 평범한 어휘를 사용하지 않으려는 것이다…… 폰 라우슈바흐가 말했다. "그때 우리는 나폴리에 있었는데, 참사관이 이제 막 나한테 청혼을 할 참이었죠. 그러니까, 푸른 바다 앞 야자수와 사이프러스나무 그늘 아래서요. 그분은 운치와 교양이 있는 남자였죠. '바다의 태곳적 바람'*이라는

---

* 릴케의 「바다의 노래—카프리섬, 피콜라 해변에서」라는 시의 한 구절. 다음

시구를 인용했는데, 그래서 나는 곧바로 여기는 카프리가 아니며 바람에 일렁이는 무화과나무도 없지 않냐고 지적해주려 했죠. 하지만 결국 그게 결정적으로 중요한 건 아니죠, 그렇잖아요? 그분은 분명히 『바다와 사랑의 물결』*을 말했지요. 그러다가 '하늘을 나는 말'과 '황금빛 갈기'가 튀어나온 거예요. 사람들 말로는 '하늘을 나는 말'은 행운의 상징으로 편자를 은으로 만들었다고 하는데, 제가 그 주장을 하려는 건 아니에요. 당신들 생각은 어때요? 그렇게 지체 높고 교양 있는 남자가 '하늘을 나는 황금빛 갈기 말'에 집착하다니, 그 생각만 하면 줄곧 웃음이 나온답니다. 정말 우습지 않아요? 황금빛 말총으로만 장정한 책을 언젠가는 펴내고 싶어요. 정말 멋진 생각 아닌가요? 혹시라도 나폴리에 갈 기회가 있으면 명심하세요—" 그다음에 어떤 말을 했는지 나는 알지 못한다. 괴테 전문가 여자가 완전히 웃음기가 사라진 표정으로 나를 데리고 침실로 갔기 때문이다. 그녀는 베개 밑에서 책을 한 권 꺼내 주면서 말했다. "어디 혼자 있는 데로 가서 이 책이나 읽어요." 그렇게 말한 것은 다시는 '여교사' 테이블에 가지 말라는 뜻이 분명

에 언급되는 카프리와 무화과나무도 이 시에 나온다.
* 프란츠 그릴파르처의 희곡.

했다.

  운 나쁘게 오늘은 마리아네 간호사가 근무하는 날이다. 그녀는 나에 대한 반감을 너무 노골적으로 드러내서 란칭어 부인도 감히 미소로 나를 가까이 부를 엄두를 내지 못한다. 평소에는 내가 누구와도 어울리지 못하고 외톨이로 있는 것을 보면 그녀는 곧잘 미소로 나를 부른다. 그녀는 항상 성城과 야자나무가 있는 자수 그림을 뜨개질하는데, 그림에 감탄하면 어린애처럼 곧이곧대로 믿는다. 그녀의 남편은 지금 다른 여자와 살고 있는데, 그래서 결혼도 했고 거의 다 자란 딸도 있지만 아직도 여기서 일하는 것이다. 그녀는 친절하고 호의적인 무심함을 견지하기 때문에 결코 그 어떤 폭력적인 조치에도 가담하지 않는다. 내 생각에는 그녀가 정성스레 뜨개질하는 자수 그림의 경치에도 그런 마음이 담겨 있다. 그녀는 종종 몇 시간 동안 그림 속의 테라스가 있는 성에서 사는 것처럼 몰입한 나머지, 실제로 주위에서 어떤 일이 벌어지고 있는지 전혀 알아채지 못한다. 이따금 그녀는 나에게 젊은 남자 친구 얘기를 해주는데, 지금 단계에는 아직 단지 '엄마 같은 감정'만 느낀다고 했다. 그럼에도 말하는 도중에 너무나 사랑스럽게 얼굴을 붉히곤 해서 그럴 때면 정말 그녀의 목덜미를 끌어안고 싶어진다. 확실히 마리아네 간호사는 이 병동에서 가장 지적이고 마음씨도 정갈해서 제발 나를 참아줄 수만 있다면 너무 좋을 텐데, 어찌 된 영문인지 도무지 그러지 않는다. 물론 나도 그녀에게 똑같이 반감으로 응수해보려 하지만, 그게 도무지 제대로 되지 않는다. 예를 들어 그녀는 지금 도저히 간호사의 눈빛이라 할 수 없는 눈빛으로 '십자가에 매달린 여자' 환자 곁을 지나간다. 그 눈빛에는 절망의 표정과 당당한 용기가 함께 담겨 있다. 그렇지만 아그네스가 그녀를 괴롭히지 않고 그냥 지나가게 내버려둘까!? 의사는 물론 간호사가 지나가면 아그네스는 그 누구도 예외 없이 빤히 쳐다보면서 짐승처럼 울부짖는다. "나를 죽게 내버려둬! 제발 죽게 두란 말이야! 예수 그리스도의 고난을 생각해서 제발 나를 죽여줘!!" 그러면서 그녀는 온몸을 뒤틀고, 양손을 들어 올려 펴려고 하지만 그렇게 할 수가 없다! 그녀의 두 손은 벽에 달라붙어 있어야만 하기 때문이다. 아니, 벽을 할퀸다는 말이 적절할 것이다. 때때로 그녀는 두 손을 제대로 펼 수만 있다면 사람들이 자신의 하소연을 참고 들어줄 거라고 생각하는 것이 분명하다. 그런 생각으로 그녀는 넘어져 쓰러질 거라는 광적인 공포심을 극복하고 벽에서 손을 떼지만, 그러면 짐승처럼 픽 쓰러지고 만다. 그다음에는 몸 아래쪽에 더 깊이 떨어질 구덩이 같은 것이 없는지 확인하고서 바닥에 쓰러진 채 미친 듯이 양손을 뻗는다. 그리고 양손을 새의 날개처럼 파닥거리고, 마치 무기처럼 양손을 아래에서 위로 번쩍 치켜들며, 지나가는 사람의 발목을 양손으로 마치 노끈처럼 칭칭 감는다. 병원에 들어온 지 며칠 지나지 않은 어느 날 나는 그러다가 그녀 쪽으로 쓰러져야만 했고, 그래서 그녀의 머리를 내 무릎으로 받쳐주었다. 하지만 여기서 그런 일은 좀처럼 용납되지 않는다. 미나 간호사는 나에게 "괜히 일 벌이지 마세요"라며 제지하더니, 아침 급식 때 나에게는 특별 커피를 주지 않았다. 하지만 내가 역겨운 맛에도 불구하고 밀가루수프를 억지로 삼키자 미나 간호사는 조금 누그러져서 나를 달래야겠다고 생각한 모양이었다. "저 여자가 많이 아프다고 생각하진 말아요. 저기 당신 병실에 함께 있는 여자는 유방암인데 훨씬 더 심각해요. 물론 똑바로 설 수 없다는 것도 편치는 않지요. 그 여자는 평형기관에 장애가 있어서 벽에서 떨어지면 바로 쓰러지거든요. 하지만 여기서 벌어지는 일에 신경 쓰지 말아요. 주임 의사 선생님도 환자들이 관여하는 건 좋아하지 않아요. 그런 치다꺼리 하려고 우리가 있는 것 아니겠어요? 내일은 다시 커피를 줄게요. 오늘은 그저 내가 제대로 풀리는 일이 없네요." 간호사는 이런 식으로 나를 달랬고, 나는 마치 아침 커피보다 중요한 것은 없다는 듯이 그녀에게 미소를 지었다. 그런데 '십자가에 매달린 여자' 앞에는 밀가루수프가 담긴 양철 그릇이 바닥에 놓여 있었고, 여자는 엎드린 채로 마치 짐승처럼 수프를 핥아 먹고 있었다. 여자는 서른에서 마흔 살 사이로 보였고, 그러니까 앞으로 20년은 더 살 텐데, 그 20년 동안 십자가에 매달린 사람처럼 벽을 잡고 있거나 짐승처럼 바닥에 드러누워 지내야 한다. 여자가 하는 말은 오로지 "나를 죽여줘! 제발 나를 죽여줘!"가 전부다. 하지만 아무도 그렇게 하지 않을 것이다. 파닥거리며 애원하는 여자의 손에 잡히지 않으려고 모두가 그녀를 피해서 돌아간다. 마리아네 간호사가 절망과 당당한 용기가 뒤섞인 표정으로 여자를 바라보았다. 마리아네는 나를 지독하게 싫어하지만, 그래도 그런 모습을 보여주니 축복받을 것이다. 마리아네의 용기는 아그네스가 절망적으로 애걸하는 그런 용기는 아니지만 말이다. 그렇다, 마리아네는 아그네스가 바라는 용기를 보여준 것은 아니다. 마리아네는 정말 신앙심이 깊은 모양이다. 그녀는 다른 용기, 확실히 더 숭고한 용기를 보여준 것이다. 하지만 그녀 자신의 마음을 굳건히 하는 것 말고는 다른 사람에겐 도움이 되지 않을 것이다. 아니면, 아그네스가 혹시 도움을 받은 것일까? 어째서 마리아네의 눈빛에 압도당한 것처럼 아그네스가 고통으로 일그러진 얼굴을 떨구었을까? 마치 누군가가 언젠가는 구해줄 거라고 굳게 약속이라도 해준 것처럼. 여기에 있으면서 나는 갈수록 더 의사들은 모두 사제이고, 간호사들은 모두 수녀님이 틀림없다고 생각하게 된다. 여기서 접하는 고통은 인간이 감당할 수 있는 한계를 훨씬 넘어서기에 단지 인간적 관점에서만 대응하기란 불가능하기 때문이다.

예를 들어 맹꽁이 간호사는 착하다. 그녀는 이따금 '십자가에 매달린 여자'를 벽에서 떼어내어 마치 걸음마를 배우는 아이처럼 껴안고 복도를 이리저리 몇 차례 오가도록 이끌어주는 유일한 사람이다. 맹꽁이 간호사는 고아원에서 자라 여기에 와서 힘든 일을 하고 있고, 엄마가 누구인지도 모르며, 그녀 자신도 전혀 사랑을 받아본 적이 없을 것이다. 물론 그녀도 아이를 가졌고, 어쩌면 그 때문에 이렇게 감동적인 따뜻한 마음씨를 보여주며, 그래서 모두가 그녀를 좋아하지 않을 수 없고 다름 아닌 맹꽁이 간호사라 부를 수 있는 것이다. 그녀와 미나 간호사가 테이블에 앉아서 아기 용품 만드는 모습을 보면 두 사람은 얼마나 큰 차이가 있는가. 두 사람 모두 행복해 보이지만, 한 사람은 자신의 행복에 경계선을 긋고 행복을 완전히 혼자 독점하며, 위를 쳐다볼 때면 대개는 무심하고 딱딱한 표정을 짓는다. 반면에 다른 한쪽은 매사에 부드러움을 유지하고 자신의 행복을 끊임없이 다정하게 여기저기 나누어주며, 그렇다고 해서 자신의 행복이 줄어들지도 않는다. 나는 맹꽁이 간호사가 가진 아이에겐 아무런 걱정이 없다. 그녀가 그렇게 많은 사랑을 나누어주니까 그녀는 분명히 사랑의 성채 안에서 사는 것이다. 그 누구도 감히 침범하지 못할 것이다……

나는 의사 선생님 방으로 호출을 받았다. 법원 소속 정신과 의사가 기다리고 있었다. 프리델 간호사가 나를 데려왔고, 방문 앞에서 다시금 달래는 어조로 내게 당부했다. "아가, 용기를 내. 널 잡아먹진 않을 테니까. 괜히 겁먹지 말라고." 나는 전혀 겁먹지 않았고, 어차피 나한테 좋은 일이 생길 거라고 기대할 수도 없었다. 주임 의사 선생님과 수간호사가 함께 있었는데, 수간호사가 흥분해서 안절부절못하는 모습을 나는 얼마든지 무시할 수 있었다. 그다음에 키가 작고 대머리인 낯선 남자가 보였다. 이제 와서 내가 간절히 바라는 것은 그 사람에게 딸이 하나 있고 그 딸이 자살을 시도한 후 법원 소속 정신과 의사에게 지독하게 시달렸으면 하는 것이다. 하지만 의사의 딸은 요조숙녀일 테니 애초부터 모든 것이 다른 모양새로 전개될 것이다. "이 여자가 그 문제의 인물입니까?" 내가 그 의사에게 들은 첫마디가 그랬다. 주임 의사는 다소 어색한 미소를 지었다. 이렇게 시작하는 것이 안심이 되지 않는 모양이었다. "그러니까 목숨을 끊으려 했단 말이지요. 어째서 그랬는지 이유를 말해주지 않겠소?" 그러자 수간호사가 창문 쪽으로 팔짝팔짝 뛰어가더니, 거기서 나를 뚫어지게 지켜보았다. 주임 의사는 여전히 바닥을 보며 미소를 짓고 있었고, 키 작은 의사의 대머리에 책상용 램프가 비쳐서 나를 비웃는 것 같았다.

나는 웃음을 터뜨렸다. 분명히 아주 듣기 싫은 엉뚱한 웃음이었고, 나는 키 작은 의사가 나에게 호감을 갖게 하는 데 도움이 되지 않을 웃음이라는 걸 깨달았다. "우리는 시간이 많지 않아요." 그는 화난 어조로 그렇게 말하고는 주임 의사에게 "이 여자는 대체 의사소통이 가능한 겁니까?"라고 물었다. 그러자 주임 의사는 이상한 표정으로 흘낏 위를 쳐다보더니 "그럼요, 물론이지요"라고 대답했다. "자, 어서 대답해요!" 그 흉악한 자가 안달이 나서 계속 쪼아댔다. "말하고 싶지 않아요." 나는 뻣뻣하게 대꾸했다. "하지만 틀림없이 그럴 만한 이유가 있을 것 아니오. 혹시 남자 친구가 당신을 버렸는데 금방 다른 남자 친구가 생기지 않았던 것은 아니오, 그렇지 않아요?!" "애초에 남자 친구 따위는 없었다고요." "아, 그래요, 좋아요. 그럼 이제 집안 분위기에 대해 얘기해보세요. 아직 부모님이 계시는데, 그런 일을 저지르니까 뭐라고 하던가요? 뭐라고 했죠?" 이 대목에서 주임 의사는 나의 가정 형편이 쪼들리고 불우하다고 토를 달았다. 그건 물론 과장된 말이다. 어쩌면 내가 암시한 말에서 그런 인상을 받았을 수도 있고, 아니면 그저 조금이라도 나를 도와주고 싶었을지도 모른다. 키 작은 의사가 주임 의사를 보며 말했다. "그렇다면 어째서 일을 하지 않는 거죠? 좀 허약해 보이긴 하지만, 그렇다면 쉬운 일자리를 맡으면 될 텐데요. 이런 어린 여자애들이 간혹 그 같은 나이대에 저지르는 온갖 멍청한 행동을 몰아내는 데는 노동이 약이지요. 학교를 졸업하자마자 정식으로 엄격한 일터로 보내는 것이 항상 히스테리를 막는 최고의 처방입니다. 그러니까 1년쯤 단련을 시키면 그다음에는 어디엔가 취직을 시킬 수 있을 겁니다." "그런데 시만 쓰려고 해요." 창가에 있던 간호사가 톡 쏘는 어조로 말했다. 모두가 웃었다. 나라고 웃지 말라는 법이 있나? "좋아, 얘야." 키 작은 의사가 말했다. "넌 당연히 시 쓰는 습관을 버려야 해. 보나 마나 '시'를 '쉬'라고 쓰겠지. 철자법도 제대로 모르는 주제에 시를 쓰려고 하다니! 이봐요, 동료 양반, 광산 노동자가 모두 자식들을 중고등학교까지 보내려고 하면 이런 불상사가 벌어지는 겁니다. 그러니까 얘야, '쉬'를 쓰는 건 다른 사람들한테 맡기라고. 그리고 주임 의사 선생님이 다시 너를 제정신으로 돌려놓으면, 그러니까 2년 후에 말인데, 그때는 너한테 온갖 집안일을 본때 있게 가르쳐줄 사모님을 만나서 기뻐하게 될 거다. 알겠어?" 나는 분해서 얼굴이 새빨개졌다. 그런데 주임 의사는 내가 겁을 먹고 그러는 줄 알았는지, 몰래 책상 밑으로 손가락 여섯 개를 펴서 쳐들었다. 내가 비소 치료를 받기 위해 6주 동안만 여기에 머물면 된다는 뜻이었다. 그래도 소용없다. 주임 의사 선생님이 그런다고 내 상황이 더 쉽게 풀릴 수 없다는 건 내가 이미 빤히 알고 있다. 고향 관청에서 이곳 치료비를 지불해야 하는데, 그러자면 내가 정말 미쳤다는 증빙 자료와 증명서가 필요할 테니까. 물론 내가 다시 집에 돌아가면 그건 그러려니 하고 좋게 넘길 수 있다. 결국 내가 여기 입원을 자원했을 때는 그 정도는 각오할 수밖에 없었다. 그런데 나는 도대체 여기서 뭘 기대했던 걸까? 무엇을 치유한다는 말인가? 일정한 간격을 두고 일정량의 비소를 섭취하면 내 인생이 의미가 있을 거라고 내가 정말 믿었던 것일까? 그러면 내가 예뻐지거나 씩씩해지거나 쾌활해질 수 있을 거라고? 물론 나는 한순간도 그렇게 믿은 적이 없다. 하지만 나의 자살 시도가 참담하게 실패한 후에 내가 달리 어디로 갈 수 있었을까? 수면제 서른 알을 먹었고, 사흘 낮 나흘 밤 동안 죽은 듯이 잠을 잤으며,

그러고서 다시 깨어났을 때 내 주위에 아무것도 달라진 건 없었다. 다만 엄마가 말이 없어지고 얼굴이 돌덩이처럼 굳었다. 물론 언니들은 내가 '독감'에 걸렸다는 말을 믿지 않았다. 그때까지 엄마는 힘든 일을 한 번도 내려놓은 적이 없었는데, 이번에는 집을 나갔다. 내가 다시 일어나서 두 발로 서기도 전에. 엄마는 베타 언니의 남자 친구 아누스를 싫어했지만 베타 언니한테 달려갔다. 엄마가 다시 돌아왔을 때 내가 집에 있어야 했을까? "엄마는 사흘 동안 저 위에 있는 언니 집에서 지낼 거야." 루이 언니가 그렇게 말하고 울었다. 하지만 아무도 나를 혼내지 않았다. 아빠는 약초를 구해 오셨는데, 아빠는 내가 독감에 걸렸다고 믿은 유일한 식구다. 아빠는 내가 이번에 6주 동안 어디에 있는지도 영원히 모를 것이다. 식구들은 내가 귀가 아파서 병원에 입원했다고 아빠한테 말할 것이다. 식구들이 적어도 아빠만은 밝은 표정으로 바라볼 수 있겠지. 아, 맙소사, 나는 단순히 다시 집에 돌아갈 생각만 하고 있잖아. 어젯밤에만 해도 다시는 시를 쓰지 않겠다고 작심했는데. 아, 그럼 도대체 달리 뭘 하지?! 규율이 엄한 정식 일자리를 구하고 '쉬'를 쓰는 건 더 이상 하지 말고, 사모님께 깍듯이 인사드리고, 밤낮으로 오만가지 하기 싫은 손놀림을 해야 하나?? 도대체 누굴 위해, 무엇을 위해?? 매일 아침 하루가 시작되는 걸 두려워하고, 나한테 떨어지는 온갖 요구를 두려워하면서. 내가 손대야 하는 모든 대상을 지독하게 싫어하고 미워하면서도 익히고 알아야 하고, 모든 손놀림이 잘못될 거라는 걸 뻔히 알면서도 손놀림을 해야 하고. 그 무엇에도 애정을 쏟지 못하고, 어떤 일도 해낼 자신이 없다. 가장 소중한 한 가지 일, 즉 내가 사랑받을 수 있게 나를 변화시키는 일을 해내지 못했으니까. 하지만 그들 말이 맞다. 아마도 불행한 사랑 때문일 거라고 넘겨짚은 사람들이 모두 얼추 비슷하게 알아맞힌 것이다. 사랑을 요구받은 적도 없고 해본 적도 없으니 그보다 더 불행한 사랑이 어디 있겠는가. 주임 의사는 첫 면담 때부터 이미 "남자 친구를 사귀어야 해요"라고 했다. 그러자 나는 냉정하고 무덤덤하게 응수했다. "그럼 길거리를 가다가 처음 만나는 멋진 남자의 목을 끌어안을까요? 선생님이 바로 그 남자라고 생각하는 거예요!?" 물론 그러자 우리는 함께 한바탕 웃었고, 주임 의사는 다시는 이 문제를 건드리지 않았다. 이런 종류의 제안을 하는 사람들이 대체 사랑에 대해 어떤 생각을 하는지 알아보면 재미있을 것이다. 이들은 정말 사랑을 그저 치료제라고 생각하는 걸까? 그리고 사랑에도 위아래를 구분해야 한다고 생각하는 걸까? 그 대머리 의사가 나가면서 했던 말이 어쩌면 맞을 것이다. "이 경우도 노동자의 자녀들이 정식으로 일을 하도록 교육받지 않고 소설이나 읽으면 어떤 결과가 초래되는지 보여주는 끔찍한 사례지요."
분명한 것은 내가 고향 관청의 지원을 받아 정신병원에 들어오지는 않았을 거라는 사실이다, 만약…… 아니, 말하지 않겠다. 이 글에서도 그것만은 쓰지 않겠다. 그건 나의 행복이자 유혹, 달콤한 추억으로 남아야 한다. 또한 이루 말할 수 없는 고통이자 부끄러움, 절망이기도 하다. 어쩌면 나는 6주가 다 되기 하루 전날 뭐든 아주 터무니없는 짓을 저지를 것이다. 너무 황당한 짓거리여서 결국 주임 의사도 내가 2년 동안 이 병원에 있는 데 동의하도록, 아니면 아예 평생 이 병원에서 썩도록 말이다. 눈을 감고 오직 냄새만 맡으면 나는 그분이 오가는 곳, 그분의 목소리와 미소가 머무는 곳에 있노라고 언제라도 상상할 수 있다. 그분이 문간에 서 있으면 간호사들과 환자들이 그분에 대한 경외심으로 다소곳해지는 그곳에. 아, 맙소사, 그분은 어쩌면 매일 저기 바깥에서 지나다니고, 그렇다면 내가 듣는 새소리도 똑같이 들을 것이며, 똑같은 풀과 나무의 향기를 맡겠지. 그리고 창살이 달린 이 창문에 부딪치는 바람 소리에 어쩌면 그분은 바로 저 구름을 바라볼지도 몰라…… 그렇다면 내가 평생 여기에 머물지 못할 까닭이 없잖아? 필요하다면 매일 양말 깁는 일을 할 수도 있어. 언젠가는 여왕도 나에게 적응할 테고, 아니면 내가 두려움에 적응하면 되지.

그러니까 나는 여기에……

아누스가 면회를 왔고, 나는 그의 목을 와락 끌어안았다. 면회실 한가운데서 낯선 문병객들과 정신이상 환자들, 두 감독 간호사, 이 모든 사람들이 지켜보는 앞에서 그랬다. 이렇게 된 것은 모두 다 그 우라질 대머리 악귀 의사 때문이다. 그자가 나를 비웃고 깔아뭉개는 바람에 나와 같은 처지의 가난한 환경에서 자란 사람의 얼굴이 나에겐 하늘의 은총처럼 반갑기만 하니까. 아누스는 착하다. 해가 가고 날이 바뀌어도 아누스는 내내 실업자 신세인데도 베타 언니가 아누스를 떠나지 않은 것은 잘한 일이다. 아누스는 부끄러운 줄도 모르고 눈시울을 적시고 있으니 평소의 늘 고상한 태도는 문밖에 떨어뜨리고 왔나 보다. 아누스는 착하니까 나도 언젠가 아누스 같은 남자를 만나면 좋겠다. 그래, 이런 남자와 살기 위해서라면 나도 베타 언니처럼 밤늦게까지 일할 거다. 그는 나에게 책을 몇 권 갖다주었는데, 그중 한 권 속에 담배 세 개비와 납작한 성냥갑이 들어 있다. 나는 그를 흉보는 글은 쓰지 않을 거다. 가난하게 사는 사람을 비웃는 말을 단 한마디라도 내뱉거나 글로 쓰는 사람은 악마나 데려가라지. 아, 그런데 내가 왜 이렇게 화를 내지? 이게 화낼 일인가? 따지고 보면 그저 내가 전혀 모르는 어떤 사람이 자신의 관점에서 관찰한 대로 내 주위의 문제들에 대해 말했을 뿐이고, 그것 말고는 아무 일도 일어나지 않았다. 이 생각은 그만하자!…… 레슈케라면 "조용히 덮어두자"라고 말하겠지. 그는 자기만의 독특한 라틴어와 독일어 어휘를 구사하는데, 그런 말을 아주 잘 써먹는다. 내가 도대체 어째서 그와 사귀기를 거부했던 걸까? 아누스가 다시 오면 동생이 지금 어디서 돌아다니는지 물어봐야지. 물론 지금 형편으로는 사귄다는 건 생각할 수도 없다. 레슈케 같은 사람도 자존심이 있으니까 정신병원에 있는 처녀를 데려가진 않겠지. 베타 언니가 면회를 오지 않겠다니, 천만다행이다! 아누스는 눈치가 빠르니까 이곳 분위기를 그대로 얘기하지는 말아야 할 텐데, 틀림없이 잘할 거야. 베르타와 막달레나도 나와 함께 면회실에 있다. 평소와 마찬가지로 막달레나는 병에 감염된 예쁘고 불행한 얼굴로 앞을 멍하게 응시하면서 어머니를 보지 못하는 듯한 태도를 취하고 있다. 그녀는 이따금 아누스를 아래에서 위로 이상한 태도로 훑어본다. 아누스도 금방 그녀에게 관심을 보이지만, 그녀에 대해 그에게 아무 말도 해줄 수 없다. 그녀의 사연에 대해서는 나 자신도 알지 못하기 때문이다. 평소에 무엇에 대해서든 정보를 알려주는 미나 간호사한테 막달레나에 대해 물어본 적이 있는데, 그러자 미나 간호사는 그저 이런 말만 했다. "아, 더러운 년이라니까요. 그녀에 대해 아무것도 모르는 걸 다행으로 아세요." 막달레나는 전혀 말을 하지 않고, 언제나 짓무른 손가락으로 망가진 얼굴을 여기저기 더듬는다. 마치 얼굴에서 뭔가를 찾기라도 하듯이. 그녀는 밤에 잠을 거의 자지 않는 것 같다. 마치 줄곧 짐승이 튀어 오르듯 그녀의 침대에서는 종종 삐걱거리는 소리가 들리기 때문이다. 그녀의 어머니는 점잖은 농부 아낙네인 것 같은데, 어쩌면 친어머니가 아닐 거라는 느낌이 든다. 어머니의 얼굴에서는—보자기에서 사과나 흰 빵을 꺼내어 막달레나에게 건네주는 손에서도—사랑이나 애틋함이 전혀 느껴지지 않기 때문이다. 막달레나의 숱 많은 금발을 땋은 머리는 반쯤 풀어져서 등허리로 흘러내리고 먹을 것을 받을 때는 주둥이까지 뒤덮는다. 그럴 때면 어머니가 딸의 머리를 치워주는데, 어머니의 동작은 마치 보기 싫은 것을 치워버리는 느낌을 준다. 한지의 어머니가 딸의 머리를 들어 올릴 때의 모습은 얼마나 다른가! 나는 분명히 막달레나를 좋아하게 될 것이다. 어쩌면 오늘 당장 용기를 내서 저녁 식사 시간에 그녀 옆자리에 앉을 수도 있겠다. 물론 그녀는 무슨 영문인지 알아차리지 못하셨지만, 그렇다 해도!⋯⋯ 베르타는 면회객에게 전혀 다른 태도를 취했다. 그녀의 면회객은 뾰족 수염을 기르고 안경을 낀 나이 든 남자였는데, 여기 사람들이 모두 병원 복장을 하지 않았다면 그는 영락없이 병원 사람으로 보였을 것이다. 그는 웃음을 참지 못해 낄낄거렸고, 베르타가 조용히 부르는 노래에 장단을 맞추어 기괴한 몸동작을 했다. 프리델 간호사가 강하게 제지하지 않았으면 두 사람은 분명히 함께 춤을 췄을 것이다. 아누스는 그 면회객을 베르타의 오빠라고 생각했지만, 사실은 베르타의 죽은 아버지 친구로 농아학교 선생님이라고 한다. 아누스는 떠나기 전에 이렇게 말했다. "부득이한 경우가 아니면 여기서 한 시간이라도 더 오래 지체해선 안 돼." 또한 적어도 이틀에 한 번은 면회를 오겠다고 약속했다.

이제 나는 다시 병실 구석의 내 자리에 앉는다. 뜻밖에 존중을 받아서 마음속으로 고양된 느낌이 든다. 이름을 모르는 저 여자 환자는 상앗빛 피부를 가진 백작 부인 같다. 그녀는 곧잘 종종걸음으로 복도의 위쪽 절반 공간을 왔다 갔다 한다. 그럴 때면 어두운색 긴 치마가 힘차고도 쭈뼛거리는 듯한 모양새로 그녀 뒤로 나풀거린다. 그녀의 목소리는 여간해서 듣기 어렵다. 일종의 오만함으로 살짝 높인 목소리가 그녀에게 어울린다. 그렇지만 그 목소리는 마치 영원히 비밀에 부쳐진 비싼 가격을 치르고 구한 듯한 느낌을 준다. 그녀는 이렇게 얻은 목소리와 남들과 다른 방식의 죽음을 위해서라면 언제라도 목숨을 바칠 각오가 되어 있는 듯한 의구심이 들 정도다. 하지만 나는 그녀가 자신의 삶을 존중하지 않는다고 생각하진 않는다. 오히려 내 짐작에 그녀는 자신의 삶과 관련된 모든 것을 매우 소중히 여길 것이다. 방금 미나 간호사가 지나가면서 나에게 미소를 지었다. 저 상앗빛 피부의 백작 부인이 도대체 누구인지 미나 간호사에게 물어볼까. 환상도 소중하지만 진실은 더 중요하다…… 이제 알고 보니 그녀의 이름은 ××이고 여성복 재단사였다고 한다. 나는 지금도 슬며시 웃음이 나온다. 백작 부인이 아니라고 해서 울어야 할 까닭이 없기 때문이다. 여기서는 모든 것이 정상적인 사람들의 세계와는 전혀 다른 차원에서 진행되고 훨씬 더 다양한 방향으로 전개된다. 나는 진실과는 무관하게 상앗빛 피부의 백작 부인의 모습을 잘 간직할 수 있을 거라고 직감한다. 그녀가 나를 한 번 더 불러줄까? 이제 많은 것을 더 잘 이해하게 되었다. 물론 어떤 유복한 친지가 그녀를 위해 2등급 환자의 치료비를 지불해준다 하더라도 그녀는 학력이 모자라니 '여교사' 테이블에 낄 수는 없다. 그렇다고 공공복지 기금의 지원을 받아 아예 여기서 살아야 하는 극빈층과 어울릴 수도 없다. 그래서 이런저런 고려 끝에 나를 낙점한 것이다. 내가 그전에 생각한 대로 그 어떤 은밀한 공감을 느껴서 그런 게 아니다. 그럼에도 그녀는 고상한 태도를 보여주었다……"실례가 되지 않는다면, 저와 할마* 게임 하지 않을래요?" 마치 조각이라도 한 듯 수려하고 비단결처럼 반짝이는 작은 얼굴을 거의 황홀한 표정으로 들고서 그녀는 그렇게 조용히 물어 왔다. 나는 화들짝 놀라서 무척 서투르게 대답했는데, 실례가 되진 않지만 할마 게임을 할 줄 모른다고 했다. 그러자 그녀는 가느다란 입 언저리에 설핏 미소를 띠며 기꺼이 가르쳐주겠다고 했다. 그래서 게임을 하게 되었다…… 하지만 게임은 잘 풀리지 않았고, 그녀는 조바심을 극복하려고 애썼는데, 그런 모습은 그녀의 전반적인 태도와 어울렸다. 나는 마치 어려운 시험이라도 치르듯이 정신을 집중했지만, 장기 말을 어느 쪽으로 옮겨도 그녀에게 유리하게 결판이 났다. 그러자 시간이 갈수록 그녀는 짜증을 냈는데, 그것은 돌멩이처럼 딱딱한 느낌을 주는 그녀의 손에서 가장 두드러지게 드러났다. 그녀는 이기는 횟수가 늘어날수록 싫증을 냈다. 나는 어째서 살아오면서 할마 게임도 배우지 않았을까? 나는 이 게임이 전혀 재미가 없었지만, 그래도 배워두었더라면 여기서 지내기

---

* 서양 장기의 일종.

가 좀더 편했을 텐데. 그래도 그녀가 나를 다시 불러줄까? 모두가 지켜보는 앞에서 또 이렇게 낭패를 당하면 고약하다. 여왕이 오늘은 쉬기로 했는지 갑자기 더 크게 보이는 곱사등을 소중한 짐처럼 짊어지고 복도를 오락가락 거닐고 있다. 간호사들은 여왕이 그러도록 내버려둔다. 심지어 미나 간호사도 오늘은 구박하는 말을 일체 자제하고 있다. 어쩌면 내가 이들에게 종종 잘못하는지도 모르겠다. 어떻든 이들은 어느 정도는 이곳 상황에 힘들어하는 것이다. 내 오른쪽으로 두번째 침대에 누워 있는 삐쩍 마른 여자는 줄곧 비명을 지르거나 주사를 맞은 후에는 죽은 듯이 잠을 자는 것으로 시간을 보낸다. 아침에 그녀가 죽어가는 모습으로 화장실 앞의 작은 공간으로 옮겨졌고, 그곳에서 결국 낮은 들것에 누운 채 홀로 외로이 죽고 말았다. 아무도 기도하거나 울지도 않았고, 이번에는 죽음마저도 그렇게 무덤덤하게 지나갔다. 사실 나는 기도할 수도 있었지만, 가장 먼저 든 생각은 이동식 변기 바로 옆에서 뜬눈으로 밤을 새우지 않도록 죽은 여자의 침대를 차지할 수 없을까 하는 것이었다. 물론 내가 그런 부탁을 하는 것은 도를 넘는 일이다. 그렇지만 적어도 의사들 중 누군가가 먼저 그런 생각을 할 수도 있지 않을까…… 그게 그 유명한 이웃 사랑이 아닌가. 한 여자가 끔찍한 고통을 겪고 나서 죽었다. 마치

한 마리 짐승처럼 죽었다. 그런데 또 다른 여자는 죽어 나간 여자의 침대를 차지할 궁리만 하고 있다.

  이제 저녁 식사 시간을 다시 한번 간신히 넘겼다. 그래도 나는 막달레나의 옆자리에 앉았다. 하지만 그런 행동은 사랑에서 우러나온 것이라기보다는—여기서 사랑이라는 말은 정말 실행하기 힘들다!—오로지 나 자신을 벌하기 위해서였을 뿐이다. 그러니 막달레나가 나를 마치 허접한 물건처럼 무시해도 지당하다. 그녀의 감염된 피는 그녀에게 끝없는 고통을 유발한다. 그녀는 그러지 말라고 아무리 경고를 해도 줄곧 피가 나도록 긁어댔다. 그 바람에 결국 남자 병동에서 일하는 간호사 둘을 데려와 파렴치하게 거친 동작으로 불쌍한 막달레나에게 구속복을 입혀 결박했다. 꼭 그럴 필요가 있었는지 모르겠지만, 확실히 그럴 필요까지는 없었을 것이다. 그들은 그녀의 젖가슴에 손이 닿자 더 이상 간호사가 아니라 남자로서 쾌감을 즐겼던 것이다. 만약 천사가 있다면 어째서 그 어떤 천사도 가장 흉악한 지옥에서나 벌어질 일을 이 지상에서 막아내는 의무를 다하지 않을까. 지금 나는 이 일을 평범한 말로 쓰고 있고 대수롭지 않은 일처럼 쓰고 있지만, 본래는 여기 담장의 벽돌을 차례로 허물어뜨려서 하늘을 향해 하나씩 던져야만 할 것이다. 하늘이 여기 지상에 있는 것들에게도 행해야 할 의무가 있다는 걸 알아차리도록 말이다. 어쩌면 나는 이런 말로 저주를 퍼부을 수도 있을 것이다. 하지만 그런 말을 글로 쓰는 것이 내가 할 일이다. 다른 사람들은 다리를 건설하고, 또 다른 사람들은 아이들을 낳고, 또 누구는 마음속에 있는 것들을 음악으로 표현하고, 또 누구는 아마 그림을 그리면서 붓을 놀릴 때마다 증오를 표현할 것이다. 아, 우리는 모두 우리가 던져진 방향으로 나아가게 마련이다. 돌멩이! 돌멩이! 돌멩이!

나는 다시 울고불고 난리를 피웠다. 방금 회진이 있었기 때문에 나는 말하자면 즉석에서 전문가의 손길로 위로를 받을 수 있었다. 주임 의사가 말했다. "그런데 아가씨, 대체 무슨 일입니까? 무슨 일이죠?" 보조 의사도 거들었다. "아가, 아가, 제발 진정해요!" 수간호사도 나섰다. "이봐요, 제발 정신 차려요! 당신 혼자 여기 있는 게 아니잖아요!" 그러자 미나 간호사가 보고했다. "그 까칠한 여자를 구속복으로 결박해야만 했는데, 아마 그래서 이 아가씨가 충격을 받은 게 아닐까요?" "아 저런, 여기서는 그런 일에 적응해야 해요." 그렇게 주임 의사가 나를 달랬다. 그런 일이 있고서 나중에 나는 다시 진료실로 가서 주임 의사와 면담해야만 했다. 내가 보기에 주임 의사는 매사에 좋게 대해주지만 나에 대한 태도가 흔들리는 것 같았다. 그가 마치 뒤

통수를 치듯이 갑자기 거칠게 한 방 먹이는 식으로 질문을 했던 것이다. "야간 당직 간호사 말로는 당신이 벌써 나흘째 꼬박 뜬눈으로 밤을 지새웠다고 하더군요…… 정말 잠이 오지 않아서 부득이하게 그런 건가요?…… 아니면 혹시라도……" 지금이 나한테 위험천만한 순간이라는 걸 내 아둔한 머리로는 알아차리지 못했다. 하긴 내 머리로 정신과 의사와 맞짱 뜰 수는 없다. 하지만 지금 내가 마치 칼날 위에 서 있는 것처럼 신경이 극도로 예민한 상태라는 것은 분명히 느껴졌다. 그래서 내 대답도 거칠게 나갔다. "아니면요? 아니면 뭐가 어쨌다는 거죠? 제가 그저 재미 삼아 밤을 홀딱 새우는 줄 아세요? 조금이라도 관심을 끌어보려고 그런다는 거죠? 그렇지 않아요? 그렇게 생각하죠? 그렇죠?" "자, 자, 그렇게 마구 덤비지 말아요. 나는 아무런 생각도 안 했어요. 나는 도와주려고 있는 사람입니다. 하지만 그렇게 매일 밤마다 잠을 자지 않으면 낮에 사소한 일에도 신경질이 나는 게 너무 당연하지요. 무슨 약을 먹었는지 아직도 기억나지 않으세요?" "예, 나는 라틴어도 읽지 못하고 기억력도 좋지 않거든요." "좋아요, 그럼 조치를 취해야겠네요." 그러고는 잠시 뜸을 들였다. 아마 모종의 조치에 지레 겁먹게 해서 나를 제압하려는 모양이다. 그의 의도는 거의 성공한 듯했다. 내가 어쩌면 나에게도 남자 병동의 간호사를 데려올 거라고 생각했기 때문이다. 하지만 나는 어쩔 수 없는 상황이 되면 아주 순순히 구속복을 입기로 마음먹었다. 그다음에 주임 의사는 내가 이미 거의 반쯤 찢어버린 압지押紙를 조용히 내 손에서 빼앗으며 말을 계속했다. "그래서 조치를 취할 건데, 저녁마다 잠자기 전에 뜨거운 물로 목욕을 하세요. 그러고서 시간이 지나면 차도가 있을 겁니다." 아, 주임 의사는 이 말로 나를 고분고분하게 하려는 의도를 거의 달성했다. 나는 이 깜짝 선물에 너무 기뻐서 얌전해졌으니까. 나는 그의 손을 잡고 울고 싶은 것을 간신히 자제하고 참았다. 물론 그는 내가 그의 손을 잡고 우는 것은 원하지 않았을 것이다. 하지만 그렇게 우는 사람은 결국 무슨 말이든 다 털어놓을 마음의 준비가 되어 있다. 혹시 내가 매사에 잘못 생각한 것일까? 어쩌면 내 생각은 터무니없고 어떤 추론도 틀린 것일까? 의사가 나를 불러서 몇 분만 다른 환경에 있게 해주고, 마침내 이렇게 엄청난 기쁨을 선사해주었더라면 모든 일이 훨씬 더 간단히 풀리지 않았을까? 아냐, 의사라고 해서 모든 걸 꿰뚫어 볼 수는 없지. 나 같은 환경에 처해 있는 사람에겐 매일 목욕하는 것보다 더 큰 혜택은 상상도 할 수 없다는 걸 그분이 어떻게 알겠어. 생각도 못 할 거야. 그런데 아뿔싸. 내가 처음 여기 들어오던 날처럼 되면 어떡하지?

환자들이 차례로 들어와서 아픈 사람의 눈초리로 나를 빤히 쳐다봤을 때는 정말 질겁했다. 나는 마냥 기다리면서 간호사가 그들을 몰아내고 간호사 자신도 나가줄 거라고 생각했다. 하지만 간호사는 나한테만 독촉했다. "어서, 빨리 해요! 다른 일도 해야 해요." "이 사람들은 나가지 않나요? 문을 좀 닫아도 될까요?" 그러자 간호사는 웃음을 터뜨리며 아무도 나를 물어뜯지 않을 거라고 호의적으로 다짐했다. 문은 열려 있었고, 아무나 드나들 수 있었으며, 그들은 내 주위에 빙 둘러섰다. 결국 나 자신이 눈을 감고 혼자 있는 거라고 상상하는 수밖에 달리 도리가 없었다. 이제 또 매일 저녁 그런 일이 벌어질까? 하지만 간호사들은 나에게 존댓말을 쓰면서 아가씨라고 불러준다. 자기 돈으로 치료비를 내는 환자처럼 대해주는 것이다. 그렇다면 지금 상황도 배려해줄지 모른다. 치료비를 내는 환자는 문을 닫고 간호사의 감독하에 목욕할 수 있다. 그렇게 해달라고 부탁해도 될까? 절대로 쉽지 않을 것이다. 이 문제는 가난한 사람도 온전히 그런 혜택을 받을 수 있는지, 아니면 우리 같은 가난뱅이는 언제나 매사에 형편없는 취급을 받는지를 판가름하기 때문이다. 아, 아무럼 어때! 나는 목욕을 할 거다. 매일 저녁 몸을 깨끗이 씻고 밤마다 깨끗이 씻은 팔의 정갈한 냄새로 나를 감쌀 것이다. 그것만 해도 내가 지금까지 한 번도 누리지 못한 커다란 혜택이다. 그러니 무슨 일이 있어도 감사할 것이다. 감사하는 마음이란— 그런데 프리델 간호사가 오라고 손짓을 한다. 오, 하느님, 도와주세요······

아, 나는 소리 내어 웃는다. 정말 나는 아직도 웃고 있다. 자신을 제어하지 못하는 것은 역겨운 일이다. 억지로 웃어야 한다면 울고불고하는 것보다 조금도 나을 게 없다. 멍청한 짓이다. 나는 내 수치심을 비웃는 게 아니다. 수치심은 너무 미미해서 굳이 비웃을 필요도 없었다. 정말이다. 따뜻한 물의 좋은 느낌이 몸에 느껴지자 수치심은 금방 사라졌다. 결국 중요한 것은 단지 뭔가가 몸에 닿는다는 것이다. 뭔가를 느끼는 내 피부와 그 피부를 감싸는 것 사이의 중간에 있는 그 무엇이 중요하다. 그런데 지금 나는 정말 거의 철학자처럼 표현하고 있다. 그러면서 나는 욕조 안에 마치 전시된 물건처럼 누워 있었다. 정말 이런 부탁을 해야만 했을까? 나는 고향 마을에서 시장을 찾아가기 전에 나 스스로에게 다짐했던 약속을 지켜야 한다. 그때 나는 시장에게 지금 짧은 기간 동안 정신병원 입원비를 지불하는 것이 나중에 평생 입원비를 지불하는 것보다 더 싸고 유리하다고 설득했다. 정신병원에 입원하겠다는 결심은 부담이 되었지만, 마음속으로 굳게 결심한 바가 있어서 그 부담감을 감당할 수 있었다. 그 결심이란 입원 후의 모든 결과를 온전히 끝까지 감내하겠다는 다짐이었다. 그러니까 이제 와서 예외적으로 편의를 봐달라고 애걸하는 것은 비열한 짓이다. 게다가 나를 지키는 간호사는 프리델이었다. 키 크고 날씬하고 민첩한 그녀는 언제나 활기가 너무 넘쳐서 뻔뻔하고 오만한 인상을 풍기는데, 이런 여자한테 부탁이 먹혀들 리 없다. 그녀는 스키용 스웨터를 뜨개질하고 있었는데, 내가 옷을 벗는 동안 우리는 그녀가 스웨터 상단에 수놓을 노르웨이식 무늬에 대해 얘기를 나누었다. 그런데 벌써 다른 환자들이 들어와 빙 둘러서서 나를 빤히 바라보았다. 막달레나가 구속복을 입을 때와 마찬가지로 이번에도 이들은 비웃는 태도를 조금도 숨기지 않았다. 물론 프리델이 몇 차례 "물러가! 얼른, 자, 바로 물러날 거지?!"라고 소리쳤다. 그러자 그들은 물러갔지만, 또 다른 환자들 또는 같은 환자들이 다시 들어왔다. 레나테는 들어오지 않았다. 그녀의 무표정하고 실없는 미소가 문간에 잠깐 어른거리다가 다시 사라졌다. 내가 비누칠을 너무 많이 해서 프리델 간호사가 나 때문에 병원 비눗값이 엄청 들겠다고 흉봤다. 하지만 그러면서도 그녀는 기분 좋게 웃었고, 내가 사내애처럼 보인다고 우겼다. 그 바람에 나는 그녀 앞에서도 벌거벗은 상태라는 걸 새삼 의식하게 되었고, 몸을 코끝까지 물속에 담갔다. 이런 소동에도 불구하고 목욕을 하면 무조건 좋아질 것이다. 물소리가 귀에 찰랑거렸고, 다른 모든 걸 잊게 해주었다. 눈을 감고 있으면 끔찍한 병실의 모습은 완전히 사라졌고, 정말 얼마 동안 내가 필요로 하는 고독에 잠겨 기분 좋은 느낌을 만끽했다. 하지만 그렇게 혼자 있으면서 마음속의 긴장에서 벗어나려 하면 끔찍하게 감상적인 기분에 빠져서 아주 몰취미한 수단에 매달리게 된다. 바다를 떠올린다면 얼마나 홀가분하고 깔끔할까. 해안과 회색 모래언덕, 여기저기 노랗게 피어난 금작화. 하지만 나는 이집트 여왕 네페르티티를 떠올렸다. 하필이면 그 여왕이라니. 여왕의 기품 있는 얼굴, 이국풍의 화려한 의상, 사막 언저리 어딘가에 서서 오랜 혈통 속에 흐르는 많은 것을 느끼면서 손을 들어 올리는 자태.

그때 베타 언니가 떠올랐다. 예쁘고 쾌활한 베타 언니. 나는 언젠가 집에서 뜨개질을 하면서 조용히 혼자 노래를 부르다가 언니한테 들켰고, 그때부터 한동안 서먹서먹한 감정을 감추면서 언니를 야속하게 생각했다. 그때 내가 부른 노래는 "나는 이집트 동화를 알지, 네페르티티 여왕을. 아름다운 이집트 동화의 주인공 네페르티티, 당신의 멋진 왕족의 얼굴은 내 마음속에 오랜 꿈을 일깨워주네" 어쩌고저쩌고하는 것이었다. 온통 달콤한 감상에 젖은 멍청한 허튼소리였다. 베타 언니는 내 노래를 듣고 배꼽을 잡으며 웃어댔고, 점심때 다른 식구들이 모두 있는 자리에서 내 노래를 흉내 냈다. "당신의 멋진 왕족의 얼굴은 내 마음속에 허황된 꿈을 일깨워주네……" 물론 나도 다른 식구들과 함께 웃었다. 엄마는 베타 언니에게 짓궂게 장난하지 말라고 꾸짖는 눈짓으로 흘겨보았는데, 나는 엄마의 눈을 쳐다보면서 함께 웃었다. 하지만 그때부터 나는 베타 언니한테 다소 서먹서먹해졌다. 그렇지만 언니야말로 굳이 그다지 미화하지 않아도 아득한 옛날 고운 여왕의 용모를 떠올리게 한다. 그러니 열렬한 부처님 숭배자인 아누스가 베타 언니를 위해 소중한 자유를 포기한 데는 그럴 만한 이유가 있는 거다. 그런데 이제 와서 아누스는 체구가 작고 성품이 부드러우면서도 엄청 진지한 우리 엄마가 그에게 베타 언니와 결혼하든지 아니면 헤어지라고 하자 엄마를 뚜쟁이라고 헐뜯는다. 물론 아누스는 언니를 놓아주지 않았다. 베타 언니는 매력적일 뿐 아니라 씩씩하고 능숙하게 일을 해서 자기 자신 외에 불교 신자까지도 먹여 살리기 때문이다. 우리가 사는 인생은 그렇다. 아, 베타 언니, 예쁘고 날씬하고 부드러운 갈색 새처럼 아름다운 언니, 언니가 광부의 딸만 아니었다면 얼마나 많은 근사한 일들을 경험하고 근사한 대우를 받을까. 그러면 애초부터 유능하고도 당당한 하녀 인생을 살아갈 필요도 없을 텐데. 언니가 하녀로 경험한 근사한 일은 주인집 사모님이 벗어놓은 옷을 입어본 것인데, 그러자 사모님의 남자들이 갑자기 언니한테 눈독을 들이기 시작했고, 그래서 언니는 바로 다음 달 첫날에 해고당했다. 우리가 사는 인생은 그렇다. 아무리 근사하게 시작해보려 해도 애초부터 글러먹었다. 하지만 언니는 그걸 인정하지 않는다. 언니는 예쁘고 날씬한 걸음으로 당당히 전진하고, 즐겁고 씩씩하게 라디오 노래를 부르며, 아주 우아한 숙녀들을 위해 멋진 옷을 만들고, 언니 자신도 그중에 가장 예쁜 옷을 입고 다닌다. 언니가 입은 옷은 마치 몸에서 자라 나온 것처럼 잘 어울린다…… 그런데 야속하게 내가 입은 옷은 가난한 티만 난다. 옷차림이 어색하고, 나와 다른 이들 보기에 창피하다. 조금 전에 목욕실에 있을 때까지도 나는 가난을 앞으로 계속 참을 수 있다고 생각했고, 어쩌다가 남몰래 이집트 여왕을 떠올리며 허황한 상상을 하면서 그런 상상에 의지해서 정신병원에서―온통 비웃는 환자들이 지켜보는 가운데―도피할 수 있다고 생각했다. 바로 그때 누군가가 갑자기 내 몸을 건드렸다. 여왕이었다. 이집트 여왕이 아니라 곱사등에 증오로 똘똘 뭉친 '여왕'이었다. 프리델 간호사가 너무 재미있어 해서 나는 그녀의 흥을 깨지 않으려고 비명을 꾹 참았다.

여왕이 내 앞에 서 있었고, 여왕을 따르는 한 무리의 추종자들이 뒤에서 기다리고 있었다. 마치 아주 무겁게 매달린 샹들리에 같은 여왕의 두 눈은 뭔가를 약속하는 눈빛으로 벌거벗은 내 몸을 지켜보고 있었다. 그 모습은 어쩐지 위엄이 서리고 신비로워서 증오의 기미는 전혀 느껴지지 않았다. 여왕이 말을 하자 대체 어디서 갑자기 이렇게 새로운 언어를 배웠는지 의아한 생각이 들었다. 그녀에게 이 새로운 언어로 말해주는 존재는 따로 없었다. 적어도 눈에 띄는 존재는 없었다. 하지만 그녀가 하는 말은 너무 놀라워서 이 방에서 유일하게 멀쩡한 사람인 간호사의 웃음소리보다 훨씬 더 확신이 넘쳤다.

여왕이 말했다. "오늘내일 중에, 어쩌면 반나절이 더 지나서 왕이 내 안에 오실 거다. 그분은 아주 조용히 오시지. 아무것도 타지 않고 물 위로 걸어오시니까. 양손에는 물고기를 들고 계시지. 그물에는 물고기를 담아둘 빈자리가 없거든. 물고기가 황금으로 변하지 않으면 돌멩이처럼 떨어뜨리시지. 그분은 황금이 필요하니까. 그분은 나를 별처럼 바라보면서 이렇게 물으실 거야. 당신도 물고기를 모두 황금으로 가득 채웠소? 한 마리라도 속이 비어 있거나 빠뜨리지 않았지요?…… 그러면 나는 그저 조용히 윙크만 하지. 그러면 그분은 모든 물고기를, 황금 물고기까지도 떨

귀놓고 나를 별처럼 따라와서 보물의 방으로 들어가시지. 나는 그분의 샛별이고 모든 아픈 사람들의 구세주거든. 보물의 방에서 나는 그분에게 순전히 황금으로 가득 찬 모든 양말을 보여줄 거야. 커다란 상자 세 개가 그런 황금으로 가득 채워져 있지. 하나는 주님이자 왕인 그분을 위한 것이고, 하나는 신성한 교회를 위한 것이고, 하나는 모든 가난한 이들을 위한 것이야. 이제 나는 내 빛살 중 하나를 너를 위해 사용할 거야. 나는 그 빛살에 불을 밝히고 이렇게 말할 거야. 내가 가난한 이들을 위한 황금을 이 여인에게 주리라. 여인이여, 은총과 정의에 따라 황금을 나눠주어라. 그래야 너도 우리 왕국에 들어올 수 있는 공덕을 쌓는 것이니라. 하지만 그 대신에 나를 경배해야 하느니라! 일어나서 나를 경배하라!"

그래서 나는 일어나 여왕의 긁힌 상처투성이인 더러운 손에 입을 맞추어 경배했다. 그러자 프리델 간호사가 소리쳤다. "얘들아, 제발 그만해! 우스워죽겠어. 정말 배가 터질 것 같단 말이야." "흥, 터지라지. 터뜨리지 않을 거면 배를 뭣 하러 달고 다녀?" 곱사등 여자는 그렇게 코웃음을 치고는 조금도 겁내는 기색 없이 추종자들을 모두 데리고 밖으로 나갔다. 그러자 프리델 간호사는 모욕당한 것을 나한테 화풀이하려고 어째서 그런 허튼짓에 넘어갔냐고 버럭 화를 냈다. 그러자 나는 소심해져서 이렇게 대답했다. "그 여자를 자극하지 않으려고 그랬을 뿐이에요." "아, 멍청하긴, 그 여자를 잡을 수도 있었는데. 구속복을 입히면 누구라도 얌전해져. 목욕 후딱 끝내요. 언제까지고 이렇게 당신 곁에만 죽치고 있을 순 없으니까." 나는 정말 후딱 끝내면서 만약의 경우에 대비해 애써 순진하게 웃는 연습을 했다. 그러면 프리델 간호사가 마음이 누그러질 것이다. 하지만 그녀는 짜증을 내면서 내 옆을 지나 간호사 테이블로 가더니 곧장 수다를 떨기 시작했다. 그런데도 나는 원하든 원치 않든 간에 계속 웃어야만 했다. 내가 이 모든 걸 계속 써나가지 못한다면 나는 아마 밤새도록 줄곧 웃기만 할 테고, 그러면 내일 다시 진료실로 불려 가서 더없이 자비로운 주임 의사 선생님의 자비롭지 않은 눈빛을 마주해야 할 것이다. 이상하게 이번 주 내내 마리아네가 야간 당직 근무를 하는데, 방금 그녀가 들어왔다. 물론 내가 그 혐오스러운 크렐 노파의 손에 입을 맞췄다는 얘기도 들었을 것이다. 그녀가 입을 앙다물고 험한 표정을 짓는 모습이 눈에 선하다. 보나 마나 지금 이런 웃기는 짓거리는 몰아내야지 하고 벼르고 있을 것이다!…… 덜컥 겁이 난다! 맙소사, 어째서 여기에는 두려움을 키우지 않고 나눠 가질 수 있는 영혼이 하나도 없단 말인가? 이제 란칭어 부인은 뜨개질하던 꾸러미를 둘둘 말아서 싸고는 귀가할 채비를 한다. 그녀는 더 이상 십자수로 수놓은 테라스가 있고 짙은 녹색 진주사紗로 수놓은 사이프러스나무가 있는 비단 직물의 성안에 머무를 필요가 없다. 나는 그런 성과 사이프러스나무를 어디서 구한단 말인가. 아니, 그저 잎이 우거진 늙은 야생 사과나무 한 그루라도 좋다. 어째서 우리는 이 영원한 것들을 조금도 간직하지 못할까! 언젠가 어릴 적에 나는 늘 겁 많은 손으로 꿀벌색 나비를 잡은 적이 있는데, 나비가 좋아서 하루 종일 나비를 거의 손에서 놓지 않고 집 안을 돌아다녔다. 그러면서 나는 위안을 받고 마법에 걸린 것처럼 다시 진짜 천사의 존재를 믿게 되었다. 단지 동화나 전설에 나오는 천사가 아니라 진짜 천사가 진짜 목소리로, 병약한 어린 소녀가 절대로 나쁜 짓을 하지 않을 거라고 수줍어하는 나비한테 말해준다고 믿었다. 정말 얼마 동안은 그렇게 믿었다. 그런 후에 내가 다시—정말 그럴 필요가 없었는데—멍청한 눈으로 나비를 바짝 가까이서 관찰하자 천사는 없다는 걸 알아차렸다. 단지 나비가 아파서 날 수 없었고 다행인지 불행인지 나한테 잡혔을 뿐이었다. 나는 나비를 역겨운 벌레처럼 내버릴 뻔했다. 하지만 나는 늘 아팠으므로 아픈 나비에게 동정심이 생겨서 나비를 최대한 조심스럽게 가까운 풀밭에 놓아주었다. 그러니 하느님, 만약 제가 지금 오로지 무섭고 병들어서 당신의 손에 미끄러져 들어간다면 당신도 저를 어딘가 풀밭에 놓아주실 거죠. 반쯤은 역겨워서, 반쯤은 동정심에서. 하느님, 당신은 우리 모두가 확실히 치유되길 바라시고, 온전한 믿음과 지극한 열정으로 당신에게 다가가길 바라시죠. 하지만 우리에게 당신에 대한 두려움을 내려놓으라고 알아듣게 설명해줄 진짜 천사가 없으니 결국 당신은 우리를 상처받은 모습으로만 보게 될 것이고, 우리는 당신을 궁지에 몰려 어쩔 수 없이 찾아가는 피난처로만 대하겠지요. 하지만 저는 당신에게 더 많은 것, 더 좋은 것을 원해요…… 갑자기 모두가 내 주위로 살금살금 모여들었다. 마치 나를 처음 발견하기라도 한 것처럼. 어쩌면 병실에 있는 모든 사람들이 곱사등 노파의 손을 통해 내 가슴의 맨살을 만지는 거라고 생각할 것이다. 그래서 이들은 이제 내가 자기네와 같은 지붕 아래 살고 한 무리가 되었다고 여길 것이다. 결국 여기 있는 사람들은 모두 증오와 혐오감을 초월해 마음속으로 하나로 결속되어 있는 것이다. 어쩌면 여기에 환자로 들어오는 사람은 누구나 집단 영혼을 위해 자신의 따뜻하고 불쌍한 영혼을 잃게 되는 것일까? 아누스는 아직 나에게 희망이 있다고 생각하는 동안에는 이런 얘기를 많이 들려주었다. 그러지 못할 이유도 없지 않은가. 식물들, 돌멩이들, 짐승들은 집단 영혼을 갖고 있다. 그런데 우리가 도대체 짐승보다 나은 존재일까? 혹은 시들어 주저앉는 병든 식물보다 나은 존재일까? 나는 어쩌면 이미 오래전부터 그런 짐승이나 식물과 한 무리이고, 이들은 나의 두려움과 다른 모든 것에 대해 내가 생각하는 것보다 더 많이 알고 있을지도 모른다. 얼마 전에 호의적이고 상냥한 키 작은 노파가 지나가면서 나한테 은밀히 속삭였다. "이제 다시 왔군요. 그런데 어째서 좀더 일찍 저 위에 있는 예배당에서 내 아들 토메의 머리를 가져가지 않았어요? 내 일곱 아들은 모두 일요일이면 언제나 머리를 어깨 아래에 매달고 다니는데, 막내 토메는 자기 머리를 당신한테 주고 싶어 했거든. 그러면 틀림없이 걔가 나중에 당신과 결혼하게 될 텐데. 그런데 당신은 걔 머리를 받지 않았으니, 정말 멍청해, 멍청해. 토메는 머리에 금발이 치렁치렁한 미남인데. 아무렴, 당신은 그러지 말았어야 해. 아무렴. 하지만 걔들이 다시 올 거야. 오늘 밤에 일곱 아들이 모두 저 위의 예배당으로 올 테니 당신은 영리하게 행동해야 한다고. 당신을 위해 화분 속에 내 축복을 묻어둘 테니까 열심히 화분을 지켜보고 있으면 내가 묻어둔 축복은 겨울 추위도 견뎌낼 거야. 내가 다른 수양딸들한테는 모두 밀가루수프에 독을 넣었어. 걔들은 모두 가짜 눈을 박아 넣어서 눈알이 돌아갔고, 심장은 백운모로 만들었기 때문이지. 내가 그런 건 못 참아. 마른하늘에 날벼락이 칠 거야. 하지만 당신은 겁먹을 필요 없어. 당신은 그저 머리만 잘라낼 거니까. 그래야 더 잘 어울려. 확실히 올 거지요? 예배당으로, 잊지 말아요, 알았어요?" 나는 노파에게 뭐든지 하겠다고 약속했다. 지금 노파는 저 아래 확성기 아래쪽에 서서 어떤 춤을 연습하려는 것처럼 보인다. 그런데 어떤 예배당을 말하는 것일까? 우리가 병원 예배당에 가는 것은 금지되어 있다. 우리가 위험할 수 있고 다른 사람을 공격할 수도 있기 때문이다. 정말 일곱 아들이 있을까? 목욕실에서 그런 해프닝이 있었던 터라 내가 이젠 여기서 감히 아무것도 물어볼 수 없는 처지가 되었다. 내가 이상한 질문을 하다 보면 차츰 내 머리가 온전치 못하다는 확신을 심어줄 우려가 있기 때문이다. 마리아네 간호사는 이따금 이상한 눈초리로 내 쪽을 바라본다. 겁이 난다…… 그녀는 조금 전에 내 쪽으로 왔다. 그리고 그저 무심코 지나가는 체하면서 내 어깨 너머로 내가 쓴 것을 슬쩍 훔쳐보려 한다. 하지만 나는 내가 쓴 종이 위에 압지를 덮어놓았고, 느닷없이 괜히 혼자 조용히 즐겁게 노래를 흥얼거린다. "장미가 피어 있는 동안 장미꽃을 꺾을 거야……" 이것이 겁먹은 와중에 가장 먼저 떠오른 멍청한 짓거리였다. 어떻든 이 생각은 주

효했다. 간호사는 마치 불에 덴 것처럼 흠칫 물러나더니, 나를 영락없이 완전히 미친 여자 취급하는 눈치였다…… 미친 사람들 사이에서는 함께 미쳐 있는 것이 좋다. 나 혼자 멀쩡한 것처럼 행동하는 것은 죄악이요 정신적 오만이다. 어째서 나라고 여기서 정말 내 집처럼 지내지 말라는 법이 있을까?…… 여기 사람들은 정말 나를 받아줄 용의가 있다. 처음부터 그건 알아챘다. 사랑스럽고 아담하고 부드러운 아가씨 레나테, 어쩌면 이제 우리는 우정을 나눌 수도 있겠어. 너는 부드럽고 슬프니까. 숱이 많고 검은 네 머리를 빗겨줄게. 끔찍하게 보기 흉한 환자복을 날씬한 허리 모양이 나도록 예쁘게 고쳐줄게. 너와 함께 공포의 복도에서 오락가락 거닐 거야. 천일야화에 나오는 정원을 거닐 듯이. 너에게 시를 읽어줄게. 정신이 혼미한 네 머리가 다시 반짝 정신을 차려서 나의 시에 주의를 기울일 때까지, 과도한 압박으로 무거워진 네 피가 다시 아름다운 리듬으로 경쾌하게 흐를 때까지, 그래서 네가 정신적으로 거듭난 진짜 레나테가 될 때까지. 틀림없이 모든 소녀가 한 번쯤 받아보았을 그런 사랑으로 너를 사랑할 거야. 그렇게 사랑받은 시절이 있었다는 걸 분명히 깨치도록. 그들은 어쩌면 저기 밖에서 너를 사랑할 마음이 있는 모든 이들을 너에게서 떼어놓았지. 하지만 너는 여기 있는 동안에도 사랑을 받아야 해. 우리가 여기 있는 것은 함께 인생을 경험하기 위해서니까. 오, 하느님!…… 제발, 하느님!…… 제발, 하느님!……

어제 이렇게 다소 과장된 영탄조로 글을 끝내는 바람에 어쩌면 오늘 글의 시작 부분으로 유일하게 떠올릴 수 있을 법한 말을 어제 미리 썼던 셈이다…… 내가 그렇게 썼던가? 귀여운 녀석, 정신 차리자. 그런데 나 자신에게 '귀여운 녀석'이라고 해서 안 될 것도 없잖아? 진짜 가난은 가진 게 없어도 사는 데 지장이 없다는 것을 경험할 때 가장 실감이 난다. 엄마는 나를 귀여워하는 말을 하는 걸 아주 좋아했고, 마치 천사가 가르쳐주기라도 하듯이 늘 새롭고 다정다감한 표현을 곧잘 했다. 그런데 나는 그런 표현이 너무 창피해서 뻗대고 때로는 증오심에 가깝게 화를 냈다. 나한테 그런 식으로 말하는 건 당치도 않았고 나한테 들어맞지도 않아서 전혀 받을 자격도 없는 사람한테 귀한 선물을 낭비하는 꼴이었다. 어쨌든 나는 늘 그렇게 생각했다. 그러자 엄마는 그런 말을 점차 자제했고, 결국 아무도 나를 귀여움의 대상으로 대할 엄두를 내지 않게 되었다. 그렇지만 우리 모두는 결국 다시 귀여움의 대상이 되길 원한다. 우리가 외적인 자격을 갖추었든 아니든 간에 정말 우리 모두는 그걸 원하는 것이다. 내적인 자격은 우리 모두가, 심지어 우리가 역겨워하는 사람들조차도 타고난 것이다. 여기에다 약간의 특색만 가미하면 결국 마지막에는 효과를 발휘할 것이다. 하지만 마지막까지 가봐야 안다. 처음에는 그저 평범하게 시작해서 점차 단계적으로 개선될 수 있게 해야 한다. 그러니 절대로 조급하게 서두르지 말아야 한다. 아주 부드럽게, 일단 그렇게 하면 어쩌면 자기 자신도 사랑하는 사람처럼 대하게 되고, 자신에게 적응하게 될 것이다. 그러면 마치 낯선 사람처럼 덤덤하게 손으로 이마나 머리칼을 부드럽게 스치기만 해도 충분하다. 가난은 모든 분야에서 탁월한 교사다. 사랑을 할 때도 그러지 말란 법이 있을까. 그러니 나는 사랑을 근본에서부터 배워서 체득할 것이다. 그러면 나중에 천사가 나에게 사랑을 가르쳐줄 필요도 없을 것이다. 나중을 기약하는 것과 천사에게 기대는 것은 불확실하다. 천사들보다 더 높은 꼭대기에 있는 존재, 우리가 신이라 부르는 엄청난 분도 불확실하다. 처음부터 신에게 호소하는 것은 높은 산의 꼭대기에서부터 등산을 시작하려는 것만큼이나 허황된 짓이다. 그래서 나는 나 자신에게도 귀여운 녀석이라 하고, 그렇게 나는 가난에 순응하고, 그러면 마음이 단단해진다. 그렇지만 여기서는 모든 것이 불확실하다. 모든 것이 시시각각 변화하고, 모든 관계가 이중적이며, 늘 현실적인 것과 비현실적인 것이 교차한다. 그런 면에서 어제 늦은 저녁에도 많은 일을 겪었다. 따뜻한 물로 목욕하는 일, 곱사등 노파의 기괴한 발작, 진짜인지 가짜인지 일곱 아들을 가졌다는 노파의 속삭임 등에 너무 흥분해서 나는 이성과 상상이 마치 물과 불처럼 맞닿는 극한의 경계까지 내몰렸다. 그러면 차선책으로 누군가에게 무조건 기대고 보자는 욕구, 내가 자가발전한 불행한 욕구가 생겨난다! 그래서 레나테를 사랑하려 했다. 마치 사랑도 의지대로 할 수 있는 것처럼. 정말 사랑도 그렇게 주어질 수 있고 이른바 자유의지로 끌어들일 수 있는 것이라면 인간 삶의 모든 관계는 얼마나 다르게 진행될까. 나는 남자든 여자든 사랑에 응대도 하지 않고 무시할 정도로 마음이 모질다고 생각하진 않는다. 그럴 까닭이 있을까? 누구나 받기보다는 주기를 좋아한다. 그런데 나는 어제 내가 갖고 있지도 않은 것을 줄 수 있노라고 주제넘게 나설 만큼 제정신이 아니었다. 어제저녁에는 야채와 고기 쪼가리를 버무려놓은 역겨운 음식을 평소처럼 손가락으로 집어 먹어야 했다. 돈을 내는 환자들만 나이프와 포크를 지급받기 때문인데, 이건 기이한 조치다. 돈을 내는 환자도 여차하면 나이프로 상처를 입히거나 죽일 수 있으니 말이다. 어떻든 그렇게 식사를 마친 후 나는 레나테에게 다가가서 이렇게 청했다. "아가씨, 잠시 함께 산책하지 않을래요?" 그녀가 종종 몇 시간씩 오락가락 걷는다는 걸 알기 때문이다. 그럴 때면 그녀는 간호사의 아주 엄한 명령만이 멈출 수 있는 엔진이 몸속에 들어 있는 것 같다. 저녁 식사 후에는 아무도 일을 할 필요가 없고, 따라서 그런 명령을 내릴 일도 없다. 마리아네 간호사도 친밀해 보이는 작은 무리에 둘러싸여 있어서 다른 사람들이 무엇을 하든 내버려두려는 것 같았다. 아무도 토요일이라는 걸 잊지 않았다. 영문은 알 수 없지만 토요일이면 모두 무조건 축제 같은 분위기를 풍긴다. 깨끗이 청소한 마당, 미풍이 불어오는 맑은 여닫이 창문을 떠올린다. 창에는 저녁노을이나 벌써 떠오른 별이 비치고, 맨발로 밟아도 쑥 들어가는 초원 길이 부드러운 곡선으로 이어져 있으며, 여기저기 물이 고여 있는 웅덩이는 노을이 비친 창처럼 그 속의 더 깊은 진기한 세계를 향해 가물거리는 빛을 발한다. 토요일에는 그 어느 때보다 모든 것이 훨씬 더 큰 가능성으로 충만해 있다. 사람들은 토요일이면 늘 생각한다. 우리가 오래전부터, 아주 어린 시절부터 줄곧 기다려온 그 무엇이 이제 다가온다고. 중요한 것은 그렇게 고대한다는 것이다! 기필코 언젠가는 오고야 말 체험을 고대하는 경이로운 마음의 준비. 중요한 것은 그냥 사는 것이 아니라 체험하는 것이다. 그리고 어쩌면 이 사람들 모두가 그것을 알고 있으며, 여기 있는 사람들 누구나 마음속에 성소聖所가 있어서 때로는 조용히 쉬면서 기다릴 줄 안다. 다만 여기서는 이 장엄한 안식이 기묘하고 전도된 느낌을 줄 뿐이다. 곱사등 노파조차도 평소의 늘 악의적으로 찌푸린 인상을 말끔히 지우고 어찌 된 영문인지 부드럽게 겸손한 표정을 짓고서 이따금 차분한 선의의 기색마저 감도는 것이다. 아무도 광란하지 않았고, 아무도 발작을 일으키지 않았다. 이런 현상을 곰곰이 생각해보는 사람이라면 아직도 기적의 시간이 지나가지 않았다는 걸 인정하지 않을 수 없을 것이다. 다만 기적이 언제나 완연히 눈에 띄게 찬란한 의상을 걸치고 우리에게 다가오는 것을 보려는 마음의 준비가 되어 있어야 한다. 물론 그렇다고 이들이 나았다는 반증은 결코 아니다. 소령 부인은 여전히 병실에서 비명을 지르고 욕설을 쏟아냈다. 그래도 마리아네 간호사는 그저 병실 문을 닫으라고 명령했을 뿐인데, 조용한 바깥으로는 줄곧 비명 소리가 들려왔다. 병실 안에 있는 저 여성은 우리와는 생체리듬이 다르고, 아마 예전에도 생활 습관과 생활 환경이 달랐을 것이다. 한지가 흐느끼는 소리는 딱히 거슬리지 않았다. 그녀의 흐느낌 소리는 여기서 시계 종소리처럼 일상적인 것이 되었기 때문이다. '십자가에 매달린 여자'는 확성기 아래쪽 담벼락에 몸을 밀착시키고서 아무도 방해하지 않았고 아무런 하소연도 하지 않았다. 마리아네 간호사가 마음씨가 좋긴 하지만, 그 여자의 방식으로 하소연을 하기엔 좋은 상대가 아니라는 것은 분명하다. 저녁 시간이 그렇게 흘러갔다. 이런 상태가 정상이든 비정상이든 간에, 아무튼 토요일 저녁이었기에 여기서도 나름대로 축제 같은 분위기가 감돌았다. '여교사' 몇 명과 키 작은 노처녀가 모여서 소수 정예 서클을 이루었다. 그 노처녀는 재단사에 불과했지만 여기서 예외적인 존재로 통한다. 하지만 상앗빛 피부의 공주님을 말하려는 건 아니다. 그녀는 벌써 병실로 돌아갔다. 여기서 헤르미네 양이라고 부르는 아가씨는 나와 마찬가지로 자살에 실패한 여성이다. 그녀의 목소리는 뭔가 탄식하는 듯 부드러우면서도 어쩐지 자존심이 강한 느낌을 준다. 그녀의 치료비는 의료보험에서 지불한다. 그건 대단한 거다. 마리아네 간호사의 오른쪽에는 노래 부르는 여자가 갑자기 주요 인사라도 된 것처럼 버티고 있다. 그 여자는 얼굴이 온통 수염으로 뒤덮였고 건장한데, 이따금 섬뜩하게 거친 눈빛을 번득이고 잠을 잘 때는 늘 모터가 돌아가듯코 고는 소리가 들린다. 그녀에게 가까이 다가가면 마치 서커스장에 들어간 것처럼 낯선 짐승 냄새가 난다. 하지만 모두가 참고 견뎠다. 그래도 노래를 부르니까. 이번에는 혼자 부르지 않고 마리아네 간호사와 다른 사람들도 능력껏 거들었다. 민요나 애상적인 연가戀歌 또는 유행가라도 부르면 좋으련만. 나를 위해 찬송가를 불러도 좋고. 아마 이런 노래 중 어떤 곡을 불러도 괜찮을 테고, 이들 나름의 방식으로 소화해낼 것이다. 그런데 이들이 부른 노래는 다른 곡이었다. "이른 아침 수탉이 울면, 메추라기 우는 소리가 울리기 전에……" 아, 맙소사, 그들은 정말 노래를 불렀다. "그러면 조용히, 그분의 방식대로, 자애로운 주님께서 숲으로 가시네!" 나는 나 자신의 마음을 달래기 위해서만이 아니라 당신네 모두를 위해 이 글을 쓰고 있는데, 당신들 모두 한번 생각해보라. 영원히 잠긴 문 뒤로 마치 동물처럼 우리 안에 갇혀 있는 수백 가지 증상의 다양한 병을 앓고 있는 사람들이 이 정신병원에서 "그러면 조용히, 그분의 방식대로, 자애로운 주님께서 숲으로 가시네!"라고 노래를 불렀다. 평생 다시는 숲으로 가볼 기회가 없을 여자, 얼굴이 수염으로 뒤덮이고 반쯤은 짐승과 다름없는 여자가 여기서 이런 노래를 불러야 하다니. 오늘이 토요일이고, 자유 시간에 언제든지 숲으로 갈 수 있는 젊고 독실한 간호사가 그러길 원한다는 이유로…… 조금 전까지만 해도 나는 이 모든 사람들을, 이 간호사까지도 사랑하기로 마음먹었다. 하지만 이제는 이 여자에게 내가 생각할 수 있는 최대한의 고통을 안겨주고 싶은 지경이 되었다. 그런데 유감스럽게도 나는 어떤 종류의 발작은 마음대로 일으키지 못한다. 할 수만 있다면 이 모든 짓거리를 평범한 방식으로 쉽게 중단시킬 수 있을 텐데. 구속복도 겁나지 않았다. 하지만 여기서 일부러 뭔가를 꾸미는 것은 무척 어렵다. 다른 어디에서보다 여기서는 훨씬 더 어렵다. 여기서는 금방 진짜 발작과 마주치고 온통 적들과 마주치니까 일부러 발작하는 것처럼 꾸미려면 아주 노련하고 강인해야 한다. 그런데 나는 노련하지도 강인하지도 못하니 어려운 거다. 자, 제발 울지는 말자…… 부처님은 아주 고귀한 보석처럼 마음이 단단하고 모든 걸 꿰뚫어 보실 거다. 하지만 부처님 마음속 어디엔가도 은총과 용서 같은 것이 넘칠 것이다. 모든 것이 인연因緣과 연기緣起에 따른 결과라면, 내가 저들을 용서하지는 못해도 저들이 저렇게 노래 부를 자격은 있는 거다. 저렇게 하게 된 원인이 있었을 테니, 그건 바로 숲으로 가는 주님 때문이다. 정신병원에서 주님을 찬양하는 노래를 부르게 하는 주님이 원인이다.

  우리는, 레나테와 나는, 벌써 한참 동안 복도에서 왔다 갔다 했다. 레나테는 수줍어하면서 우리가 이렇게 걸어도 되는지 계속 눈치를 살폈고, 그러다가 다시 나에게 또는 그녀의 마음속 누군가에게 안심하라는 듯 미소를 짓곤 했다. 내가 그녀를 좋아하고 사귀고 싶어 한다는 걸 확인시켜주어야만 했다. 그녀는 항상 겁먹은 상태였기에 그건 어려운 일이었다. 하지만 나는 조금씩 접근해서 그녀가 나이 든 신발 제조공을 좋아했다는 사실을 알아내는 데 성공했다. 하지만 관계가 오래 지속되지는 못했고, 감동적이라기보다는 실망스러운 사연이 있었다. 새엄마가 있다는 사실도 알게 되었다. 그러니까 새엄마가 둘이 사귀는 걸 원하지 않았던 것이다. 정말 레나테는 전혀 흥분하지 않고 말했다. "새엄마가 결사반대했어요. 그래서 여기에 가두어놓은 거죠." 내가 말했다. "하지만 그렇다고 주임 의사 선생님이 당신을 붙잡아둘 수는 없잖아요." "아, 얼마든지 그럴 수 있어요. 물론 그분도 원하지는 않죠. 모두 여기 있는 걸 원하지 않아요. 그렇지만 아무도 여기 갇혀 있지 않으면 이 병원을 닫아야 할 테고, 그럼 다들 실업자가 되고, 그러면 먹고살 돈을 못 받잖아요. 나와 함께 살고 싶어 했던 남자도 늘 실업자였어요. 천상의 신발을 만들 수 있는데도 말이에요. 요즘은 아무도 천상의 신발을 원하지 않거든요. 세상이 바뀌었잖아요, 안 그래요? 이젠 모두가 돈을 쓰지 않고도 잘 살 수 있다고 생각하죠. 하지만 그러면 어떻게 먹고살며 가족을 먹여 살리겠어요? 그런 면에서는 새엄마 말이 옳아요. 비록 새엄마가 악마를 닮긴 했지만요. 분명히 악마와 남매지간일 거예요. 아빠가 그 여자와 결혼하지 말았어야 했는데. 하지만 이젠 우리 모두 친척이 되고 말았어요. 그러고서 악마가 외삼촌 모습으로 저한테 찾아와서는 목매달아 죽으라며 노끈까지 내 앞에 던져주지 뭐예요. 하지만 아빠가 노끈을 잘라버리더니 나한테 나쁜 년이라고 욕을 했어요. 창녀라고도 했어요. 창피한 년, 죄 많은 년 등등 온갖 욕설을 퍼부었지요. 새엄마가 그렇게 하라고 시킨 거죠. 나를 평생 꺼내주지 않을 거예요. 그럼 이제 누가 천상의 신발을 만드는 그 양반의 셔츠를 빨아주고 기워주죠? 셔츠가 두 벌뿐인데. 그렇지만 다시 생각하면 그 양반이 악마 집안과 친척이 되지 않은 건 다행이죠. 그렇지 않아요? 당신도 그렇게 생각하죠?" 나는 "예"라고 대답하고는 진심으로 그녀의 슬픈 손을 다정하게 살며시 잡아주고 싶었다. 하지만 손을 제대로 잡지 못해서 어떻게든 애정 표현을 하고 싶었다. "나도 어떤 남자를 아주 좋아했어요, 레나테 양." "그분도 천상의 신발을 만드는 사람인가요?" 내가 아니라고 대답하자 그녀는 마음을 열었던 표정을 거두고 다시 외면했다. 그녀에겐 오로지 천상의 신발을 만드는 남자만이 소중했다. 하지만 나는 모른 체하고 다시 그녀의 마음을 열려고 말을 계속했다. "나는 그분을 세 번 봤을 뿐이에요. 단둘이 본 것도 아니고요. 하지만 우리는 여러 해 동안 편지를 주고받았어요. 편지를 자주 하지는 못해요. 그분은 무척 바쁘거든요. 많은 사람들을 도와줘야 하는 훌륭한 분이죠. 우리 병원의 주임 의사 선생님이랑 비슷해요." "그런데 당신 새엄마는 뭐라고 해요?" "나는 새엄마가 없어요. 우리 엄마는 아무 말도 안 해요. 내가 그분을 좋아하는 걸 모르거든요. 나 말고 이 사실을 아는 사람은 당신이 유일해요." 하지만 그렇게 말해도 레나테는 전혀 감동하지 않았고, 나를 외면하고 몸을 옆으로 돌린 채 그저 이렇게 물었을 뿐이다. "당신한테도 악마가 노끈을 가져다줬나요?" 나는 또 눈치 없이 "아뇨"라고 대답했다. "나한테는 단지 마음에 드는 시를 몇 편 읊어줬어요. 들어볼래요?" 레나테는 대답이 없었지만 나는 왔다 갔다 하면서 아주 나직이, 하지만 알아들을 수는 있을 정도로 그녀에게 내가 쓴 멍청한 시 구절을 읊어주었다. 나는 첫번째 시의 마지막 몇 줄을 읊었다. "나는 알아요, 당신이 지나가리라는 걸, 당신이 길가에서 내가 서 있는 걸 보시면 나는 당신의 그림자에 내 손을 펴놓고 울면서 생각할 거예요, 당신이 얼마나 거룩한지……" 그러자 레나테는 다소 지루해하는 것 같았다. 귀찮다는 듯이 작고 슬픈 얼굴을 살짝 쳐들고서 피곤한 표정으로 아름다운 머리칼을 헤집었던 것이다. 그러자 나는 창피해서 얼굴이 빨개졌다. 이런 식으로 그녀에게서 떠날 수는 없다는 생각으로 나는 여전히 굽히지 않고 그녀가 내 마음을 받아줄 때까지 밀어붙일 작정이었다. 어쩌면 웃기는 이야기나 슬픈 이야기, 생소한 이야기를 짧게 해주면 그녀를 웃기거나 울리거나 할 수 있을 것 같았다. 계모가 나오고 천상의 신발 만드는 남자, 천사와 악마도 등장하는 단순한 이야기 말이다. 그런데 바로 그때 그들이 "그러면 조용히 가신다네……" 하고 노래를 불렀다. 분노와 절망과 수치심이 뒤섞인 복잡 미묘한 감정, 하지만 내 꼴이 완전히 우습게 되었다는 것만은 확실한 감정이 복받쳐서 나는 갑자기 많은 사람들이 알아들을 수 있게 큰 소리로 말하기 시작했다. "레나테 양, 부처님을 섬기는 스님들이 부르는 노래를 가르쳐줄게요. 이 노래들은 너무 소박하고 리듬이 절묘하고 마음을 편안히 가라앉혀서 매일 잠자기 전에 혼자 부르면 좋아요. 어디 한번 들어보세요. 보슬비가 내리네, 부드러운 노래처럼. 여기 오두막, 바람을 막고 나를 지켜주네. 내 가슴에 다정한 마음 간직하고 있네, 자 어서, 오 구름아 너도 바라니, 보슬비 내려라, 비야 내려라…… 정말 근사하지 않아요?…… 이런 노래도 있어요. 저기 밝은 산봉우리, 야생 풍조목 덤불로 덮이고, 멀리서 코끼리 우는 소리 울려 퍼지고, 내가 사는 바위굴 편안하네…… 어때요? 마음이 차분해지고 가

벼워지지 않아요?!" 하지만 레나테는 당연히 아무 말도 하지 않고 당황스러운 표정으로 바닥만 내려다보고 있었다. 우리는 '십자가에 매달린 여자' 곁을 지나가고 있었는데, 그 여자가 갑자기 다시 끔찍하게 애원하는 손을 쳐들었다. 마리아네 간호사가 토요일 축제 분위기를 깨고 버럭 화를 낸 최후의 이유는 아마 그 발작 때문이었을 것이다. 정말 마리아네 간호사는 화를 냈고, 다른 사람은 아무도 화내지 않았다. 그녀는 평소와 달리 몹시 격분해서 나에게 말했다. "거기 당신, 즉시 침대로 들어가요. 도대체 무슨 생각을 하는 거예요? 당신이 아무리 미친 척해도 이런 행동은 용납할 수 없어요. 주임 의사 선생님께 얘기해서 매일 저녁 목욕을 한 후에 당신은 곧장 잠자리에 들도록 하겠어요. 아니면 구속복이 더 편해요?" 나는 잠자코 침대로 갔다. 레나테는 마치 부당하게 벌을 면한 사람처럼 복도에 우두커니 서 있었다. 나는 그녀를 사랑하려는 마음을 진즉에 접었지만 그녀의 그런 모습에 말할 수 없이 마음이 무거웠다. 다른 누구도 감히 나를 쳐다볼 엄두를 내지 못했다.

그런 소동이 있었지만 나는 이날 밤 병원에서 처음으로 잠을 조금 잤다. 왜냐하면— 아니, 잠을 잘 수 있었던 이유를 '왜냐하면'으로 시작하는 짧은 문장으로 끝내는 건 부당하다. 그럴 수는 없다. 얘기하자면 사연이 길기 때문이다. 나는 양팔로 눈과 얼굴을 가린 채 벌써 한참 동안이나 침대에 드러누워서 아무런 뜻도 없고 맥락도 없는 말을 하나씩 차례로 떠올렸다. 예를 들어 돌멩이를 떠올린다. 어떤 방법인가 하면, 한순간 뭔가 무거운 것이 느껴질 때까지 오로지 돌멩이라는 말만 줄곧 생각한다. 그러다가 한순간 마음속 어딘가 돌멩이가 놓였다는 느낌이 오면 그다음에는 또 다른 것을, 이를테면 꽃을 떠올린다. 특정한 꽃이 아니다. 그러면 너무 장황해지고 마음이 산만해진다. 그냥 꽃을 떠올리는 거다. 다시 꽃이 마음속에 한 자리를 차지할 때까지. 꽃을 피우려면 꽃이 필 공간이 필요하니까. 그런 식으로 계속한다. 그렇게 아침 동이 틀 때까지 밤새 이것저것 떠올리다 보면 자명종이 요란하게 울릴 즈음에는 마침내 마음속에 더 이상 빈자리가 없게 되고 무거워져서 잠들 수 있게 된다. 나는 이번에도 그럴 거라고 확신하고서 점점 더 무거워지도록 아주 천천히 떠올리기를 계속했는데, 그러다가 어느 순간 마리아네 간호사가 내 침대 앞에 서 있다는 걸 알았다. 나는 소스라치게 놀랐고, 그래서 오히려 다행이었다. 겁을 먹어서 그녀에게 이제 드디어 주님이 조용히 숲으로 가셨냐고 빈정대지 못했기 때문이다. 내가 만약 그렇게 빈정댔다면 분명히 그녀는 참지 않고 벌을 줬을 것이다. 그녀는 나한테 잘해주려고 왔고, 잘해주려는 사람은 자칫하면 상처를 받고 반대의 태도로 돌변하기 쉽기 때문이다. 정말 겁을 먹은 덕분에 나는 그녀에게 상처를 주지 않았다. 내가 처량하게 눈을 멀뚱멀뚱 뜨고 있는 것 자체가 어느 정도 그녀를 화나게 하지 않았다면 말이다. 어떻든 그녀는 이 상황을 극복했다. 그녀는 얄궂게 미소를 지으면서 나에게 말을 걸었기 때문에 그녀가 뭔가를 극복했다는 걸 알아차릴 수 있었다. 그녀는 "일어나 앉아!" 하고 명령했다. 정말 그랬다. 여기서는 말을 놓는 것이 예사지만, 나한테 말을 놓은 것은 그녀가 처음이었다. 이런 어투로 말하는 걸 들으면 가슴이 미어지는 것만 같다. 이렇게 사람을 기죽이는 고통은 작다면 작고 크다면 큰데, 그렇게밖에 달리 어떻게 표현할 수가 없다. 물론 나는 일어나 앉았다. 여기서는 모두 이렇게 복종해야 하니까. "이것 받아!" 내가 받아야 할 것은 양철통에 든 물과 손바닥에 올려놓은 상당히 큰 동그란 알약이었다. 나는 이 비슷하게 생긴 알약으로 자살 시도를 했기 때문에 평생 두 번 다시는 알약을 먹지 않겠다고 다짐했었다. 이 알약을 떠올리기만 해도 온몸의 신경이 곤두섰기 때문이다. 하지만 간호사가 반들거리는 돌멩이처럼 눈을 반짝거렸고 그녀의 미소는 금방이라도 위협으로 돌변할 태세여서 나의 저항감은 맥없이 무너졌다. 정말 나는 갑자기 동물처럼 고분고분해졌고, 뿐만 아니라 벌벌 떠는 짐승처럼 주눅이 들어서 양손이 있는 줄도 까맣게 잊고 입으로 모든 걸, 물과 알약을 덥석 받으려 했다…… "맙소사!" 간호사는 그렇게 외마디 소리를 내뱉더니 양철통을 이동식 좌변기 가장자리에 올려놓고는 양철통을 쥐고 있던 손으로 내 머리를 뒤로 젖히고 다른 손으로 내 몸에 닿지 않게 내 입속에 알약을 떨어뜨렸다. 그러느라 우리는 서로 가까이서 마주 보게 되었다. "이 물을 마셔요. 그럼 이제 잠이 올 거예요." 바로 그때 소령 부인이 욕설을 퍼붓는 소리 때문에 감사의 말이 묻혀버렸다. 다시 때가 되었던 것이다. 소령 부인의 몸속에서 정확히 계산한 시간이 경과했고, 이제 다시 우리의 끔찍한 시계가 저기 버티고 앉아서 시곗바늘처럼 양손을 험악하게 삐뚜름히 쳐들고 내면의 시각을 고래고래 울렸다. "오스트리아에 저주를! 러시아 황제에게 저주를!" 등등. 하필 저 고함 소리가 나의 짧은 감사의 말과 동시에 터져 나온 것이 너무 야속했다. 마리아네 간호사를 조금만 더 내 침대 곁에 붙들어두고 싶은 마음이 간절했기 때문이다. 나는 우리가 한참 동안 이렇게 가까이서 마주 보고 있을 수 있다고 생각했다. 하지만 그녀는 침대에서 침대로 계속 걸음을 옮겼고, 내가 보기엔 갑자기 무심한 태도로 변했다. 그녀는 모든 침대 앞에서 똑같이 잠깐씩 머물렸다. 마치 모두가 똑같이 그녀를 필요로 하는 것처럼. 메마른 여자가 죽어 나간 텅 빈 침대 앞에서도 그랬고, 저 건너 독방에 꽁꽁 묶여 있는 막달레나의 침대 앞에서도 그랬다. 나는 마리아네 간호사가 이렇게 이상한 방식으로 의무를 수행하는 것을 더 오래 생각할 겨를이 없었다. 내가 지금까지 아주 천천히 낱말을 하나씩 떠올리며 마음속에 채워야 했던 모든 무게가 갑자기 예고도 없이 나를 덮쳤고, 그래서 나는 그 무게에 주의를 기울일 겨를도 없이 단숨에 굴복하고 잠이 들었다.

그러고는 정말 잠을 잤는지는 지금도 전혀 알 수 없다. 깊이 잠들었다가 예민하게 깨어나는 상태가 오락가락했을 수도 있다. 오래도록 물결 위에 둥둥 떠다니는 느낌만 들었다. 하지만 맨몸만 뜨는 것이 아니라 하얗게 칠한, 여기저기 칠이 벗겨진 난간 침대도 함께 떠다녔다. 온갖 얼룩이 묻어서 이상하게 더럽혀진 담요에 '국립복지병원'이라는 글씨를 수놓은 것까지도 또렷이 보였다. 그러고는 내가 복지의 혜택을 누리고 있다는 느낌이 점점 더 커졌지만, 줄곧 누군가가 나를 지켜보고 있다는 불안감 때문에 복지의 혜택을 온전히 즐길 수는 없었다. 아주 어린 소녀 시절에 나는 얼마 동안 수녀원의 무상교육 시설에서 가정 과목을 배운 적이 있다. 그런데 나는 줄곧 내 침대 앞에 서 있는 수녀님이 나를 감시하기 위해 고용된 거라고 생각하는 식으로 복지의 의미를 다르게 받아들였다. (나는 눈이 크지만 시력이 나빠서 주위를 잘 살피지 못했기 때문에 수녀원에서 처음에는 나를 아주 버르장머리 없는 아이라고 간주했다. 그래서 여러모로 나를 박대하고 나서야 ─ 이미 박대한 것은 어차피 보상할 수 없는 지경이었지만 ─ 비로소 조금만 친절히 대해줘도 내가 말을 잘 듣는다는 것을 확신하게 되었다.) 지금 나는 그 수녀님과 얘기하고 있었다. 여전히 물 위에 둥둥 떠서 그녀를 향해 몸을 흔들거리며, 내가 짧게라도 고맙다는 말을 미처 하지 못한 것 말고는 아무것도 소홀히 한 게 없다고 그녀와 나 자신을 설득했다. 하지만 그녀는 뭔가 다른 것을 원했고, 너무 집요하게 요구하는 바람에 결국 나는 잠이 깰 수밖에 없었다. 깨어보니 침대 앞에 있는 여자는 수녀가 아니라 아들이 일곱 있다는 선량한 작은 노파였다. 정말 그 노파가 와 있었다. 노파는 내 침대 끝의 가로대를 조금 당기면서 내 발 쪽을 향해 줄곧 속삭였다. "네 머리를 원해. 이제 네 머리를 나한테 줘야 해. 아들들이 저 위쪽 예배당에서 오래전부터 기다리고 있거든." "가서 주무세요." 나는 일어나 앉으면서 그렇게 당부했지만 노파는 무조건 내 머리를 원했다. 그러지 말라고 이성적으로 타이르기란 무척 힘들었다. 한참 동안 적당한 말을 찾느라 고심하다가 마침내 이렇게 말했다. "부인, 오늘은 안 돼요. 마리아네 간호사가 밖에서 눈을 부릅뜨고 지켜보잖아요. 가만 내버려두지 않을 거예요. 하지만 내일은 괜찮을 거예요. 분명히 내일은 제대로 해낼 수 있을 테니 지금은 푹 주무세요." 나는 어느새 여기서 이렇게 반쯤은 제정신이고 반쯤은 제정신이 아닌 방식으로 설득하는 법을 터득했다. 그래서 나와 내 침대는 노파의 손아귀에서 벗어나는 데 성공했다. 그러고도 노파는 막달레나의 비어 있는 침대 앞에서 한참 동안 서 있었다. 막달레나가 아들 토메의 신붓감이 될 수 있을지 생각하는 모양이었다. 그때 이후 밤 동안에는 아무 탈이 없었고, 나는 아침 기상 자명종이 내 모든 뼈마디를 파고들 정도로 요란스레 울릴 때까지 푹 잤다. 그러고 보니 마리아네 간호사가 나를 더 배려해주어서 회진 때까지 자도록 내버려두었다.

나는 면회실로 불려 갔다. 다시 아누스가 와 있었다. 저런 눈초리로 나를 쳐다볼 정도로 정말 내 몰골이 눈에 띄게 나빠진 걸까? 그는 여간해서 근심 걱정을 하지 않는다. 부처님 제자여서 그런지 언제나 매사에 초연하다. 그런데 지금은 마치 반드시 뛰어넘어야 하는데 뛰어넘고 싶지는 않은 돌덩어리를 갑자기 발견한 것처럼 난감한 표정으로 나를 바라보고 있다. 베타 언니는 할 일이 많다고 했다. 그렇지만 물론 언니가 잘못하는 거라고 했다. 정신 수양을 위한 시간 여유도 생기도록 매사를 잘 배분할 줄 모른다는 것이다. 베타 언니가 그 많은 일을 하고도 정신 수양까지 해야 한다니 생각만 해도 정말 우스웠다. 언니가 정신 수양이 필요하다니! 우리 모두 베타 언니처럼 심신이 완벽하게 온전하다면 정말이지 수양 따위는 필요 없을 것이다. 물론 나는 아누스에게 이런 생각을 말하지는 않았다. 말했다 하더라도 내 생각에 반대하면서도 나를 봐주는 식으로 나오긴 했을 테지만 말이다. 그는 '금발 아가씨'에 관해 물었는데, 막달레나를 두고 하는 말이었다. 우리가 하는 말과 몸짓이 낱낱이 들리고 보이지만 않는다면 나는 막달레나에 대해 자세히 말해주었을 것이다. 그가 과연 어느 정도까지 초연할 수 있는지 떠보기 위해서다. 우리는 지난번 면회 때처럼 눈에 띄게 감격하지는 않았다. 그렇지만 그가 이번에도 새로운 책을 몇 권 가져오면서 책갈피에 담배를 몇 개비 몰래 넣어 왔기에 나는 다시 정말 감동했다. 내가 여기서 시간이 지날수록 바깥에 있는 사람들과의 관계는 점차 지우기 때문에 무덤덤해지는 것은 아닐까 걱정된다. 나는 그가 하는 말을 마치 다른 사람에게 하는 말인 듯 대부분 흘려들었다. 그러면서 마음속으로는 밤이 되면 침실에 끼워 넣는 푸른색 전등과 어떻게든 똑같아지고 싶은 기이한 상념을 떨칠 수 없었다. 나는 어떤 일에도 관심이 없었고, 오로지 여기 잠자코 있으면서 온갖 종류의 형언할 수 없는 두려움을 은은히 비추고만 싶었다. 아누스가 하는 말은 나와는 무관한 것이었다. 내가 그중 몇 마디는 알아듣고 억지로라도 대답을 하는 경우에도 그랬다. 6주가 지나고 나면 과연 어떻게 될까? 나와 다른 사람 사이에 의사소통이 가능할 정도로 내가 다시 생각하고 말할 수 있을까? 아, 너무 두렵다. 시간이 지날수록 두려움이 점점 더 커지기만 한다. 이미 오래전부터 이런 일은 가능하지도 않다고 생각했건만. 이따금 나는 바깥에 창살을 친 창문에 몸을 밀착시킨 채 서 있곤 한다. 밖에서 시가전차가 지나가면 다채로운 소음이 들려올 뿐 아니라 독특한 진동이 건물 전체를 울리기 때문이다. 그러면 나는 창문에 기대어 바깥에서 전해오는 소음과 진동의 마지막 여운을 음미하는 기분 좋은 느낌에 친숙해진다. 그러면 내가 평생 여기에 있어야 한다는 선고를 갑자기 받더라도 여기서 일종의 안식을 찾을 수 있을 것 같았다. 물론 그러면 나는 분명히 울고불고 난리를 피울 것이다. 하지만 그러고서 어떻게든 극복하면 더 이상 쫓겨나지 않을 자리에 적응할 것이다. 그것만 해도 대단하지 않을까. 그러면 적어도 여기서 영원히 정착하는 방향으로만 모든 생각을 집중할 것이다.

정신병동 수기

또한 그러지 않아도 거의 고갈된 기력을 번번이 소모해서 굳이 나중을 생각할 필요도 없을 것이다. 나중을 생각하다 보면 분명히 내가 감당할 능력이 안 되는 노력을 기울여야 할 것이다.

상앗빛 피부 아가씨가 다시 나를 불러주었고, 우리는 한 시간 남짓 근사한 시간을 함께 보냈다. 물론 이번에도 내가 졌지만, 이번에는 가르쳐도 효과가 없는 약한 상대를 좋게 봐주기로 미리 작정했는지 그녀는 다정하고 독특한 미소로 조바심을 감췄다. 우리는 거의 말을 하지 않았고, 어떤 경우에도 말이 필요 없었다. 한번은 줄곧 묵주기도를 하는 여자가 바로 우리 앞에서 넘어지고 말았다. 그러자 여자는 뭔가 금지된 일이라도 일어난 것처럼 당황한 표정으로 우리를 쳐다보았다. 여기서는 온갖 종류의 고통스러운 돌발 사건에 정말 신속히 적응하게 된다. 그래서 의사들이 늘 똑같이 친절하고도 태연한 미소를 지으며 지나가는 것을 시간이 지나면 저절로 이해하게 된다. 다만 모든 환자가 매번 구세주라도 만난 듯이 이루 말할 수 없는 희망과 기대가 넘치는 표정으로 의사들을 쳐다보는 모습은 기묘하고도 감동적이다. 그런 모습을 보고서 나는 모든 환자들을 관찰했다. 가장 가난한 환자들, 아주 품위 있고 점잖은 환자들, 이들은 모두 갑자기 똑같은 얼굴로 변한 것처럼 서로 닮아 있다. 나 또한 내 손만 보아도 분명히 이들과 다르지 않다는 걸 알게 된다. 의사들만 마주치면 매번 내 손은 드디어 붙잡고 의지할 데가 생긴 것처럼 불안하게 들썩이는 것이다. 물론 나는 그런 모습을 보이지 않으려고 회진이 있을 때면 언제나 품이 넓은 줄무늬 환자복 속에 양손을 감추려고 애쓴다.

방금 새 여성 환자가 들어왔다. 3병동에서 왔다. 그러니까 중환자들 무리에 있다가 온 것이다. 간호사는 그녀를 첸트 부인이라 부르면서 이따금 기운 내라고 그녀에게 미소를 짓는다. 이런 상태가 오래가지는 못할 거라는 우려가 든다. 왜냐하면 첸트 부인은 뭔가를 알려주고 싶어 안달이 나서 불쌍한 간호사들을 말과 행동으로 줄곧 집요하게 붙잡고 있는 바람에 간호사들은 애써 미소를 지으려 하면서도 서로 의미심장한 시선을 주고받기 때문이다.

나는 란칭어 부인과 함께 있었다. 나는 그녀가 뜨개질로 완성한 성안에 30분 정도 머물렀는데, 어린 딸이 내년에 견진성사를 받을 거라는 사실을 우연히 알게 되었다. 또한 여전히 그저 '엄마 같은 감정'만 느낀다는 남자 친구가 드디어 경비 및 보안 회사에 일자리를 얻었다고 한다. 나이 차가 많은데 그와 결혼해야 할지 묻기도 했다. 내가 그러라고 권하자 그녀는 너무 좋아했고, 나와 얘기할 때가 가장 즐겁고 말이 잘 통한다고 했다. 정말 그녀는 자신의 성에 나와 단둘이 있고 싶어 해서 다른 간호사들이 은근히 경고하는 눈초리도 알아차리지 못했고, 결국 즐겁고 순진하게 나를 놀려먹기까지 했다. 그녀는 나한테 남자 친구가 생긴 것을 축하해주었고, 그렇게 상냥하고 친절한 신사에게 '엄마 같은 감정'보다 진한 감정을 느끼는 것이 당연히 이해된다고 했다. 그 말에 내가 어리둥절한 표정으로 그녀를 쳐다보자 — 나는 아직 무슨 영문인지 모르고 있었다 — 그녀는 나를 위로하고 격려해야 한다고 생각했는지 그분이 틀림없이 이제는 한눈을 팔지 않을 거라고 장담했다. 딴마음을 먹고 있다면 이렇게 부지런히 찾아올 리가 없다는 거였다. 아뿔싸, 아누스를 말하는 거였구나! 나는 웃음이 터져 나오려는 것을 간신히 참고 희망적인 미소를 지었다. 나는 그렇게 표정을 바꾸어야 할 필요성을 금방 깨달았고, 또한 그렇게 하는 것이 여기서 나에게 주어진 뜻밖의 출구라는 것도 깨달았다. 나는 이제 틀림없이 모든 간호사들과 어쩌면 의사들 사이에도 퍼졌을 그런 추측을 사실처럼 위장할 수 있다는 생각에 사로잡혔다. 지금도 그때를 생각하면 속이 울렁거린다.

내일 다시 아누스가 오면 보란 듯이 반기고 살갑게 대해야지. 아, 그러면 통하겠지, 틀림없이 먹혀들 거야! 여기서 며칠 동안은 아누스를 향한 나의 불행한 사랑만 얘기하겠지. 형부를 향한 불행한 사랑이라. 그러면, 그러면…… 하지만 지금 당장은 며칠씩 기다리는 것이 너무 힘들다. 나는 어떻게 여러 주를—그러고 보니 벌써 꼬박 2주가 지났다—이런 식으로 견딜 수 있을지 모르겠다. 바람과 구름과 새들이 도와줘야 할 텐데, 하지만 이들은 아무것도 하지 않았다. 맙소사, 아니야, 뭔가 아주 조그만 도움이라도 줬다면 분명히 내가 느꼈을 텐데. 그분은 분명히 이미 오래전에 잊었을 거야. 내가 여기 들어오기 전에 이미. 아, 그분은 벌써 나를 까맣게 잊었어. 그때 이미. 그런 후에 내가 찾아갔지. 그분은 깜짝 놀라셨지. 나를 빤히 쳐다보고는 깜짝 놀라셨어…… "당신은?…… 당신은— 아가씨, 어서 와요." 그러면서 그분은 부인 쪽을 바라봤지. 아마 부인이었을 거야. 그분은 사람을 잘 기억하지 못한다고, 미소를 지으며 부인을 증인으로 불렀으니까. "이 아가씨가 다른 옷을 입어서 그래. 그러면 내가 사람을 몰라본다는 걸 당신도 잘 알잖아. 당신이 새 모자를 쓰고 길거리에서 내 옆을 지나가면 나는 매번 '도대체 이 여자는 내가 아는 사람인가?' 하고 갸우뚱하잖아." 그러면서 두 사람은 함께 다정하게 한바탕 웃었는데, 내가 멀뚱하게 선 채 얼마나 질겁하며 문전박대를 당한 느낌이 들었는지는 알아채지 못했다. 부인이 여전히 미소를 지으며 진찰실을 나갈 때까지도 나는 그렇게 서서 그분을 쳐다보았다. 나는 오로지 그분만 쳐다보면서 이제 다른 방법을 찾아야겠다고 했다. 마지막으로 정신병원은 아직 가능성으로 남아 있으니 말이다. 그분은 내 상태가 어떤지 물었고, 나는―전에 그분이 권해준 대로―신경치료를 받으러 정신병원에 들어가기로 결심했다고 대답했다. 그러자 그분은 거의 기뻐하면서 소리쳤다. "브라보! 정말 잘 생각했어요. 마음만 단단히 먹으면 뭐든지 가능하다는 걸 이제 알게 될 겁니다." 나는 그저 "예"라고 대답했다. 마음 같아서는 고래고래 고함을 지르고 싶었다. 이 끔찍한 사랑이 어떻게 나를 사로잡았는지 이제는 그분이 깨달을 수 있도록. 하지만 그분은 짐작도 못 했다. 그분과 같은 도시에서, 같은 집들이 모여 있는 곳에서 숨 쉬며 살고 있다는 사실이 나의 유일한 위안이라는 것을. 아, 그분은 커다란 사랑스러운 양손을 내 어깨 위에 올려놓았고, 나는 그분 앞에서는 어린아이처럼 작아져서 그분의 하얀 머리를 오래도록 올려다봐야 했다. 그래서 나는 금방 지쳐 그분의 근사하고 자애로운 입만 바라봐야 했다. 그러자 그분은 내가 짐처럼 무거웠는지 생각보다 깊숙이 몸을 숙였고, 그러고서 내 이마 어딘가에 그분의 입술이 부드럽고 따뜻하게, 정말 아버지처럼 닿는 것이 느껴졌다. 아, 여기에 이렇게 쓰고 있지만, 이런 표현은 너무 인위적으로 비비 꼬아서 억지로 짜낸 것처럼 너무 낯설기만 하다!! 나의 이마에 그분의 입술이 닿은 것인데. 그런데 이제 나는 미친 사람들 사이에서 이 이마를 건들거리고 다닌다. 언제 그런 일이 있었냐는 듯이. 나에게 그런 일이 있었다는 걸 알아보는 사람은 아무도 없다…… 그분이 나를 배웅해줄 때 대기실에 앉아 있던 아주 연로한 할머니의 기억이 가물가물하다. 내가 외투를 입고 있는 동안 노파는 양쪽 목발을 짚고 일어나더니 내 쪽으로 몸을 끌며 다가와서 노인네 특유의 나직하고 부드러운 대화를 시작했다. 마치 오랫동안 준비해둔 말처럼, 마치 오랜 세월 동안 오직 나만 기다렸다는 듯이. 노파는 '주임 의사 선생님'에 대해 얘기했다. 그분이 지금은 이렇게 키가 크고 널리 유명한데, 그분이 아주 어린 꼬마였을 때부터 알았다고 했다. 어릴 때는 정말 키가 작아서 종종 품에 안고 다녔다고 했다. 지금은 바다 건너 미국에서도 그분을 모셔 가려 할 정도로 막강하고 유명하다는 거였다. "하지만 그분은 우리를 떠나지 않아요. 우리 모두 그분이 필요하니까, 그럼, 떠나지 않아. 그러니 아가씨, 그렇게 걱정할 필요 없어요. 그분은 우리 곁에 계시니까." 아, 한평생 내내 그 할머니 얘기를 듣고 싶었다. 하지만 다른 환자 때문에 다가오는 그분의 발걸음

소리를 듣자 나는 무례하게 작별 인사도 감사의 말도 하지 않고 그 할머니 곁을 떠나왔다. 계단에서 나는 어떤 낯선 남자와 부딪칠 뻔했다. 눈물이 앞을 가려 아무것도 보이지도 들리지도 않았다. 그러고는 이 병원으로 왔다. 나는 이제 여기서 잘 견디고 있다, 어느새 거의 3주나! 그래, 새와 바람과 구름은 나를 위해 아무것도 해주지 않아. 이들은 아마 다른 연인들을 시중드는 모양이다. 사랑하는 사람의 가슴에 더 쉽게 닿을 수 있는 연인들. 그분에겐 아무것도 닿지 않는다. 나는 느낌으로 안다. 그분은 내가 여기 있고 그분의 입술이 닿아 미쳐버린 내 이마도 여기 있다는 걸 벌써 까맣게 잊었다. 하지만 그분은 그렇게 쉽게 넘어가지 못할 거다. 그렇게 쉽게는 안 돼! 그분은 지금 이대로 내 모습을 반드시 보게 될 거야. 발목까지 내려오는 줄무늬 정신병원 환자복을 입은 내 모습을. 사랑하는 사람들이 얼마나 멀리 떨어져 안전하게, 닿을 수도 없는 곳에서 살고 있는지 드러나고야 말 것이다. 그들의 가슴 앞마당이 얼마나 넓은지, 거기서는 입장 허가를 고대하는 사람의 연극이 펼쳐진다. 언제까지고 계속, 계속⋯⋯ 그분은 이렇게 대치하고 있는 상태를 면하게 될 것이고, 나는 더더욱 그렇다. 이런 대치 상태는 우리 두 사람보다 훨씬 많은 사람들에게 해당될 것이다⋯⋯ 아, 맙소사, 내가 어떤 수단까지 동원해야 할까? 정말 나 자신의 불쌍한 영혼을 이렇게 속일 필요가 있을까? 나는 그분을 보고 싶을 뿐이다. 그냥 보는 것 말고는 아무것도 바라지 않고, 어떤 대가를 치르더라도 무조건 봐야 한다. 그분 앞에 서서 어린아이처럼 작아지고 불쌍해질 때 어떤 기분일지 한 번 더 경험하고 싶다. 한 번 더 내 목소리를 들을 수 있는 기회를 주고, 내 목소리를 영원히 그분 귀에 담아둘 기회를 갖고 싶다. 한 번 더 그럴 수 있다면 나는 아마 고향 마을로 돌아가서 내가 어디에서 오는지 이미 알고 있는 아이들이 서 있는 집들을 귀머거리처럼 지나갈 수 있을 것이다. 아이들은 내가 '미친 여자'라고, 나 때문에 자기네 아버지들이 그렇게 많은 세금을 내야 한다고 떠들어댈 것이다. 그러면 큰 아이들은 미친 여자는 위험하니까 조용히 해야 한다고 주의를 줄 것이다. 이 모든 일을 감내할 수 있다. 집에서는 밤마다 너무 작아서 난간 틈새로 발을 내밀어야 하는 어린아이용 침대에서 자야 할 것이다. 엄마와 언니들은 나를 감당해줄 것이다. 언제나 이 목소리를 마음속에 담아두고서. 나는 아무거나 일거리가 생기겠지. 빨래를 빨고 양말을 깁고, 어떤 일이든 할 수 있다. 그렇게만 되면…… 하지만 아직 얼마나 더 오래……

저녁이 되자 나는 다시 목욕을 했다. 이번에는 내가 욕조 안에 있는 동안에 이곳까지 회진이 있었다. 나는 눈을 감고 귀를 막은 채 줄곧 오직 하나의 목소리만 생각했다. 란칭어 부인은 옆에 앉아서 가급적 다른 사람은 아무도 들어오지 못하게 막아주는 사랑의 봉사를 해주었다. 회진이 있고 나서 그녀는 의사 선생님들이 한참 동안 내 앞에 서 있었는데, 그중 한 분이 이렇게 말했다고 했다. "도대체 원하는 게 뭡니까? 잘 컸고 예쁜 여자네요." 아, 란칭어 부인, 그녀는 이렇게 눈치 없이 애정을 표현한다. 하지만 그런 것만 제외하면 내 마음에 든다. 나는 형부를 정신적으로만 사랑했노라고, 그로 인한 고민은 이미 거뜬히 극복했노라고 그녀에게 꾸며댔다. 6주만 지나면 완전히 나아서 나갈 자신이 있노라고. 그녀는 나의 '담대한 영혼'—그녀는 그런 표현을 썼다—에 진한 감동을 받았고, 밖에 나가면 자기 집으로 한번 찾아오라고 초대까지 했다. 그러면 아마 남자 친구를 소개해줄 수 있을 거라고. 나는 이렇게 선량한 사람에게 거짓말을 하는 것이 수치스러운 일이라는 걸 알지만, 그렇다고 그녀가 초라해지는 것은 아니며 나만 초라해질 뿐이다. 내가 지금까지 그토록 숭고한 사랑에 대해 이런 수단을 써먹기로 작정한 때부터 나는 바닥까지 망가진 것이다. 그때부터 나는 온통 치욕에 절어 있고, 결코 다시는 이 상태에서 벗어나지 못할 것이다. 천사가 있다면 지금 일어나서 내가 이러는 걸 막아야만 할 것이다. 하지만 설령 천사들이 나를 막는다 해도 나는 천사들의 팔을 붙잡고 외칠 것이다. 제발 날 내버려두세요, 내버려두세요!…… 불쌍한 사람 중에서도 가장 불쌍한 내가 처음 그분 앞에 서서, 사람이 이럴 수도 있구나, 마지막 손놀림까지도, 눈을 흘깃 치뜨는 것까지도 이렇게 위대하고 순수할 수 있구나 하는 것을 깨달았을 때도, 그때도 나를 막는 사람은 아무도 없었으니까.

그렇다, 그때 아무도 나를 막지 않았으니 지금도 나를 제지할 수 없다. 밑도 끝도 없는 이 절망적 사랑이 나에게 시키는 일을 나는 적어도 그렇게 이해한다.

첸트 부인이 내 오후 시간을 빼앗았다. 내가 우려하던 일이 벌어진 것이다. 간호사들은 그녀에게 금방 싫증을 냈고, 다시 자기들끼리만 있으려 했으며, 말짱한 정신으로 자기들 관심사만 얘기했고, 그러다 보니 첸트 부인이 나에게 매달려도 그냥 내버려두었다. 첸트 부인은 내가 아주 교양 있는 아가씨라고, 나와는 무슨 얘기든 할 수 있다고 들었단다. 아, 맙소사, 그녀는 정말 온갖 얘기를 늘어놓았다. 그녀의 남편은 고등학교 선생님이고 딸이 하나 있는데, 딸은 곧 부유한 신랑과 결혼할 거라며, 그전에 그녀 자신이 완전히 나아야 하지 않겠냐고 했다. 사람들은 너무 경솔하게 그녀를 여기로 데려왔는데, 그녀는 단지 신경이 좀 예민할 뿐이라고 했다. 혼령을 불러내는 모임에 자주 참석하다 보니 예민해졌다는 것이다. 그녀가 얼마나 부당하게 여기에 있는지 의사들이 바로 알아차리지 못하면 의사들을 절대로 용서하지 않을 거라고 했다. 게다가 그녀를 중환자 병동에 처넣고 며칠 동안이나 구속복을 입혔다. 단지 내면의 목소리를 듣고 글로 옮겨 적으려 했다는 이유로 말이다. "당신도 글을 쓰잖아요. 아무도 당신이 글 쓰는 걸 방해하지 않잖아요." 그녀는 거의 고발하는 어투로 말했다. "그런데 나는 내 목소리에 저항해야 한다는 거예요. 그 목소리가 내 마음속에서 너무 강렬해 나는 구속복을 입고서도 순전히 발가락으로 글을 썼거든요. 하지만 아무도 믿으려 하지 않는 거예요. 생각해보세요, 아무도 안 믿어요. 의사 나리들, 그러고도 대학을 나오고 많이 배웠다고 으스대잖아요." 이렇게 끝없이 쏟아내는 것이 나는 몹시 거슬렸고, 그래서 딴에는 분위기 전환을 해보려고 내면의 목소리가 어떤 말을 쓰라고 했는지 물어보았다. 그런데 그것은 그녀가 학수고대하던 질문이어서 그녀는 자기 상상에 폭 빠져 끝없이 늘어놓았다. 그녀의 내면에서 말하는 목소리의 주인공은 부처님 제자라고 했지만 나는 거의 흥미를 느끼지 못했다. 적어도 내가 기억하기로 그녀는 윤회, 여덟

가지 성스러운 배움의 길* 등에 관해 말했다. 그리고 준비되고 정화된 영혼에 브라흐마**가 솟구친다고도 했다. 아, 나는 정신이 사나워서 갈피를 잡을 수 없었고, 갑자기 너무 배타적으로 변한 나 자신의 생각 언저리만 줄곧 맴돌았다. 나는 그녀가 바라는 만큼 이해심도 없고 들어줄 마음도 내키지 않았다. 그럼에도 그녀는 너무 고마워하면서 나한테 매달렸고, 내가 여기서 유일하게 마음이 통하는 사람이며, 심지어 카르마***가 우리를 여기로 데려와 만나게 해주어 서로 마음을 정화하고 위로해준다는 주장까지 서슴지 않았다. 괴테나 쇼펜하우어 같은 수많은 숭고한 영혼들도 그녀의 도움으로 현신했는데, 이제 미친 사람들과 함께 살아야 하다니 가족들이 그녀를 잘 이해하지 못하며, 그렇지 않고서야 여기에 데려오지 않았을 거라고 했다. 그렇지만 아직도 흔들리는 내 영혼을 숭고한 진리로 인도하기 위해 여기로 꼭 와야만 했는지도 모르겠다고 했다. 나

---

* 팔정도八正道를 가리킨다. 1) 정견正見: 바르게 보기. 2) 정사유正思惟 · 정사正思: 바르게 생각하기. 3) 정어正語: 바르게 말하기. 4) 정업正業: 바르게 행동하기. 5) 정명正命: 바르게 생활하기. 6) 정정진正精進 · 정근正勤: 바르게 정진하기. 7) 정념正念: 바르게 깨어 있기. 8) 정정正定: 바르게 삼매(집중)하기.
** 힌두교의 창조신.
*** 불교에서 말하는 응보의 업業.

중에 그녀는 "당신을 사랑해요"라면서 나를 끌어안으려 했고, 그러자 간호사들이 모두 폭소를 터뜨렸다. 하지만 란칭어 부인만은 웃지 않고 격려하는 눈빛으로 나를 바라보았는데, 어쩌면 외경심으로 충만해서 나의 정신적 사랑을 생각하는지도 몰랐다. 그렇게 우울한 오후 시간을 보냈다. 이 경험은 아누스가 가져다주는 책을 조심해야 한다는 교훈을 심어주었다. 그 책들 중에는 늘 불교 서적이 들어 있었기 때문이다. 여기서는 온갖 종류의 이런 위험에 쉽게 노출된다. 그런데도 내가 그런 책을 읽고 있는 것을 주임 의사가 보고서 전혀 뭐라고 하지 않은 것이 신기하다. 첸트 부인은 다행히 다른 침실에 배정되었다. 같은 병실이면 아마 밤에는 더 귀찮게 할 것이다. 방금 마리아네 간호사가 들어와서 나는 얼른 침대에 누워야 했다. 바라건대 그녀는 오늘 중으로 내가 아누스를, 형부를 사랑한다고 알게 될 것이다. 그러면 우리 사이의 관계가 많이 수월해진다. 그래, 그들이 벌써 내 얘기를 하잖아! 다행히 느낌으로 알 수 있어! 이제부터는 모든 것이 놀랍게 통할 거고 그러면 나는 편해지는 거다.

이날 밤에는 수면제 알약을 먹지 않고도 잠이 들었다. 꽃이나 돌을 떠올릴 필요도 없었고, 모든 것을 다가오는 만남에 대비하는 방향으로 생각해야 했다. 혹시라도 수상쩍은 기미를 노출하지 않고 주임 의사 선생님을 설득하려면 고려할 사항이 많았다. 다른 병동으로 가야 하는데, 과연 누가 나를 데리고 갈까? 프리델 간호사는 아니면 좋겠는데. 그녀는 눈치가 빠르다. 내가 그분을 가만 내버려두지 않는 걸 그분이 이해해주실 뿐 아니라 용서해주실까?…… 우리 둘에게 일어나는 일 때문에 어쩌면 그분이 울 수도 있겠다고 생각하면서 나는 잠이 들었다. 아, 울지 말라는 법이 있나? 그분이라고 해서 울지 말아야 할 이유라도 있나? 내가 우리 둘이 나누어도 충분할 만큼 많은 슬픔을 갈무리하느라 수많은 밤을 지새웠는데. 그러니 그분이 미소를 짓는 건 어울리지 않아. 그분은 미소를 수많은 사람에게 나눠주기 때문에 한 사람 한 사람에게 소중한 미소는 하나도 남아나지 않았어. 적어도 우리가 함께 공유하는 슬픔을 이겨낸다면 그것만 해도 대단하고, 분명히 이 기억은 오래도록 간직할 거야. 그건 그렇고 마리아네 간호사가 독촉하기 전에 잠을 자야겠다.

나는 이제 자유 시간이 많지 않다. 글 쓰는 시간마저 아껴야 할 판이다. 첸트 부인이 나를 요새처럼 점령하고 있기 때문이다. 간호사들은 우리를 보고 은근히 재미있어한다. 내가 보기에 간호사들은 상상력이 허락하는 한 최대한 수상쩍고 과장되게 나에게 특별한 능력이 있다고 꾸며댄 모양이다. 첸트 부인이 나에게서 구원을 받았다고 주장했기 때문이다. 그녀는 흥분해서 침을 튀기며 자꾸만 그렇게 우겼다. 그러면 나는 대개 죽은 듯이 멍하게 앉아서 예, 예 하고 대답하는 것 이상은 아무것도 할 수 없었다. 흥분해서 광적인 고집에 빠져 있는 그녀에게 아니라고 하거나 어떤 식으로든 부정하는 말은 상상도 할 수 없었다. 그녀는 나를 격정적으로, 거의 노골적으로 숭배하면서 졸졸 따라다녔고, 그래서 나는 그녀에게서 빠져나와 달아나려고 노심초사하느라 다른 환자들의 온갖 끔찍한 행동은 거의 다 잊어버렸다. 여기서 자신을 숨긴다는 것은 전혀 가망이 없다. 숨을 구석도 없고 문을 닫을 수도 없으며, 화장실 문조차 닫을 수 없다. 내가 어디를 가든 첸트 부인은 신비로운 표정으로 나를 살금살금 따라오면서 나에게서 구원의 진리를 얻겠다고 하거나 그녀 자신의 신비로운 목소리를 들려주겠다고 했다. 나 자신의 기대에 몰입한 이래 다른 사람에 대한 모든 동정심은 거의 잃었기 때문에 첸트 부인이 귀찮게 구는 것이 더더욱 견디기 힘들었다. 부끄러운 노릇이지만 정말 그녀가 나에게 넘치도록 쏟아붓는 감정에는 조금도 애정이 가지 않았다. 간밤에는 그녀가 나에게 얼마나 달콤하고도 지독하게 굴었던가!…… 하늘에 맹세코, 이 한심한 여자가 한 번만 더 찾아오면 대놓고 야단을 치고 부처와 모든 종교 창시자의 이름으로 저주할 것이다. 그녀는 정말 나한테 마지막으로 남은 알량한 이성도 앗아간다. 그런데 다시 그녀가 찾아와서 아난다—혹은 부처의 애제자라는 그의 이름이 뭐든 간에—가 몇 번째 하늘에 있는지 물었다. 나는 자포자기해서 "아홉번째 하늘"이라고 대답해주었고, 그러자 그녀는 감격해서 울먹였다. 지금까지는 일곱번째 하늘로 잘못 알고 있었는데, 이제는 은총을 받았고 마음이 무한히 풍요로워졌다는 거였다. "아홉번째 하늘이여, 오, 모든 구세주들이시여, 아홉번째 하늘이여, 불쌍하고 죄 많은 여자인 저에게 뭘 약속하실 거죠! 아홉번째 하늘, 그건 제자를 위한 곳이고, 그럼 거룩한 분 자신은 어디에 계시나요?" 정말 이제 나는 그녀에게 이것도 설명해줘야 할 판이다. 나는 득도한 사람이고 예언자니까. 그녀는 나를 예언자라고 하면서 눈물을 흘리며 나를 껴안았다. 그녀가 다시 찾아오면 나는…… 바로 그때 회진이 시작되었고, 주임 의사 선생님은 눈에 띄게 친절히 대해주면서 나의 착한 행동을 극구 칭찬했다. 정말 나에 대해 다양한 얘기를 들었는데, 정말 잘한다고, 언제나 그렇게 얌전하고 분별 있게 행동하라고 격려해주었다. 그러라고 여기에 온 거라고, 나의 선행이 다른 환자들에게도 좋은 영향을 주는 것을 문득 발견했다며 나와 나의 수행원 첸트 부인을 바라보며 호의적으로 웃었다. 정말 나는 차마 불평을 하지 못했다. 이제 나는 기쁘고, 어쩌면 내일이라도 그 자애로운 분과 면담하게 해달라고 부탁할 수 있을지 모르니까. 아마 거절하지는 않을 것이다. 나는 안다. 우려하던 의심도 하지 않을 것이다. 나는 아누스를, 내 형부를 사랑하니까. 정말 이제 그들은 나를 이해하게 되었고, 그래서 사랑스럽게 봐주기도 한다. 그걸 증명하는 가장 좋은 본보기는 마리아네 간호사다. 그녀는 어제저녁 한참 동안 내 침대 옆에 앉아 내의를 뜨개질하면서 나에게 사랑에 대한 일반적인 얘기도 해주었고, 이성적이고 고결한 정신을 가진 사람은 사랑을 이웃 사랑과 하느님에 대한 사랑으로 변화시킬 줄 안다는 얘기도 했다.

그러자 나는 몇 차례 예, 예 하고 대답해주면서 나의 얇은 베개 사이로 내가 쓴 글을 만지작거리며 이렇게 생각했다. '당신이 내 마음을 알기나 해, 내 마음을 알기나 하냐고!' 나중에 그녀는 아주 평온하게 내 곁을 떠나가더니 파란색 전구를 끼워 넣었다. 그녀는 수면제 알약을 원하느냐고 물었고, 나는 사절했다. 앞으로 다가올 일을 생각하려면 맑은 정신으로 깨어 있고 싶었기 때문이다. 그런데 신기하게도 처음으로 잠자는 것을 중시하지 않게 된 바로 지금 나는 순식간에 거의 무의식적으로 꿈에 빠져들었다. 누군가가 내 침대를 잡아당겼는데, 나더러 꿈에서 깨어나라고 하는 것 같았다. 나는 이제 머리가 없고, 그래서 토메가 다른 신부를 찾아야 한다는 거였다. 어떻든 이 선량한 노파가 오늘은 꽤 슬프고 상처받은 표정으로 나를 바라보면서 더 이상 뭐라고 요구하지 않았다. 그렇지만 나는 이 꿈을 중단 없이 기록해야 한다. 영락없이 정신병원 꿈이긴 하지만. 나는……

내가 정말 다시 벽에 머리를 치는 일이 벌어진다면 그건 누구보다 이 여자, 첸트 부인 때문이다. 그녀는 내가 애니 베전트*에 대해 어떻게 생각하는지 알고 싶어 했다. 진짜 믿음을 터득한 사람인지 아니면 단지 분파주의적인 이단 전도사인지 알고 싶다는 거였다…… "이단이야!" 나는 화가 치밀어서 그렇게 쏘아붙였지만 그래도 그녀를 쫓아내지 못했고, 그녀는 오히려 너무 감격해서 짧게 자른 잿빛 머리에서 정전기가 일어날 지경이었다. "당신은 은총을 받았어요! 은총을 받았다고요!" 그녀가 자꾸만 그렇게 외치는 바람에 간호사들도 못 봐줄 지경이 되었고, 프리델 간호사가 이쪽을 향해 "주둥이 닥쳐요! 안 그러면 혼날 줄

---

* Annie Besant(1847~1933): 영국의 여성 사회주의자, 신학자로 아일랜드와 인도의 독립을 주창했다.

알아요!"라고 소리쳤다. 그러자 부인은 아주 얌전해졌는데, 구속복을 지독하게 무서워했기 때문이다. 그러자 나는 마음이 짠해져서 미리 준비해둔 험악한 말은 하지 않고 꽤 비열한 거짓말로 자구책을 찾았다. "첸트 부인, 이제 얼마 동안 나를 방해받지 않게 해줘야 해요. 아주 큰 혼령이 나와 교제하려 할 수 있거든요. 글을 써야 할 때는 어떻게 해야 하는지 부인도 잘 알잖아요. 그러니까 내가 쓰는 게 아니라 내 안에 있는 누군가가 쓰는 거잖아요. 얼마나 숭고한 지혜의 목소리가 들려올지 짐작도 할 수 없잖아요. 그 목소리를 들으려면 안정이 필요해요. 그 점을 명심하세요. 안정을 취하고 물러가서 목소리가 다시 들려올 때까지 기다리시면 부인한테도 좋을 거예요. 그렇게 생각하시죠?" 그러자 부인은 정말 진정제라도 먹은 듯 조용해졌고, 마치 십자가상이라도 보듯이 나를 한참 동안 빤히 쳐다보더니 복도의 아래쪽 어두컴컴한 끝자락에서 오락가락했다. 그렇다고 내 거짓말이 덜 비열해지는 건 아니다. 나는 나 자신을 위해 거짓말을 하는 거니까. 그렇긴 하지만 여기에서 천직으로 일하는 사람들이 환자들을 진정시키고 마음을 풀어주기 위해 환자들의 특이한 사고 회로 속으로 제대로 진입할 때 꼭 필요한 시간을 투입하지 않는 것이 이상하다. 그렇게만 하면 그들이 조치를 취해야 할 급소를 찾아낼 수 있을 텐데. 그러면 환자를 다루기가 생각보다 훨씬 간단해질 테고, 적절한 말 몇 마디로 주사나 구속복보다 훨씬 좋은 효과를 거둘 수 있을 텐데. 하지만 어쩌면 내가 잘못 생각하는 것일 수도 있다. 분명히 그럴 것이다. 나는 이 여자 하나만 해도 절망할 지경인데, 의사는 이런 여자를 수백 명 상대해야 하니까. 의사가 미친 사람 모두의 마음속에 들어가서 그들의 감정을 이해하려 한다면 정작 의사 자신의 마음은 거덜이 나지 않을까? 우리를 위태롭지 않게 여기에 데리고 있는 것이 우리가 인간에게 기대할 수 있는 유일한 것이고, 다른 모든 것은 높은 분이 해주어야 한다. 여기 있는 사람들이 대부분 '목소리'를 듣는 것은 단지 우연이 아니다. 그들 중 상당수는 뭔가를 보기도 한다. 이들이야말로 어쩌면 정말 은총을 받은 것이다. 나도 들을 수 있고 볼 수 있다면 좋겠는데, 나는 아직 그 정도까지 은총을 받지는 못했다. 나는 은총을 내리는 분에게도 냉소적으로 되는 걸까? 내가 정말 그 정도로 마음이 독해졌을까? 꿈은 무섭고 기괴했다. 그건 인정한다. 하지만 그렇다고 내가 꿈을 현실에 적용해도 좋은 권리가 생기는 것일까? 꿈이 현실과 부합하는 경우는 생각보다 훨씬 드물다. 그리고 나중에 다소간 의식적으로 꿈을 이루려고 스스로 노력하지 않으면 현실과 일치하는 꿈이란 아예 존재하지도 않을 것이다. 그럼에도, 그럼에도, 그것까지는 아직 증명되지 않았다. 고백하자면 우리의 만남이—확실히 마지막 만남이 되겠지만—꿈에서 암시한 것처럼 불가능한 쪽으로 결판날 거라고 내가 확신한다 하더라도 나는 이 만남을 포기하지 않을 것이다. 어쩌면 이로써 나는 사랑이 단지 사랑일 뿐이고 다른 무엇도 아닌 경계를 이미 넘어서 이제는 오로지 실험을 해보려고 덤비는 것은 아닐까? 어떻든 내일 해볼 것이다. 더 이상 기다리고 싶지 않다. 내 처지에 이러는 것은 대담한 주장이다. 하지만 그렇게 대담한 것은 아니다. 얘야, 그렇게 대담한 것은 아니야. 내일은 해볼 것이다. 이 일을 위해서라면 나의 형부들을 모두—전부 네 명이다—미치도록 사랑한다고 할 용의도 있다. 내일은 어떻게든 성사시킬 것이다. 굳이 나에게 귀띔해주는 다른 목소리도 필요 없다. 이번에는 내가 목소리의 주인공이다. 내일 중으로 주임 의사 선생님에게 직접 부탁해서 나를 간호사와 함께 또는 간호사 없이 다른 병동으로 보내달라고 할 것이다. 내 몸에 온갖 종류의 질병이 들어 있는 것은—이것은 이미 입증되었다—이럴 때 써먹으라는 뜻이다. 내일 나는 다시 외래 진료를 받을 것이다. 빈곤증명서는 이미 진즉에 제출했으니 더 이상 뭘 바라겠는가. 상앗빛 피부의 아가씨가 와주었으면! 그녀의 고상하고 속을 알 수 없는 차분함이 탐난다. 하지만 그녀는 나를 꿰뚫어 본다. 그래도 좋다. 애야, 혼자 감당해야만 해. 그건 명백하다. 정말이지 더 이상 우연에 운을 맡길 생각은 없다. 그분은 지난 여러 해 동안 내 걱정은 털끝만큼도 안 하셨어. 나는 존재하지도 않는 것처럼. 호의적인 운명이 다른 사람들에게 베풀어준 것을 지금까지 나는 모두 나 혼자 해내야만 했다. 나는 이른바 청춘을 깔끔하게 넘기기 위해 나에게 필요한 사랑을 나 스스로 찾았고, 이 사랑을 전부 나 혼자 키워서 이제 다 자랐으니 수확 결과가 어떠하든 간에 그 열매를 혼자 갈무리해서 먹어야 한다. 그런데 이제 또 뭔가를 우연에 맡긴다면—설령 그분이 결국 은총을 베풀어 여기에 들어온다 하더라도—그것은 잘못 호기를 부리는 만용일 뿐이다. 나는 벌써 몇 주째 여기서 정신이상자들과 함께 생활하고 있으니 그들의 이상한 행동을 이용할 권리가 있는 셈이다. 나는 회색 줄무늬 환자복을 입고 창살 뒤에서 오락가락하고 있는데, 이 지경이 되도록 그분이 상황을 방치했다면 나도 버금가는 행동을 할 권리가 있다. 어떻게? 이렇게 마음먹는 것도 증오일까? 정말 모든 것이 하룻밤 사이에 돌변한 것일까? 레나테, 레나테!…… 그녀는 저기서 양말을 깁고 있다. 그녀는 천상의 신발을 만드는 애인을 줄기차게 사랑한다. 어째서 그녀의 마음은 조금도 변치 않는 것일까? 하지만 그 남자는 레나테의 사랑에 응답했고, 적어도 그녀는 그런 환상 속에 살고 있다. 사랑하는 하느님, 당신이 계신다면, 정말 어딘가 아직도 계신다면 저에게도 그런 환상을 심어주세요. 하룻밤 사이에 심어주세요. 꿈이 현실이 되기 전에 이 마지막 밤에. 저는 여기 온통 미친 사람들 사이에서도 멀쩡하게 살고 있으니 꿈을 실현할 거예요.

내가 다시 몹시 우는 바람에 미나 간호사가 나를 침대로 데려가야 했다. 그러고서 아누스가 왔다. 사람들은 이 소식을 마치 구원의 복음처럼 나에게 알려주었고, 나는 이에 걸맞게 행복한 인상을 주려고 애썼다. 아누스는 착하다. 그는 작은 빨간 사과 하나를 가져왔다. "여기서 제대로 먹어. 더 야윈 것 같아." 그는 그렇게 말하면서 정말 진심으로 걱정해주었다. 그는 여간해서는 걱정을 모르는 사람이다. 이제 나는 그에게 정말 호감을 갖게 되었다. 전에는 가당치 않다고 생각했던 일이다. 또 다른 언니의 남편 페터는 아직 한 번도 찾아온 적이 없다. 아누스 말로는 그가 임시로 일자리를 구한 것 같다고 했다. 잘된 일이다. 마라 언니는 베타 언니 같은 수완이 없고 어린애도 하나 있다. 내가 어린 아이를 본 지 얼마나 되었나? 아르노는 일본 아이처럼 달콤하고 졸린 듯한 귀여운 얼굴을 가졌고, 놀이를 할 때는 언제나 혼자서 이렇게 말한다. "루돌프 타이너*는 그렇게 말해. 루돌프 타이너는 그렇게 말해. 버터가 아니고 붓다지, 그렇지 엄마?" 그러니까 페터는 노상 인지학人智學 신봉자와 불교 신도들을 집으로 데려와 그런 것들만 얘기해서 마라 언니를 짜증 나게 한다. 그래도 언니는 교회에 가는 것을 그만두지 않기에 부부가 종종 심하게 다투기도 한다. 이 모든 것은 우리가 사랑이라 일컫는 것과 더불어 시작되었다. 얄궂다. 그들은 이 세상이 온통 사랑으로 충만해서 멋진 세상이 되어야 한다고 주장한다. 하지만 하느님께 맹세코 세상은 그렇지 않다! 우리는 어떻게 해서든 늘 사랑이라는 걸 꾸며내어 거대한 모자이크를 만들려고 하는 것이다. 나는 내일이면 내 사랑을 꾸며내러 갈 것이다. 오늘은 기도를 해야겠다.

그사이에 사흘이 지났고 이제 글쓰기를 계속한다.

주의하자! 아무것도 보태지 말고 아무것도 빼지 말아야 한다. 차곡차곡 돌을 쌓아야 하고, 작업을 마치면 나를 내 정신에 내맡기는 거다. 그래, 내 정신에. 내 정신이 나에게 해줄 수 있는 것은 별로 없다. 그렇지 않아도 지난 사흘 동안 나는 거의 구속복을 입기 직전까지 갔다. 내가 미쳐 날

---

* 신비주의 사상가 루돌프 슈타이너Rudolf Steiner(1861~1925)를 가리킨다.

띈 것은 아니고, 그럴 이유도 없었다. 하지만 그들 말로는 자기들이 온갖 위협 수단을 동원해서 내가 우는 것을 막지 않았더라면 내 몸이 눈물로 다 새 나갔을 거라고 했다. 그래도 주임 의사 선생님은 그러지 못하게 막았다. "참아요, 참아!" 그가 간호사들에게 말했다. "제발 인내해요. 이러다 지나갈 테니까. 누구도 영원히 울 수는 없으니까."

두렵다. 아니, 이젠 도대체 아무것도 두렵지 않다. 내 짐작에는 저분이 맥락을 조금씩 알아차리고, 그래서 저렇게 신중한 태도를 취하는 것이다.

어떻게 된 일인가 하면, 내 꿈이 문자 그대로 실현되었다. 아니, 웃자고 하는 소리가 아니다. 내가 무엇 때문에 웃어야 한단 말인가. 언젠가 아이가 생기면 나는 아이들에게 이렇게 말할 것이다. "얘들아, 웃지 마라. 웃음은 악마가 발명한 거야." 이것이 아마도 내가 아이들에게 말해줄 수 있는 유일한 진실일 것이다. 이런 말을 하는 이유는 내가 웃으면서 정신병동으로 돌아왔기 때문이다. 당연히 프리델 간호사가 나를 인솔했다. 돌아올 때 그녀에게 내가 너무 붙임성 있고 쾌활해 보였기에 나도 그녀의 연애 이야기를 들을 수 있었다. 내가 제대로 알 수는 없지만 어떻든 '엄마 같은 감정'과는 전혀 무관한 연애였다. 그녀는 지금 나한테 무척 화가 났다. 내가 사흘 동안 울어대서 그녀가 나에게 보여준 신뢰가 결국 틀렸다고 판명된 셈이기 때문이다. 이제 여기 모두는 내가 정말 미쳤다고 생각하며, 그런데도 주임 의사 선생님이 계속 글쓰기를 허락하는 것을 납득하지 못한다. 나도 어느 날—어쩌면 내일 벌써?—의사 선생님이 글쓰기를 금지하지 않을지 두렵고, 그래서 서둘러 쓰겠다. 요컨대 프리델 간호사가 나를 외래 진료를 받을 수 있도록 다른 병동으로 데려갔다. 나는 주임 의사 선생님에게서 이 허락을, 수상할 정도로 너무 쉽게 받아내서 질겁할 지경이었다. 하지만 내가 마음속으로 두려운 것은 다른 이유 때문이다. 우리는 다른 병동으로 갔다. 전에도 늘 그랬듯이 이번에도 나는 특이하게 숙연한 느낌이 들었다. 이런 느낌은 이 막강한 분에게 바치는 무조건적인 존경과 숭배에서 우러나오는 것이다. 이윽고 그분의 목소리가 들렸다. 우리가 하얗게 칠한 대기실에 들어가자마자 마치 약속이라도 한 듯이 그분의 목소리가 들려왔고, 늘 그랬듯이 그 목소리에 나는 한없이 약해졌다. 나는 얼굴이 너무 창백해져서 어디가 아프냐고 프리델 간호사가 물었다. 그러고는 내 대답을 들을 겨를도 없었다. 그분이 다가와서 간호사는 나를 그분에게 소개하고 내 증세를 설명해야 했기 때문이다. 나는 그분도 살짝 창백해졌다는 느낌이 들었다. 어떻든 그분은 아무 말도 하지 않고 환자 개인별 진료를 하는 작은 별실로 나를 데려갔다. "그래, 어떻게 왔지?" 그분은 그렇게 묻고는 다른 말은 하지 않았다. 언제까지고 이렇게 서 있을 수는 없다. 우리 두 사람 모두 그건 분명했다. 하지만 그분은 아무것도 발견하지 못했다. 나는 정말 뭔가를 발견할 수 있는 충분한 시간을 주었다. 그분이 양손을 쳐들거나 그저 시선을 떨구기만 했더라면! 그분은 정말 아무것도 하지 않았고, 그래서 나는 꿈이 나에게 일러준 대로 말하지 않을 수 없었다…… "키스해주세요!…… 저에게 키스해주셔야 해요." "애야……" 하지만 그 말은 너무 늦었다. 나는 꿈속에서보다 더 단호하게 "어서요!"라고 재촉했다. 그러자 그분이 대답했다. "하지만 나는 만성 코감기를 앓고 있단다." 그건 나도 알고 있었고, 그래도 나는 막무가내였다. 그러자 그분은 문 쪽으로 갔고, 나는 벌써 꿈이 이렇게 끔찍한 절반까지는 실현되었다는 생각에 거의 홀가분할 지경이었다. 하지만 그분은 금발의 여성 조수를 부르더니 이렇게 말했다. "아가씨, 코감기 마스크 좀 갖다줘요." "예, 주임 의사 선생님." 조수는 다소 기교를 부린 고음으로 노래라도 하듯이 대답했다. 이 목소리도 기억났다. 정말 새로운 것은 아무것도 없었다. 이 대목에서 천사들이 도와줘야 하는데, 하지만 천사는 없었다. 금발 아가씨는 코감기 마스크를 갖다주고는 얌전하게 물러갔고 우리는 여전히 그대로 서 있었다. 이제 그분은 방독면을 쓰고 전쟁터에 나가는 사람처럼 보였다. 어떻든 그분은 용기는 있었다. 분명히 미친 여자와 단둘이 있는 상황을 감수했기 때문이다. 그러고는 나에게 키스해주었다. 이마에, 그때와 마찬가지로. 이로써 그때의 아름다운 추억을 지워주었다. 이제 나는 목욕을 할 때 그 무엇에도 신경 쓸 필요가 없게 되었다. 그분은 부드럽게 "자" 하는 말도 빠뜨리지 않았다. 그 말도 그때와 똑같았다. 그러자 나는 어느새 속으로 아주 조용히 웃기 시작했다. 그러자 그분은 움찔하고 뒷걸음질 쳤고, 문밖으로 나가서 금발 아가씨를 들여보냈다. "얘야." 이 아가씨도 나를 그렇게 불러서 나는 발끈 화를 내려 했지만 그럴 수 없었다. 한순간 우리는 너무 가까이 있게 되었고, 그녀가 나를 부축해주었으며, 우리는 함께 울었다. 이것은 꿈에서 예상하지 못한 상황이었다. 나를 너무 일찍 깨우는 바람에 꿈이 끊겼는지도 몰랐다. 어떻든 나는 우리가 함께 조용히 우는 상황에 속수무책이었다. 하지만 이러고 있을 시간이 없었다. 다행히 밖에서 그분이 조금 바뀐 어조로 부르는 소리가 들리자, 우리는 동시에 그 목소리에 순종했다. 프리델 간호사가 나를 마치 짐짝처럼 다시 넘겨받았다. 우리가 돌아가는 길에 내가 아주 유쾌해하자 간호사는 알고 보니 내가 아주 말짱한 정신으로 얘기할 수 있는 사람이라고 했다. 어쩌면 우리는 간호사의 연애 얘기를 듣기 위해 일부러 빙 돌아서 갈 수도 있었을 것이다. 어떻든 나는 우리가 정신병동을 떠나온 지 10년은 지난 것만 같았다. 그렇지만 어느 창문 유리창에 비친 내 모습을 보니 나는 눈에 띄게 변한 게 없었고, 다만 갑자기 예쁘게 웃을 수 있게 되었다. 하지만 그러고는—악마는, 또는 우리가 악마라고 부르는 그 무엇은 할 일을 악착같이 한다—내면에서 확성기처럼 크게 울리는 소리가 들려왔다. "나는 그녀의 어깨에 키스했을 뿐이야." "그건 틀린 말이야." 나는 그 누군가에게 항변했다. "전혀 달랐어. 이렇게 된 거라고. '나는 그녀의 이마에 키스했을 뿐인데, 그녀한테 내 코감기가 옮았지.'" 그러자 그 누군가가 "근사해!"라고 맞장구를 쳤다. 하지만 나는 어느새 울기 시작했고, 탁자 위에 엎어져서 도무지 울음을 그치지 않자 마침내 간호사들이 나를 침대로 끌고 갔다.

일은 그렇게 되었다. 감수성이 예민한 독자라면 내가 만든 모자이크를 살짝 음영 처리했다는 걸 알아차릴 것이다. 내가 말하려는 것은, 우리는 사랑의 가면을 쓰기를 무엇보다 좋아하는 악마들에게 에워싸여 있으며, 우리가 사랑하는 것처럼 보이는 모습을 우리 자신에게 부여하려면 아주 흔쾌히 그런 악마의 역할에 동참할 수 있다는 것이다. 사실 우리는 진짜 사랑을 한 톨이라도 산출하는 것만 빼놓고는 뭐든지 할 수 있다. 흔히 하느님은 우리를 사랑한다고들 한다…… 하지만 하느님도 그저 유희를 즐기는 것일 뿐이다. 아니, 유희까지도 아니고, 그저 교통정리를 하는 것일 뿐이다. 그러면서 우리가 감격해서 우리의 마음을 조금씩 내주고, 사랑처럼 반짝거리고 온갖 형형색색으로 반짝반짝 빛나는 광채로 우리 자신을 꾸미는 모습을 보시고 하느님은 기뻐한다…… 우리는 사랑하는 게 아니고 불나방처럼 인공 불빛 주위를 맴돌며 춤추는 것이다. 하지만 지금 막 이런 생각이 퍼뜩 든다. 인공 불빛마저 없다면 무엇으로 불나방이 자극을 받고 결국 목숨을 바치겠는가? 에이, 누가 나에게 이런 말을 해주냐고? 밤까지도 환하게 비추고 불빛에 광분하는 미물들이 치명적인 상처도 입지 않고 실컷 빛을 만끽할 수 있을 만큼 진짜 빛이 넘쳐난 적이 있었던가?…… 일찍이 그런 일이 있기나 했던가?…… 여기에 인공 불빛 때문에 죽은 자들이 있다. 나도 여기에 있고, 영원히 여기에 머물 것이다. 나는 내가 한평생 내내 여기에 있어야 한다고 관계자들을 어렵지 않게 납득시킬 자신이 있다. 파란색 병원 양말을 기우면서, 나에게 이런저런 이야기를 들려주는 목소리를 듣는 것이 나의 과제가 될 것이다. 나는 아직 그런 목소리를 듣지 못한다. 하지만 어느 정도 노력을 기울이면, 자신에게 사랑을 믿게 하는 데 들인 노력의 일부만 쏟으면, 그런 목소리를 들을 수 있는 귀가 열릴 것이다. 이 유희에 참여한 사람 하나를 잃는다 해도 하느님은 굳이 반대하지 않을 것이다. 하느님은 불빛에 광분한 사람들을, 이 유희를 진짜로 더 잘할 수 있는 사람들을 아직 얼마든지 부릴 수 있으니까. 나는 이 유희를 해내지 못했고 이제 이 새로운 분야에서 모든 것을 늦깎이로 배워야 한다. 나의 분야는 미치는 것이 될 것이다. 시간이 지나면 나는 이 분야에서 전문가가 되어 주임 의사가 될 것이다, 아무렴.

첸트 부인은 경건함이 넘치는 표정으로 내 주위를 살금살금 배회하고 있다. 아홉번째 하늘 외에 몇 개만 더 꾸며내면 부인의 고민은 해결된다. 그러면 나는 이렇게 서서 부인의 경배를 받는 거다. 마치 뭐라도 된 양…… 아니다, 나는 그분을 사랑한다. 나는 여전히 그분을 사랑한다. 내가 그 반대로 말한 모든 것은 진실이 아니다. 내 곁을 떠나갈 때 그분의 어깨는 축 처졌고, 그분은 내가 떠나는 것을 차마 바라보지 못했다…… 하지만 내가 그분에게 한 짓은 미친 여자만이 할 수 있다. 그러니 나는 미쳐야겠다. 내일이면 나는 벌써 3병동에서 구속복을 입고 있을 것이다. 그곳에서는 기껏해야 발가락으로만 글을 쓸 수 있고, 그래서 나는 오늘 몇 번이고 이렇게 쓴다. "나는 그분을 사랑한다, 나는 그분을 사랑한다, 나는 그분을 사랑한다!"

내일이면 6주가 다 지나가고 나는 밖으로 나갈 것이다.
　여기서 나를 낫게 해주었다. 정말이지 나는 나았다고 생각하지 않을 수 없다. 나를 더 이상 붙잡아두지 않으니까. 법원 소속 정신과 의사는 나에게 적어도 1년은 여기 있어야 한다고 주장했지만 말이다.

.

정신병동 수기

마귀 들린 아이

Das
Wechselbälgchen

외눈박이 브르가에겐 마귀 들린 어린 딸이 있었다. 하지만 그녀는 그런 사실을 모르는 체했고 곧잘 꼬마를 치타라는 예쁜 이름으로 불렀다. 정말 그녀는 딸의 이름이 너무 예쁘다고 생각했다. 하지만 인내심 많은 신부님이 말하길, 원래 그 이름은 나라를 배신한 여왕의 이름과 똑같은데* 벌로 그렇게 지어준 거라고 했다. 만약 사내아이라면 극악무도한 황제 나폴레옹의 이름을 붙여주었을 거라고 했다. 정말 신부님은 대죄를 범한 자에겐 인정사정 봐주지 않았고, 아비 없는 자식을 낳는 것도 대죄였다. 그래서 신부님

---

* 오스트리아의 마지막 황제 카를 1세의 부인 부르봉-파르마의 치타 황후(1892~1982)를 가리킨다. 1차 세계대전 말기에 오스트리아와 프랑스 사이의 평화협상을 추진해 '반역자'라는 평판을 얻게 되었다.

은 브르가의 경우도 예외로 봐주지 않았다. 브르가는 한쪽 눈이 유리눈이고, 유리눈이 다른 눈보다 크고 아름다웠지만 말이다. 신부님은 정의로운 사람이었다. 특이하게 생긴 검은색 성직자 모자를 쓰고 마을을 배회할 때면 항상 양손으로 뒷짐을 졌는데, 아이들이 다가와서 신부님 손에 입을 맞추려 해도 양손을 너무 꽉 끼고 있는 바람에 아무리 애써도 손을 풀어서 앞으로 내밀 수 없었다. 시골 동네 아이들은 워낙 그렇게 생뚱맞은 생각을 곧잘 하게 마련이며, 그럴 때면 온갖 깜찍한 상상을 하는 법이다. 그러니 이런 아이들 중에는 얼핏 봐서는 눈에 띄지도 않고 다른 애들보다 특별히 더 더럽거나 머리가 헝클어지지도 않았는데, 결국 자기 이름이 치타라거나 나폴레옹이라고 천연덕스레 말하는 아이들도 있게 마련이다. 그런데 신부님의 손은 바로 그런 애들을 겁내기 때문에 그런 애들의 키스를 받으니 차라리 닿지도 못하게 하는 것이다. 어떤 사람들은 신부님이 검은색 모자 밑에 새를 숨기고 있다고 흉보는데, 그 말이 맞다고 보긴 어렵다. 신부님은 단지 죄를 배격하고 정의를 옹호할 뿐이다. 그리고 혼자 배회할 때면 죄와 정의의 문제를 따지다가 때로는 조금 큰 소리로 중얼거려서 마치 설교를 하고 있다는 느낌을 준다. 아니, 그러면 어때서? 신부님은 그래도 언제 어디서나 설교를 할 수 있지 않은가. 그런다고 신부님이 모자 밑에 물레를 숨겼다고 사람들이 흉본다면 그건 새빨간 거짓말일 뿐 아니라 있을 수도 없는 일이다. 하지만 사람들은 원래 그렇다. 사람들은 돌아다니면서 누군가에 대해 없는 말을 퍼뜨리고, 그러다가도 아쉬우면 조금 전까지 터무니없이 흉봤던 사람을 찾아가는 것이다. 그래서 사람들은 사제관 앞에 있는 올배나무 옆에서 벌써 미리 눈물을 짜내고 근심 걱정으로 입가에 주름살을 짓고는 사제관에 들어가서 존경하는 신부님, 존경하는 신부님 하고 조아리며, 지난번 장엄미사 때 신부님이 얼마나 근사하게 찬송가를 부르셨는지 가슴이 뭉클하도록 칭송하는 것이다. 그러면 돌아갈 때는 옷이나 재봉틀이나 그 밖에 꼭 필요한 것을 사기 위한 돈을 손에 쥐게 된다. 그러다가 심지어 그렇게 생긴 돈으로 하필이면 치타나 나폴레옹 같은 아이가 학교에 입학할 때 신을 신발을 장만하는 일도 곧잘 생긴다. 정의라는 것에는 양면성이 있어서 빌리발트 신부님은 자꾸만 두 손으로 정의를 비틀기 때문이다. 신부님의 두 손은 그러느라 늙었고 떨리기 시작한다. 신부님의 모자와 사제복도 점점 얇아지고 호흡도 짧아진다. 그렇지만 영세를 할 때는 절대로 정의를 비틀지 않으며, 이름 때문에 실랑이가 벌어지기도 하지만 그래도 단호한 태도를 고수한다.

브르가는 아이 이름 때문에 실랑이를 벌일 필요가 없었다. 그녀는 직접 아이를 데리고 영세를 받으러 갔다. 누구에게도 폐를 끼치고 싶지 않았고, 아이 아빠가 누구인지 아무에게도 말하고 싶지 않았기 때문이다. 신부님은 정의를 위해 벌을 주는 이름을 지어주었지만 브르가는 그런 줄도 모르고 너무 고운 이름에 넋이 나갈 정도로 기뻐서 멀쩡한 눈이 거의 유리눈만큼이나 아름답게 빛났다. 신부님은 그저 "가서 다시는 죄를 짓지 말거라!"라는 말만 해주었다. 당연히 브르가는 죄지을 마음이 없었다. 딸이 또 생겨서 치타라는 이름을 붙일 일도 없었고, 나폴레옹이라는 이름은 마음에 들지 않았으며, 어느새 나이가 들어가는 외눈박이에다 소를 먹이는 하녀 주제에 이젠 애 아빠가 생길 가망도 없었다.

그런데 야무진 하인 렌츠가 나타나지 않았더라면 브르가는 자기 딸이 마귀 들린 아이라는 걸 평생 모르고 살 뻔했다. 렌츠는 유리처럼 반짝이는 국경 산악 지대에서 왔고, 그래서인지 다른 사람들에 비해 무슨 일이든 빠삭하게 꿰고 있었다. 그는 심지어 수많은 신부님들을 합친 것보다 더 많은 경험을 했다. 예를 들면 꼬박 1년 동안 전설적인 사냥꾼 귀신의 갈고리를 들고 고난의 유랑 생활을 했는데, 그러면서 자기가 맡은 일을 누구보다 잘해냈다. 게다가 달

밤에는 몽마夢魔 요괴와 싸움을 벌였는데, 양손으로 뾰족한 칼을 높이 쳐들고 예로부터 전해오는 방어 주문을 외웠다. 그러면 요괴는 그의 털끝 하나 건드리지 못했다! 그러고서 정확히 1년 후에 그는 움푹 팬 길에서 수레바퀴 자국 사이에 드러누운 자세로 다시 모습을 드러냈고, 그러자 사냥꾼 귀신은 신이 나서 이렇게 말했다. "이 멍청이 녀석이 다시 여기 자빠져 있네. 작년에 내 갈고리를 훔쳐 간 녀석이잖아!" 그 정도로 렌츠는 모르는 게 없었다. 그는 어떻게 번개를 치는지도 알았고, 시름시름 몸이 여위는 환자를 고쳐주는 무녀를 찾아가는 길도 알았으며, 밤마다 죽은 사람들이 찾아와서 시달리는 사람은 렌츠에게 도움을 청하기만 하면 되었다. 그런 렌츠가 파이델-페터 농부 집에서 일한 지 정확히 사흘째 되던 날, 그는 브르가의 아이가 마귀 들린 아이라고 단언했다.

그러자 브르가는 "날 좀 가만 내버려둬, 이 악당아!"라고 발끈하면서도 렌츠에게 유리눈으로 추파를 던졌지만, 유리눈이 아무리 반짝반짝 빛나도 전혀 효과가 없었다. 렌츠는 브르가가 들고 있던 무거운 소여물 소쿠리를 받아 들고서 아주 자상하고 측은하게 물었다. "한번 돌이켜 생각해 봐, 이 여편네야. 예전에 이 아이를 늘 바깥에 혼자 내버려두었지?" 그렇게 멍청한 질문에 깔깔대고 웃느라 브르가는 덧니가 드러나 보인다는 걸 깜빡 잊었다. 그녀가 대꾸했다. "그럼 도시의 귀부인처럼 아이를 비단 유모차에 태워서 다닐 수 있다고 생각해? 여름내 과수원에 혼자 두고, 가난한 농가 애들이 돌보러 오지 않으면 우물가에서 혼자 놀지. 내가 보모라도 둘 수 있다고 생각해?"

물론 렌츠도 그렇게 생각하지는 않았다. 이제 그는 모든 의문이 풀렸다. 하필이면 우물가라니, 아이 바꿔치기 하는 늙은 요괴들이 얼씨구나 하고 못된 짓을 벌이는 곳인데! "그럼 이 우물가에서 놀았단 말이지, 맞아? 어디 생각해보자, 생각해보자! 쥐오줌풀과 석송! 정말 아무 생각도 없군, 이 여편네야. 이젠 다른 도리가 없어. 아홉 번 두들겨 패는 수밖에. 달리 어쩌겠어? 아홉 번 두들겨 패는 거야. 아주 호되게, 끔찍하게 비명을 지를 정도로. 그러면 아이 바꿔치는 늙은 요괴가 나타나서 이렇게 말할 거야. '내가 네 아이를 수레에 태워주고 목욕도 시켜주고 밀가루죽도 끓여줬는데, 너는 내 아이를 아홉 번 두들겨 팼어!' 그러고는 네 아이는 놓아주고 자기 아이를 데려갈 거야. 서둘러야 해. 아홉 번 호되게 패야 한다고. 알아들었어?!"

그러자 브르가는 그저 "제발 허튼소리 좀 집어치워!"라고 대꾸하고는 추파를 던지던 유리눈마저 거두어들이고 외면했다. 아니, 세상에 이런 배은망덕이 있나⋯⋯ 그

마귀 들린 아이

런 후에 하인들 방에서 식사를 할 때 렌츠는 다시 핀잔을 주었다. "쟤 처먹는 꼴 좀 봐!" 사실 아이가 특이한 방식으로 먹는다는 건 브르가 자신도 이미 알고 있었다. 아이가 두 주먹으로 굵은 국수를 입에 밀어 넣고 쩝쩝거리며 먹을 때는 돼지 새끼가 먹는 모습을 방불케 했다. 하지만 그래서 어쨌단 말인가? 어차피 하녀의 자식은 주인 나리의 식탁에서 먹지 못한다. "그러니까 우리 같은 하녀는 인간도 아니니까 껍데기 없이 멋대로 한다는 거야?" 목초지 담당 하녀 브르가는 그렇게 응수하면서도 렌츠에게 눈짓으로 추파를 던졌다. 하지만 렌츠는 여자가 꽤 젊은데도 아무런 반응을 보이지 않았고, 겁나서 그런 게 아니고 마귀 들린 아이를 경솔하게 참고 키워서는 안 된다고 단호히 말했다. 그러자 브르가가 발끈했다. "눈이 까만 유리구슬처럼 예쁘고 얼굴이 백설 공주처럼 발갛고 하얗지 않아?" 하긴 외눈박이 브르가가 그렇게 생각하는 걸 말릴 수는 없는 노릇이었다. 그러고 보니 아이가 실제로 귀여워 보였고 진짜 마귀 들린 아이와는 달라 보였다. 하지만 대개는 한참 시간이 지나야 그렇게 보이고, 그때는 손을 쓰기에는 이미 늦다. 브르가는 이 골칫덩어리를 먹여 살리기 위해 죽을 때까지 뼈 빠지게 일해야만 할 것이다. 렌츠가 진지하게 말했다. "지금 아이가 몇 살이지? 뭐라고, 벌써 네 살이라고?! 한 번이라도 말을 한 적이 있어? 그만해, 더 이상 무슨 증거가 필요해? 이런, 쟤한테서 벗어나려면 가구를 죄다 옮겨야 할걸!" 그러자 브르가가 대꾸했다. "나는 가구라곤 하나도 없는데 무슨 뚱딴지같은 소리야?" 그러자 렌츠가 거칠게 내뱉었다. "그럼 네 마음대로 해. 가구가 아니고 지렛대인가. 큰 농장의 노인장은 늘 이렇게 말씀하시지. 무슨 조치를 취해야 한다면 바로 이런 경우가 틀림없다고 말이야. 아홉 번 두들겨 패는 게 너무 가혹하다 싶으면 혹시 계란 껍데기로 시험해보면 어때?" 하지만 브르가는 계란 껍데기로 뭘 어떻게 하라는 소린지 물어보지도 않았고, 렌츠는 자존심이 상해서 더는 얘기를 꺼내지 않았다.

그렇게 해서 꼬마는 오래도록 편안하게 지낼 수 있었고, 여전히 브르가는 이따금 남몰래 치타라는 이름을 자랑스럽게 불렀으며 마귀 들린 먹보를 키우는 데 아무런 걱정도 없다는 듯이 행동했다.

*

꼬마 치타는 멋진 삶을 살았다. 때리는 사람은 아무도 없었다. 어쩌면 때릴 자격이 있다고 생각하는 사람이 있을지도 몰랐다. 예를 들면 브르가가 하녀로 일하는 농가의 주인 영감 말이다. 하지만 주인 영감도 아무리 한낱 하녀의 아이라고 해도 어린아이를 때릴 마음은 없었다. 어쩌면 너무 생각이 많아서 때릴 생각이 나지 않았을지도 모른다. 아, 그는 늙은 신부님과 형제지간이라 해도 무방하다. 돌아다니는 거동이나 늘 뭐라고 혼잣말을 하는 버릇이 빼닮았다. 비록 정의라든가 거창한 문제는 언급하지 않았지만 말이다. 그런 문제는 영감의 얼기설기 기운 벽돌색 재킷보다 신부님의 검은 사제복에 더 어울렸고, 영감도 그런 줄 알고 사소한 문제에 만족했다. 영감은 대개 이런 말만 했다. "에헴, 에헴, 에헴…… 잘될 거야, 잘될 거야, 잘될 거야……" 혹은 내일이나 모레 닥쳐올 일을 언급하기도 했다. 가령 돼지를 잡아야 하면 며칠 전부터 돼지우리 주위를 맴돌며 딴에는 위로한답시고 돼지한테 이렇게 말했다. "에헴 에헴, 에헴 에헴, 오래 걸리지 않을 거야, 오래 걸리지 않을 거야. 한 번만 피를 쫙 쏟으면 돼…… 고통이 멎으면 끝나는 거야…… 에헴, 에헴 에헴 에헴……" 영감은 언제나 황소 축사 앞에서 가장 긴 연설을 했다. 늘 똑같은 말만 해서 온 동네 사람들이 무슨 말인지 다 알았고, 오두막집 아이들도 영감의 말을 흉내 내는 놀이를 만들어낼 정도였다. 치타도 외양간을 지나갈 때마다 늘 황소 축사 앞에서 걸음을 멈추고는 양손을 뒷짐 지고 깍지를 낀 채 뭔가 생각에 잠긴 표정으로 고개를 끄덕이곤 했다. 때로는 영감과 치타가 동시에 황소 축사 앞에 서 있는 경우도 있었다. 영감은 벽돌색 재킷을 입고 치타는 갈색 황마 가운을 입고서, 둘 다 양손을 깍지 낀 채 뒷짐을 지고 똑같이 고개를 끄덕였으며, 꼬마는 침울한 검은색 눈으로 아주 경건한 표정을 지으며 영감의 일장 연설을 들었다. "에헴, 에헴, 에헴 에헴…… 잘생긴 황소야, 잘생긴 황소야, 잘생긴 황소야…… 안녕하시오, 파이델-페터 영감, 하고 소 장수가 인사를 하겠지…… 댁들도 안녕하시오, 나도 그렇게 인사해야지…… 잘생긴 황소네요, 하고 소 장수가 말하겠지. 그럼요, 하고 내가 말해야지…… 얼마에 팔겠소? 소 장수가 그렇게 묻겠지. 3백 마르크요! 내가 그렇게 대답해야지…… 우와!? 소 장수가 그렇게 놀라겠지…… 에헴, 에헴 에헴 에헴! 잘생긴 황소니까, 잘생긴 황소니까, 잘생긴 황소니까!" 그러고서 영감은 다시 걸음을 옮겨 다른 가축들이 있는 곳으로 갔지만, 다른 가축들한테는 그렇게 많은 말을 하지 않았다. 그러다가 흔히 치타가 발에 걸려서 성가시면 때리거나 발로 차지 않고 마치 나무 말뚝이나 여물 소쿠리를 치우듯이 치타를 옆으로 살짝 밀어냈다. 그리고 이따금 치타를 내려다보면서 이렇게 말하곤 했다. "에헴, 에헴, 에헴, 에헴, 잘될 거야, 잘될 거야, 잘될 거야!" 이 말이 무슨 뜻인지는 오직 하느님만 아셨지만, 치타 자신도 아는 것 같았다. 그런 말을 들으면 침울하던 눈이 늘 부드럽게 빛났기 때문이다. 정말이지 치타는 영감을 조금도 무서워할 필요가 없었다. 영감의 딸 플로나도 무서워할 필요가 없었는데, 어머니가 죽은 후로 플로나는 이 집의 안주인 노릇을 하고 있다. 그렇다고 플로나가 성품이 다정하거나 말이 많거나 잘 웃는다는 뜻은 아니다. 그렇다. 플로나가 그런 모습을 보인 것은 벌써 오래전 일이다. 플로나는 벌써 10년째 가을 무렵이면 영감에게 이렇게 보채곤 한다. "이제 어때요, 아빠?…… 프란츠와 결혼해도 될까요?" 그러면 영감은 이렇게 대꾸한다. "에헴 에헴 에헴 에헴…… 어떤 프란츠? 어떤 프란츠? 어떤 프란츠?" 그러면 딸은 매번 고집을 꺾지 않고 "병원에서 일하는 프란츠요!"라고 대답한다. 그러면 영감은 다시 이렇게 말한다. "에헴, 에헴 에헴 에헴…… 니들 맘대로 해, 니들 맘대로 해, 니들 맘대로 해. 내가 찍어둔 프란츠는 작은 농장이라도 물려받을 텐데……" 정말 늘 그런 식이었다…… 영감은 먼 집안 친척 중에 프란츠라는 총각을 딸의 신랑감으로 찍어두고서 어차피 이름도 똑같으니 시간이 지나면 아비가 찍어둔 프란츠가 딸이 말하는 프란츠에 못지않다는 걸 딸이 깨달으려니 하고 달래는 어투로 이렇게 말했다. "잘될 거야, 잘될 거

야, 잘될 거야!" 그러면 딸은 병원에서 간호사로 일하는—농부라면 얼마나 좋을까—프란츠에게 다시 1년을 기다려 달라고 달래는 수밖에 없었고, 그러면서 "잘될 거야!"라고 하는 것밖에 달리 할 말이 없었다. 하지만 프란츠는 플로나의 말을 점점 더 믿지 않게 되었고, 술을 퍼마시기 시작했으며, 다른 농가의 딸들을 온갖 방식으로 암시하면서 겁을 주었다. 이런 일을 겪고 있으니 플로나가 어떻게 다정하거나 애교를 부릴 수 있겠는가? 하지만 추운 날이나 비 오는 날 치타가 너무 자주 부엌에 들어와서 플로나의 발 주위를 부산하게 돌아다녀도 치타를 내치지 않고 그저 이렇게 말했을 뿐이다. "너 또 왔구나, 발바리? 외양간으로 가든지 오두막집 애들한테 가봐!" 그래도 치타가 침울한 눈으로 올려다보면 플로나는 곧잘 빵에 버터를 발라서 쥐여주고 나서야 문밖으로 밀어냈다.

정말이지 아무도 치타를 때리지 않았고 아무도 발로 차지 않았으며, 치타는 오라고 하는 데는 없어도 가고 싶은 데로 하루 종일 마음대로 돌아다닐 수 있었다. 대개는 오두막집 아이들을 찾아갔다. 그 집 아이들은 엄마 아빠가 있었고 머리에는 색깔 있는 리본을 달고 있었다. 그 아이들 엄마는 농사일에 매이지 않아서 들일을 나가지도 않았으며, 그저 재봉틀 앞에 앉아서 동네 사람들을 위해 예쁜 옷을 많이 만들기만 하면 되었다. 그러다 보니 그 엄마는 온갖 색깔의 천 조각과 리본이 남아돌아서 이따금 치타를 불렀다. "이리 와, 치타! 리본 줄게!" 그러면 아이들 중 누군가가 따졌다. "어째서 제일 예쁜 걸 줘요, 엄마? 쟤는 그저 멍청이잖아요!" 그러면 엄마는 치타의 머리를 예쁘고 반듯하게 손으로 빗겨주면서 "보렴, 이제 얼마나 단정해졌는지!"라고 했고, 자기 아이들한테는 이렇게 타일렀다. "죄지을 소리 하면 못써. 하느님이 너희를 멍청이로 만들지 않은 것에 기뻐해라!" 그러면 아이들은 정말 기뻐했고, 치타를 살짝 쓰다듬어주기도 했으며, 함께 데리고 가서 놀아주었다. 그런데 놀이를 할 때면 곧잘 치타가 놀이에 열중한 나머지 자기가 말을 못 한다는 걸 깜박 잊고 느닷없이 무슨 소리를 내지를 때가 있었다. 플로리안 놀이를 할 때 처음으로 그런 일이 벌어졌다. 아이들이 모두 우물 주위에 빙 둘러 돌아서서 노래를 불렀다. "플로리안, 플로리안은 7년을 살았네, 7년이 지나갔네, 플로리안이 돌아서네." 그러고서 둘러선 아이들 중 하나가 돌아선 다음에 노래가 계속되었다. "플로리안이 돌아섰네, 한 바퀴 다 돌았네. 플로리안, 플로리안은 7년을 살았네, 7년이 지나갔네, 플로리안이 돌아서네." 그러고서 아이들이 모두 등을 안쪽으로 돌린 채 서 있고 오직 치타 혼자 제대로 얼굴을 안쪽으로 돌린 채 있는 상황에서 치타는 노래가 채 끝나기도 전에—무서워서 그랬는지 외로워서 그랬는지 영문은 몰랐지만—어떻든 아이들이 부르는 노래의 마지막 구절을 큰 소리로 또렷하게 "돌아!" 하고 외치면서 다른 아이들이 하는 대로 따라서 돌아섰다. 그러자 아이들은 질겁했다. 마치 잘못 돌아선 것만 같았고, 섬뜩하고도 잘못된 일이 벌어진 것만 같았다. 아이들은 서로 쳐다보면서 이 일을 누구에게도 말해선 안 된다는 것을 깨달았다. 그런 일이 있고 나서 아이들은 오래도록 플로리안 놀이를 하지 않았다. 그 놀이를 하면 어쩐지 죄를 짓는 느낌이 들었다. 대죄인지 아닌지는 알 수 없었지만. 그러다가 나중에는 다시 용기를 내어 이 놀이를 했는데, 이제는 일부러 이 놀이를 골랐다고 해야 할 것이다. 치타가 할 수 있는 유일한 말을 꾀어내기 위해서였다. 하지만 어른들한테는 이 일을 발설하지 않았다. 치타를 '아우투벨라' 또는 '이빌리무터'라고 부르는 데 익숙해진 후에도 철저히 함구했다.

 '아우투벨라'라는 말을 하게 된 사연은 이러하다. 농가의 머슴, 맨발의 토만은 한 번도 일한 대가를 달라고 요구한 적이 없었고, 개를 한 마리 기르는 걸 보니 아마 개를 좋아하는 모양이었다. 그는 벌써 흰머리가 많았지만 얼굴색은 까무잡잡했는데, 그렇다고 아이들이 무서워할 정도는 아니었다. 아이들이 그를 무서워하는 건 오로지 눈 때문이었을 것이다. 그의 눈은 다른 사람들과 다르게 사물을 보았다. 그 역시 표정이 어둡고 슬펐으며, 다른 사람은 알지 못하는 뭔가를 알고 있었다. 하지만 아이들은 그런 줄 모르고 그를 '깜씨 토만'이라 불렀다. 하지만 그의 개는 금발이었고 이름이 벨라였다. 그 개가 때로는 다른 주인을, 성격이 밝고 쾌활한 주인을 원했을 수도 있을 것이다. 그렇지만 개 팔자에 주인을 고를 수는 없는 노릇이었고, 그래서 하는 수 없이 이따금 집을 나와서 아이들과 어울려 놀았다. 아이들도 주저 없이 개를 받아주었고, 심지어 함께 둘러서서 돌아서는 놀이를 할 수 있도록 길들이려 했다. 하지만 개는 그러길 원하지 않았고, 플로리안 노래가 개의 신경에 거슬렸는지 지독하게 짖어대는 바람에 결국 아이들은 모두 짜증을 내면서 개를 욕하고 발로 걷어차며 "냉큼 꺼져, 못된 녀석!"이라거나 "못된 녀석, 벨라, 꺼져버려!"라고 했다. 그렇게 해서 개는 한동안 몹시 상처를 받고 물러갔다가 주인의 표정이 너무 어두워지면 다시 집을 나와서 아이들이 놀이를 하는 곳에 나타났다. 하지만 아이들은 도무지 놀이를 제대로 가르쳐줄 수 없었다. 아마포 행상 놀이를 하든 한 푼 줍쇼 놀이를 하든 간에 매번 개는 무슨 영문인지 흥분해서 아이들 발 사이로 뛰어오르거나 불쌍하게 짖어댔다. 그러면 아이들은 모두 인내심을 잃고서 길게 실랑이를 벌이지도 않고 항상 개가 가까이 다가오면 대뜸 "못된 녀석, 벨라, 꺼져버려!"라고 욕을 했다…… 개가 가장 견디기 힘들어하는 것은 이가 들끓는 거지 노파 놀이였다. 개가 날카로운 눈으로 지켜보는 앞에서 어떻게 아이들 중 하나가 갑자기 누더기를 걸친 거지 노파로 변신할 수 있는지 개의 머리로는 도무지 이해할 수 없었다. 하지만 아이들은 기막히게 잘해낼 줄 알았다. 엄마에게는 너덜너덜한 낡은 가운이 언제나 한 무더기씩 쌓여 있었고, 엄마는 딸들에게 입히려고 그런 누더기 옷을—모양이 흉하든 괜찮든 간에—다시 기워야만 했다. 이가 들끓는 거지 노파 역할을 맡은 아이는 가장 너덜너덜한 낡은 두건을 받아서 쓰고 구부정한 몸으로 절뚝거리며 온몸을 긁어대고 모든 면에서 진짜 거지 노파와 똑같이 이가 들끓는 시늉을 했기에 그럴 때마다 개가 흥분했는데, 그렇다고 개를 탓할 수도 없는 노릇이었다. 한번은 아이들이 치타를 거지 노파로 분장시킬 생각을 했다. 그러자 아이들은 다시 뭔가 잘못하는 것 같은 께름칙한 느낌이 들었고, 그래서 오두막집 앞의 공터를 떠나 봉긋이 솟은 자두나무 뒤쪽의 낡고 비어 있는 양봉 움막으로 갔다. 아이들 중 누군가가 말했다. "치타를 놀려먹으면 안 돼! 말도 할 줄 모르는데 어떻게 농부 아줌마한테 빵을 구걸하고, 아이들을 모두 훔칠 때까지 계속 꼬드길 수 있겠어?" 이 이상한 놀이의 규칙에 따르면, 거지 노파는 원래 위장한 마녀여서 농가의 아이 엄마를 온갖 핑계로 구슬려 방에서 몰아내고 아이들을 모두 훔치도록 되어 있다. 말도 못 하는 치타가 어떻게 이런 일을 꾸밀 수 있겠는가? 하지만 아이들은 바로 그것이 궁금했다. 치타를 놀려먹으려는 게 아니라, 말 못 하는 아이의 특이하고 비밀스러운 내면으로 들어가보고 싶은 호기심을 억누를 수 없었던 것이다. 치타는 매일 아이들 주위를 맴돌았지만 여전히 돌멩이나 나무처럼 낯설기만 하고 속을 알 수 없었다. 그래서 아이들은 치타를 거지 노파로 분장시키고서 어떤 동작을 해야 할지 열성과 인내심을 다해 가르쳐주었다. 절뚝거리고, 몸을 긁어대고, 기침을 하고, 애처롭게 신음하고, 양손으로 싹싹 빌면서 "빵 좀 주세요! 빵 좀 주세요!"라고 했다…… 정말 아이들은 치타에게 새 낱말을 가르치고 싶어서 간절하게 "빵, 빵이라고 해봐!"라고 재촉했다…… 제발, '빵'이라는 말은 정말 쉽고 짧은 단어이고 '돌아'라는 낱말보다 어렵지도 않잖아, 안 그래? 아이들은 정말 그렇게 생각했기에 뭔가 잘못한다는 죄책감도 잊었으며, 극진한 열성을 다해서 치타에게 조용하고 은밀하게 말하기를 가르치려는 계획에 몰입했다. "생각해봐, 이렇게 말하면 어쩌면 내년에는 우리와 함께 학교에도 갈 수 있잖아!?……"

치타는 정말 의기양양한 눈빛으로 낡은 두건을 쓰고서 온몸을 마구 긁어대고 너무 근사하게 절뚝거렸으며 그야말로 진짜 거지 노파처럼 흐느껴서 아이들은 모두 황홀한 감격에 도취했고, 치타를 여동생처럼 예뻐하면서 계속 격려의 말로 재촉했다. "빵이라고 말해야지, 빵! 치타, 제발 빵이라고 해봐!" 하지만 치타는 웅얼거리기만 할 뿐 빵이라는 말을 하지 못했고, 다시 눈빛이 예전처럼 침울해졌다. 바로 이때 토만의 개 벨라가 나타나지 않았더라면 이 모든 수고가 물거품으로 돌아갔을 것이다. 벨라는 처음부터 치타에겐 아무런 유감도 없었지만, 어쩐지 치타가 너무 침울해 보였고, 게다가 더러운 옷에서 풍기는 낯선 냄새도 고약했으며, 섬뜩하게 흐느끼는 소리는 아이들보다 벨라가 더 분명히 느꼈을 것이다…… 그래서 벨라는 치타의 그런 모습을 더 이상 두고 볼 수 없어서 마치 신들린 것처럼 치타에게 덤벼들었다. 그런데 오두막집 아이들이 개입할 겨를도 없이 두번째 불가사의한 기적이 일어났다. 치타는 격분해서 나막신을 신은 발을 들어 개를 성가신 놈 치우듯이 걷어차면서 아주 큰 소리로 "아우투벨라!"라고 외쳤다…… 정말 '빵'이라는 말은 못 했지만, 이날부터 치

마귀 들린 아이

타는 "못된 녀석, 벨라!"라는 뜻인 두번째 말을 하게 되었다…… 질겁을 한 개는 이때부터 치타를 보면 슬슬 피했다. 더듬거리며 "아우투벨라"라고 말할 때 풍겨 오는 분노가 너무 섬뜩했던 것이다. 그리하여 치타는 다른 사람은 없고 순전히 아이들과 함께 있을 때면 '아우투벨라'라는 새 이름으로 불리게 되었다. 하지만 치타는 이 이름을 별로 좋아하지 않았고, 아이들은 그걸 알아차리고 어떤 이유에서든 치타가 떠나주기를 바랄 때면 이 이름으로 불렀다. 치타는 황소 팔기 놀이도 좋아하지 않았다. 아이들이 "에헴, 에헴, 에헴. 안녕하시오, 파이델-페터, 소 장수가 그렇게 말하겠지"라고 흥얼거리기 시작하면 치타는 살그머니 어디론가 사라졌다가 그 놀이가 끝나고 나서야 다시 나타나곤 했다. 아마도 치타는 벽돌색 재킷을 입은 영감님을 좋아해서 이런 놀이를 하면 영감님에게 나쁜 일이 생길 거라고 생각했던 것일까? 치타가 하루 종일 아무 말도 없이 무슨 생각을 하는지 그 속을 누가 알겠는가?…… 치타가 가장 좋아하는 놀이는 아이와 엄마 놀이였는데, 이 놀이는 치타에게 너무 행복하게 척척 들어맞아서 오두막집 아이들도 이 놀이를 가장 즐기게 되었다. 이 놀이는 거의 매일 차례가 돌아왔고, 매일 다른 아이가 엄마 역할을 맡을 수 있었다. 그런 면에서 아이들은 무척 공정했다. 그런데 치타는 한참 동안 늘 아픈 아이 역할만 맡아야 했다. 그러면 아이들은 치타를 인형처럼 어루만져주고 아이들 나름의 방식으로 비위를 맞춰주고 귀여워해줘서 치타는 하녀의 자식에겐 과분하게 귀여움을 받는 존재가 되었다. 이 같은 경우가 아니면 치타는 아마 평생 이런 경험을 해보지도 못했을 것이다. 어쩌면 그래서 침울한 눈빛 아래 감추고 있던 부드러움이 피어나서 외양간 방에 완전히 혼자 있을 때면 후추 깡통이나 요괴 인형을 앞에 놓고 그런 부드러움을 발산했던 것일까? 정말이지 오두막집 아이들 앞에서도 치타는 부드러운 모습을 드러내지 않았다. 아이들이 너무나 상냥하게 "귀여운 자두씨야" 또는 "꿀단지야"라는 식으로 아무리 사랑스럽게 불러줘도 치타는 아이들을 침울한 표정까지는 아니어도 무덤덤한 표정으로 멍하니 바라보았을 뿐이다. 하지만 아이들은 그런 표정도 알아차리지 못하고 호의와 인내심을 다해 치타의 헝클어진 검은 머리를 빗겨주었고, 옷을 입히고 벗겨주었다. 그리고 놀이에서 엄한 엄마나 계모가 등장하는 날에는 치타도 진짜 놀이의 규칙대로 똑같이 두들겨 맞고 방에 갇히거나 내쫓기거나 했다. 치타는 그래도 무덤덤하게 받아들였고, 그러면 아이들은 '귀여운 딱정벌레'라거나 '백설 공주'라고 부르며 귀여워하고 얼마 되지 않는 자기들 빵도 함께 나눠 먹었다. 아이들은 종종 헌 그릇, 빈 깡통, 계란 껍데기, 녹슬고 낡은 나이프와 포크 등 잡동사니 도구들을 모아 와서 푸성귀와 감자를 요리했고, 그렇게 요리한 것을 함께 죽이나 커피 삼아 꿀꺽 집어삼켰다. 한번은 아이들이 모두 애지중지하는 낡은 후추 깡통이 사라지는 일이 생겼다. 어디로 사라졌는지 아무도 몰랐는데, 한동안은 벨라를 의심했다. 후추 깡통 얘기가 나오고 아이들이 다시 후추 깡통을 찾겠다고 나서면 치타가 매번 벨라를 가리키면서 격렬하게 화를 내며 "아우투벨라!"라고 외쳤기 때문이다. 그 후추 깡통은 예쁜 진홍색이고 네 면에 멋진 그림이 있었지만 그래도 시간이 지나자 아이들은 후추 깡통을 거의 잊었다. 하지만 하느님도 무심치 않아서 죄 없는 불쌍한 개가 내내 부당하게 누명을 쓰도록 내버려두지 않았다. 소나기가 억수로 쏟아지는 어느 날, 아이들 엄마가 어느 관리 부인을 손님으로 맞아 조용한 공간이 필요해서 아이들을 밖으로 내쫓아야만 했다. 그러자 아이들은 자존심이 상하고 홀대당하는 느낌이 들어서 서로 구시렁댔다. "우리가 설령 하녀의 자식이라고 해도 이보다는 형편이 나을 텐데. 그러면 적어도 외양간에라도 갈 수 있고, 멍청하고 고상한 아줌마들 때문에 우리의 평화가 깨지지는 않을 텐데 말이야. 그런 여자들이 늘 매사에 문제야!" 그래서 아이들은 비록 오두막집 아이들이지만 외양간으로 가서 옷에 외양간 냄새가 밸 때까지 놀기로 작정했다. 몇몇 고상한 손님들 때문에 엄마는 외양간 냄새를 싫어했다. "엄마가 우리한테 그렇게 야박하게 나오면 우리도 야박하게 나갈 수 있다고. 이런 날씨에 자기 자식들을 다짜고짜 밖으로 내쫓는 건 도리가 아니지!" 이런 기분에 젖어서 아이들은 치타의 외양간을 처음 방문하게 되었다. 아이들은 소리 죽여 살금살금 들어갔다. 새로 온 머슴 렌츠가 좀 무서웠기 때문이다. 렌츠는 토만처럼 침울하지는 않았지만, 그래도 토만보다 더 무섭고 낯선 느낌이 들었다. 아이들은 때로 토만을 좋아할 수도 있었다. 특히 그가 부활절 전의 성聖금요일에 초가집 오두막에서 종려나무 빗자루를 엮을 때면 그랬다. 아이들은 토만의 그런 모습을 아주 경건하게 지켜보았고, 언제나 맨발인 그의 커다란 발에 속으로 경탄했다. 토만은 그 발로, 땅바닥에 발가락으로 글씨를 쓸 수 있었다. 아마도—당연히 경건한!—마법 주문 또는 기도문으로 짐작되는 뭔가를 썼다. 그는 손으로는 글씨를 쓸 줄 모른다. 그 방법은 배우지 않았기 때문이다. 하지만 발가락으로 쓰는 것이 훨씬 더 고급 기술일 것이다. 그가 쓴 글씨에는 온통 십자가, 반지, 사각형과 물고기, 양, 그 밖에 신성한 동물들이 가득했다. 하지만 렌츠는 그렇지 않았다. 그에 대한 두려움은 결코 편안하지 않았다. 그는 욕을 할 때면 다른 나라 말로 했는데, 그 말이 발가락으로 기도문을 쓰는 것보다 더 어렵고 아마 더 위험하기도 할 것이다.

결국 아이들은 렌츠가 무서워서 살금살금 움직였기에 치타가 있는 곳까지 들키지 않고 깜짝 방문을 할 수 있었다. 외양간은 따뜻하고 어두웠으며, 브르가의 침대가 있는 칸막이 공간은 어른 가슴 높이까지 판자벽이 둘러쳐져 있어서 훨씬 더 어두웠다. 그럼에도 아이들에게는 갈색 황마 가운을 입고 칸막이 앞에 무릎을 꿇고 있는 치타보다 먼저 눈에 띄는 것이 있었다. 아이들은 기쁘고도 분개해서 탄성을 질렀다. "저기 있네, 저기 있어, 우리 후추 깡통이야!" 하지만 치타는 누가 패려고 덤비기라도 하는 것처럼 잽싸게 뛰어 올라갔는데, 말 없는 눈빛이 사기충천해서 당당하던 오두막집 아이들도 칸막이 방으로 올라가는 몇 계단을 감히 끝까지 따라 올라갈 엄두를 내지 못하고 그저 "우리 후추 깡통이야, 우리 후추 깡통이야!"라는 말만 되풀이했다…… 그렇지만 치타는 한 손에는 후추 깡통을, 다른 손에는 작은 빨간색 꼬마 요괴 인형을 들고서 발갛게 상기된 얼굴로 "이빌리무터!"*라고 했다. 아이들은 억울하고 화가

---

* '내가 엄마야!'라는 뜻.

났지만 치타의 말이 무슨 뜻인지 아이들 나름으로 가슴 사무치게 이해했기에 마음이 풀리고 누그러져서 조용히 달래며 말했다. "그래, 치타, 귀여운 딱정벌레야, 네가 엄마야!" 그러고는 모두 외양간 방으로 당당히 들어갔고, 말 없는 치타를 손님을 맞는 안주인으로 존중하는 태도를 보였으며, 후추 깡통에 들어 있는 푸성귀와 당근을 먹었다. 아이들은 이제 후추 깡통을 자기들 거라고 말하지 않았다. 치타는 아이들에게 한 명씩 차례대로, 아주 공평하게 잠깐씩 양털로 만든 빨간색 꼬마 요괴 인형을 품에 안겨주었고, 이로써 여기서도 누구나 한 번씩 엄마 역할을 맡을 수 있다는 것을 보여주었다. 그러니까 치타는 이제부터 늘 불쌍한 아픈 아이 역할만 할 필요가 없어졌다. 치타는 엄마 역할을 맡을 차례가 돌아오자 정확히 차례를 알고 모든 아이들 앞에 나서서 자기소개를 하면서 당당히 "이빌리무터"라고 했다. 그리고 엄마 역할을 모조리—성격이 부드러운 엄마, 엄격한 엄마, 심지어 사악한 계모 역할까지도—아주 정확히 연기할 줄 안다는 것을 보여주었다. 오두막집 아이들은 당당할 뿐 아니라 공정하기도 해서 말 없는 치타의 차례가 되면 치타가 밀쳐내고 때리고 해도 당연하게 받아들였다. 치타는 본래 하녀의 딸이고 게다가 얼간이인데도 말이다. 다만 그러다가 아이들 중 한 명이 최악의

궁지에 몰리면 그제야 생각났는지 다시 "아우투벨라, 우리 후추 깡통 돌려줘!"라고 투정을 부리기도 했다. 그러면 무슨 영문인지 치타는 황마로 만든 옷을 추켜올렸고, 그러면 홀쭉하고 하얀 몸에 수많은 붉은 흉터가 드러나 보였다. 그 상처는 치타가 펄펄 끓는 돼지죽에 빠진 끔찍한 날에 생긴 것이었다. 그 당시 오두막집 아이들은 치타가 누워 있는 외양간 방의 침상 주위에 둘러서서 절망에 빠져 울었고, 그때 아이들이 애지중지하는 빨간색 꼬마 요괴 인형을 치타에게 선물로 주었더랬다. 그런데 지금 꼬마의 창백한 몸에 생긴 붉은 자국들을 보자 아이들은 모두 다시 마음이 완전히 풀려서 말했다. "아냐, 아냐, 이빌리무터, 후추 깡통은 돌려줄 필요 없어. 그건 완전히 네 거야, 죽을 때까지!" 이 말을 듣고서 치타는 '토트'(죽은)라는 말을 알게 되었는데, 발음을 다르게, 부드럽게 '도오드'라고 해서 전혀 무서운 느낌이 들지 않고 근사한 약속의 말처럼 들렸다.

이런 식으로 치타는 더 바랄 나위 없이 근사한 삶을 즐기고 있었다. 적어도 들일하는 젊은 하녀는 그렇게 주장했는데, 그녀는 렌즈 다음으로 치타를 눈엣가시처럼 못마땅해했다. 하지만 그 하녀도 치타를 때리지는 않았다. 주인 영감과 마님이 그런 짓을 하지 않으면 들일하는 하녀도 그런 짓을 할 자격이 없기 때문이다. 이름이 율라인 그 하녀도 분수에 맞는 처신을 알아차릴 정도의 분별은 있었다. 그래서 겨울철에 오두막집 아이들이 학교에 가고 없을 때면, 치타는 외양간에 있으려니 렌츠가 무서워 곧잘 하인방에 있는 난로 뒤에 숨어 보이지 않게 가린 꼬마 인형을 쓰다듬으며 작은 목소리로, 거의 마음속으로만 혼자서 "이빌리무터!"라고 했다.

정말이지 치타는 어른들이 보는 앞에서는 감히 말할 엄두를 내지 못했다. 어른들 중 그 누구도, 심지어 외눈박이 엄마 브르가조차도 치타가 얼마나 많은 말을 할 줄 아는지 까맣게 몰랐다. 그러다 보니 렌츠가 종종 하인방 문 안으로 머리를 빼꼼 들이밀고 치타가 난로 뒤에 있는 것을 알아차리고서 노상 내뱉는 말을 늘어놓아도 뭐라고 탓할 수도 없었다. "저게 마귀 들린 아이가 아니면 내 손에 장을 지져! 노상 난로 뒤에 숨지, 노상 난로 뒤에 숨어. 바로 저 버릇이 진짜 마귀 들린 증거라고! 저런 식으로 굴면서 크면 피둥피둥 살이 찌고 오래도 살아서 결국 밭뙈기까지 다 말아먹을 거야…… 정말 두고 보면 알 거다, 장담해. 묵주기도보다 더 신통력 있는 렌츠가 장담해…… 그런데 이 멍청한 여편네가 두들겨 팰 생각이 없다면 하다못해 계란 껍데기 처방이라도 써봐야지!…… 조심해, 그러면 난로 뒤에서 냉큼 나와서 진짜 이름을 털어놓을 테니까. 어쩌면 더 큰 비밀을 자백할지도 몰라…… 나는 벌써 겪어봤거든, 겪어봤다고…… 그러면 마귀 들린 자들이 다가와서 머리를 흔들어대고 주문을 말하지. 그 전에는 수천 번 시도해도 한 마디도 못 했는데. 어쩌면 못 하는 체했을지도 모르지…… 그놈들은 가짜니까, 쟤처럼 마귀 들린 것들은 모두 가짜라는 걸 감쪽같이 속이지. 그렇지만 처방을 쓰면 머리를 흔들 수 있고, 말을 할 수도 있어. 결국 주둥이를 열고 이렇게 자백하지. '지금 내 나이가 얼마인가 하면, 초원이 아홉 번 변했고 다시 숲도 아홉 번 변했지. 그런데 이렇게 많은 단지와 항아리는 본 적이 없는데……' 그래, 그렇게 말하고 나면 어디에서 왔는지 출신을 절대로 부인하지 못해. 이 주문을 일단 털어놓으면 말이야…… 설령 그 정도까지는 못 하더라도 적어도 진짜 이름은 틀림없이 털어놓지. 두고 보면 알아. 렌츠가 장담해……"

브르가는 처음에는 그런 소리를 들어도 치타라는 멋진 이름을 자랑하면서, 신성한 영세를 받으며 지은 이름이라고 응수했다. 그러면 렌츠는 다시 면박을 주었다. "그래, 어쩌면 네 아이는 그럴지도 모르지. 그렇지만 네 아이는 어딘가 어떤 늙은 마귀 들린 자의 집에서 자라고 있고, 거기서는 신성한 영세도 효력이 없지. 그렇지만 그놈들이 바꿔치기해서 너한테 넘겨준 저 아이는 진짜 이름이 따로 있다고…… 두고 보면 알게 될 거야. 결국 알게 될 거고, 지금 내가 한 말이 생각날 거야……"

그런데 하느님이 브르가에게 끔찍한 병을 주시지 않았다면 그녀는 렌츠의 말이 맞는지 알 기회가 영영 없었을 것이다. 렌츠의 주장에 따르면 그 고약한 병은 누군가가 브르가를 저주해서 옮은 거라고 했다. 브르가는 처음에는 그 말도 믿지 않았다. 그렇지만 아무리 의사를 찾아가도 전혀 차도가 없었고, 브르가는 매일 밤마다 외양간 안에서 서성거리며 혼자 어린애처럼 울어댔다. 그러는 바람에 소들이 깨어나 그녀를 향해 몸을 돌리고서 불쌍해서인지 흥분해서인지 큰 소리로 울부짖는 사태까지 벌어졌다. 그러자 브르가는 렌츠가 뭐라고 주장하든 모조리 믿게 되었다. 브르가가 말했다. "칼로 뼈마디를 이리저리 콕콕 찌르는 것처럼 아파. 이것 좀 보라고, 이렇게 차이가 나잖아! 이쪽 손이 저쪽 손보다 이렇게 작아졌어!" 그러면서 브르가는 한쪽 손을 렌츠에게 자꾸만 보여줬고, 렌츠는 브르가의 손을 이리저리 돌려보더니 대꾸했다. "정말 내가 말한 그대로야. 내가 말한 것과 똑같잖아. 마을에서 누군가가 너한테 이 병에 걸리라고 저주한 거야. 그래서 손이 쪼그라드는 거라고. 마냥 쪼그라드는 거지!" 그러자 브르가가 렌츠에게 버럭 화를 냈다. "그래, 얼마나 더 아파야 직성이 풀

마귀 들린 아이

리겠어, 이 악당아?!" 그래도 렌츠는 브르가가 내뱉는 말을 용서하고 지극한 호의로 말했다. "내가 하는 말을 꼭 믿어야 해, 전부 다 꼭 믿어야 한다고. 일주일 후 보름달이 뜨면 주인 영감한테 부탁해서 외출 허가를 받아. 그럼 우리는 병 고치는 노파를 찾아가는 거야!" 그러자 브르가는 비명을 질렀다. "일주일이나 기다려야 한다고?" 아둔한 브르가는 렌츠가 즉석에서 바로 병을 고칠 수 있을 거라고 생각했던 것이다. 하지만 렌츠가 그 정도로 대단하지는 않았고, 그 정도로 마술에 깊이 빠진 것도 아니었다. 그러자 브르가는 보란 듯이 울어댔는데, 외눈이다 보니 우는 방식이 특이해서 유리눈이 특히 도드라져 보였고, 다른 쪽 눈보다 얼마나 더 멋지고 힘이 넘치는지 과시하려고 줄곧 근사하게 빛났다. 그러자 렌츠는 덧니가 나고 이제 젊다고 할 수도 없는 소 치는 하녀가, 동짓날 밤에 꾼 의미심장한 꿈에서 예언했던 바로 그 여자라는 것을 다른 어느 때보다 분명히 깨달았다. 그날 밤 꿈에서 렌츠는 온갖 주문과 주술로 자신의 장래에 관해 물어보았다. 그러자 어떤 여자가 그에게 다가왔는데, 머리가 있어야 할 자리에 막강한 유리구슬이 달려 있었고, 그 유리구슬이 속에서 울려 나오는 목소리로 말했다. "나를 아내로 맞이하면 너의 머슴 생활은 끝날 것이요, 나를 받아주지 않으면 영원히 종노릇을 할 것이다!" 정말 하느님께 맹세코 영원히 종노릇을 할 생각은 없었다. 이래 봬도 무지렁이 농사꾼 천 명을 합친 것보다 훨씬 더 영리한데 어떻게 그럴 수 있단 말인가. 어떤 인간도 그에게 그런 요구는 할 수 없었다. 이 빌어먹을 마귀 들린 아이만 없으면 얼마나 좋을까! 꿈에서는 이런 아이를 전혀 언급하지 않았는데…… 그렇지만 어떻게든 수단을 찾을 수 있을 것이다…… 그래도 이 여자의 머리가 완전히 유리는 아니잖아. 하긴 인간으로 생겨먹은 여편네가 그런 머리를 가질 수는 없는 노릇이지. 이 여편네가 제구실을 톡톡히 할 테니, 내가 영원히 불행에 빠지지 않으려면 이 여편네를 잡아야 해! 덧니가 없고 조금만 더 젊다면, 특히 마귀 들린 아이만 없다면 이 여자가 마음에 들 텐데. 그렇지만 어차피 가난뱅이가 모든 걸 가질 수야 없지…… 브르가가 보란 듯이 울면서 유리눈을 의미심장하게 반짝거리는 동안 머슴 렌츠는 속으로 이런 생각을 굴렸다. 그가 말했다. "너는 건강해질 거야. 내가 정말 보증해. 하지만 내 말을 철석같이 믿어. 내가 하는 말을 털끝 하나 빼먹지 말고 죄다 믿어야 해. 알겠어!?" "그래, 맹세코 당신이 무슨 말을 하든 모두 믿을게!" 다시 누가 칼로 뼈마디를 콕콕 찌르는 것처럼 아팠기 때문에 그녀는 그렇게 대답했다…… "그러면 계란 껍데기 처방도 해볼 거야, 어때?"

마귀 들린 아이

브르가는 사실 안 하겠다고 대답하려 했지만 뼈마디가 더 깊이 쑤셨기에 절망에 빠져서 이렇게 대답했다. "당신이 도와줘서 내가 금방 아프지 않게만 된다면 계란 껍데기 처방도 할게." 그러자 렌츠는 브르가에게 완전히 만족해서 입에 침이 마르도록 칭찬하며 이렇게 말했다. "당신은 영리한 여자라서 당신과 함께 사는 남자는 정말 행복할 거야……" 그러자 브르가는 한순간 모든 고통을 잊었고 고통이 깨끗이 씻겨 나간 것 같았으며, 마치 두 눈이 모두 유리 눈인 것처럼 동시에 힘차게 반짝거렸다. 그녀는 "그 말 진심이지?"라고 물었다…… 정말 그의 말은 진심이었고 그는 "건강해질 테니 기다려봐!"라고 했다. 그녀 자신도 건강해지기만 기다렸고, 밤에 외양간에서 서성이며 울 때도 이제는 큰 소리로 절망적으로 울지 않았으며, 앞으로 다가올 온갖 일들을 생각했다.

치타는 엄마를 점점 더 침울한 눈으로 바라보았고, 아무것도 이해하지 못하면서도 아주 많은 것을 이해했다. 그래서 시간이 갈수록 낯선 머슴 렌츠뿐만 아니라 엄마한테도 불안감을 느꼈다. 치타는 꼬마 요괴 인형과 후추 깡통을 침대 속에 숨겨놓고 아주 조용히 다정하게 그것들에게 "이빌리무터!"라고 하길 얼마나 좋아했던가! 하지만 이제는 감히 그럴 엄두를 내지 못했다. 치타는 제 몸을 사리기보다는 인형과 깡통을 들킬까 봐 더 겁을 냈기 때문이다. 그래서 치타는 한참 전부터 밤에는 인형과 깡통을 짚 더미 속에 숨겨두는 버릇이 생겼다. 그러다가 엄마가 고통이 가라앉는 동틀 녘에야 밤새 울어서 지치고 차가운 몸으로 침대 속으로 기어 들어오면 어린 딸의 따뜻한 몸이 한없이 살갑게 느껴졌는데, 그러면서도 매번 금세 다른 따뜻한 몸이 자꾸만 생각났다. 그 다른 온기가 어쩌면 더 좋을 테고, 어쨌거나 더 귀할 터였다. 정말이지 브르가도 아무리 덧니에 유리눈을 하고 나이가 들어도 목석은 아니었다. 그녀에게도 한때 젊은 시절이 있었고, 그때는 덧니가 지금처럼 눈에 띄지 않았으며 눈도 양쪽 다 멀쩡했다. 하지만 하느님은 죽을 때까지 양쪽 눈이 멀쩡한 것을 원치 않았고, 농가의 주인은 그녀에게 많은 것을 주겠다고 약속했지만 정작 준 것은 유리눈이 전부였다. 그녀는 건초 더미에서 너무 서툴게 뛰어내리는 바람에 거름 치우는 쇠스랑에 눈을 찔리고 말았다. 물론 주인이 원하는 대로 뱃속의 아이는 지워졌다. 그 대가로 눈을 잃은 것은 주인도 어떻게 막을 도리가 없었다. 그렇지만 주인은 점잖은 사람이어서 그녀에게 이렇게 예쁘고 값진 유리눈을 박아 넣게 했다. 그러니 주인에게 입바른 소리로 험담을 할 수도 없는 노릇이었다. 브르가는 병원에서 퇴원하자마자 다른 집에 일자리를 찾아야 했다. 그래도 주인이 머리에 구멍이 뚫린 채로 내쫓지 않은 것을—얼마든지 그럴 수도 있었지만—그녀는 결코 잊지 못할 것이다. 그래서 이따금 그 주인을 위해 주기도문을 읊는다. 물론 다른 남자를 위해 더 많이 기도한다. 그녀에게 아무것도 약속하지 않았지만 그녀와 백설 공주 딸을 위해 돈을 벌려고 미국으로 건너간 남자 말이다. 하지만 그 남자는 알 수 없는 고약한 병에 걸려 죽고 말았다. 사실은, 그 남자가 누군가를 시켜 소 치는 무지렁이 하녀인 그녀에게 그런 내용의 편지를 쓰게 했던 것이다. 외국 우표가 많이 붙어 있는, 고급 편지지에 제대로 쓴 편지였는데, 우체부는 그 우표를 비싸게 사겠다고 약속했다. 치타가 돼지죽에 빠지는 바람에 의사가 자주 왕진을 와야 했을 때 브르가는 그 우표를 팔아치웠다. 의료보험 쪽에서 마땅히 지불해야 할 화상 연고값을 내주지 않았기 때문이다. 일이 그렇게 된 것이다. 이제 편지는 아무짝에도 쓸모없으니 내일이나 모레 완전히 태워버릴 것이다. 혹시라도 렌츠가 그녀의 품속에서 편지를 발견하면 뭐라고 할지 누가 알겠는가?…… 브르가는 마음속으로 그런 생각까지 하고 있었는데, 그 바람에 그녀의 뼈를 찌르는 칼도 깜짝 놀라서 이따금 쿡쿡 찌르는 것을 잊어먹었다…… 그런데 브르가는 백설 공주 딸을 잊어버렸고, 딸을 다시는 이 예쁜 이름으로 부르지 않았다. 그리고 딸이 잠자다가 이따금 엄마의 배를 차면—꿈에 자주 나오는 벨라 때문인데—심지어 엄마가 몹시 짜증을 내며 "배 좀 차지 마, 이 마귀 자식아!"라고 하는 일까지 벌어졌다. 물론 그렇게 나쁜 뜻으로 한 말은 아니었지만, 그 바람에 치타가 잠에서 깨면 눈이 너무 어둡고 침울해 보여서 브르가는 화들짝 놀라곤 했다…… 이런 식으로 머슴 렌츠의 동짓날 밤 꿈이 실현될 수 있도록 모든 것이 렌츠를 위해 준비되고 있었다.

*

머슴 렌츠는 믿음직스러웠다. 그는 주인 영감을 설득해서 브르가와 함께 둘이서 일요일에 휴가를 얻는 것까지도 성사시켰다. 영감은 이렇게 말했다. "에헴 에헴 에헴 에헴, 니들 좋을 대로 해, 니들 좋을 대로 해, 화는 내지 마라!" 완전한 동의는 아니었지만 렌츠에겐 이 정도면 충분했다. 토요일 저녁이었고 보름달이 뜨기 전이었다. 갈 길은 멀었는데, 보물이 묻혀 있다는 산을 넘어갔다. 사실 렌츠는 이미 오래전에 보물을 포기했지만, 유리눈을 가진 여자가 동행하니 다시 한번 시도해볼 참이었다. 행운은 999가지 길로 온다는데, 어쩌면 이 여자가 이런 방식으로 행운을 가져다

줄지 누가 알겠는가? 어쨌든 그는 이 여자를 마누라로 삼을 것이다. 꿈에서 유리구슬 머리가 "나를 마누라로 삼으면 바로 농가 머슴 신세는 끝나!"라고 했으니까. 그렇지만 결국 보물이 있는 여자를 취하느냐 보물이 없는 여자를 취하느냐 하는 문제는 잘 생각해봐야지. 이 여자가 유리눈을 가졌는데 보물을 찾지 못할 이유가 있나? 또 덧니가 어떤 효험이 있을지 누가 알아? 사람 얼굴 한복판에 이렇게 눈에 확 띄는 징표가 있을 때는 그럴 만한 이유가 있는 거다…… 그렇긴 하지만 이 여자는 정말 속을 썩였다. 애고, 이 여편네는 정말 멍청하다! 마법 주문을 벌써 스무 번이나 말해줬는데, 게다가 개암나무 지팡이를 어떻게 들어야 하는지 정확히 보여줬는데. 아무리 생각해도 이제 곧 마흔 살에 접어드는 인간이라면, 시간을 들이면 이 정도는 알아먹어야 할 것 아닌가, 그렇지 않아? 그런데 아무런 생각도 없다! 여자의 멍청한 손은 새끼 양의 꼬리처럼 바들바들 떨고, 주문을 말해야 하는데도 줄곧 "쿡쿡 쑤셔, 쿡쿡 쑤셔, 쿡쿡 쑤셔!…… 에구머니, 너무 아파, 너무 아파!"라며 징징대기만 한다. 그러자 렌츠는 이렇게 말한다. "이겨내야지! 제발 생각 좀 해봐, 우리가 보물을 찾으면 얼마나 멋진 인생을 살게 될지!" 그러자 여자는 보물과 멋진 인생을 생각하면서 마침내 지팡이를 제대로 들고 우는 소리로 강력한 마법 주문을 흥얼거리는 것까지 해냈다.

    산꼭대기, 그렇지,
    산, 골짜기,
    꽝, 추락, 숫자, 초원의 성배聖杯
    솥, 당근,
    쥐.

"아직 아무런 느낌이 안 와, 이 여편네야? 제발, 대체 아무런 느낌도 없어?…… 십자가도 거꾸로 세 번 그었어? 다시 말하는데, 십자가 거꾸로!"
  "벌써 했어, 정말 했다니까, 렌츠, 그런데 또 쿡쿡 쑤셔, 쿡쿡 쑤셔, 쿡쿡 쑤신다고!"
  "쿡쿡 쑤시게 내버려두고, 그 생각 좀 하지 마! 낙엽송 주위를 일곱 번 돌아, 일곱 번!…… 전에 내가 여기서 토요일 밤에 불빛을 봤는데……"
  브르가는 어린아이처럼 렌츠의 말에 순종해서 낙엽송 주위를 일곱 번 돌았고, 뼈마디가 쿡쿡 쑤시는 것을 생각하지 않으려고 애쓰면서 덧니를 힘껏 악물었다. 그러자 정말 불빛이 나타났다. 어두운 숲에서 불빛이 비쳐 나와 브르가를 정면으로 비추었고, 그러자 브르가는 화들짝 놀라서 막 '초원의 성배'를 말할 차례인데도 "예수님, 마리아, 요셉!"이라 하고는 마술 지팡이를 떨어뜨렸다. 보물을 캐려고 배낭에서 곡괭이를 꺼내 든 렌츠도 너무 놀라서 여태 한 번도 말을 걸어본 적이 없는 적수에게 엉겁결에 "안녕, 토만!" 하고 인사를 했다.

그러자 등불을 들고 있던 토만은 "자네도 안녕!" 하고 인사를 받고는 한마디 덧붙였다. "니들 이렇게 계속 가다가는 좋은 꼴 못 볼 텐데." 그러고서 토만은 낙엽송 주위로 가서 몸을 구부리고 온갖 약초를 찾았는데, 그러면서 고통받는 사람들을 위해 묵주기도를 하는 소리가 들렸다. 토만이 브르가 곁을 지나갈 때 등불의 불빛이 그의 눈에 비치자 브르가는 그가 언젠가 했던 말이 생각났다. "오갈 데 없이 정 힘들면 나한테 와라, 이 불쌍한 것아." 그렇지만 브르가는 맨발로 다니고 품삯을 전부 주인한테 바치는 사내에게 갈 생각은 눈곱만큼도 없었다. 그런 사내한테서 무슨 도움을 기대할 수 있단 말인가? 그런 일이 있고 나서 브르가는 토만을 피해 바르틀 영감 집에서 나와 파이델-페터 영감 댁으로 들어왔다. 그러면 늘 토만의 검은 눈과 맨발을 보지 않아도 되니까. 그런데 지금은 불빛이 비친 토만의 검은 눈을 쳐다보면서 하소연했다. "쿡쿡 쑤셔, 토만, 쿡쿡 쑤셔!" 하지만 토만은 아무런 대꾸도 하지 않고 그저 이렇게 말했다. "통증이 가라앉을 때까지 견뎌내야 해. 그분도 모든 걸 견뎌내셨지." 하지만 이 말을 비웃기라도 하듯이 그녀의 뼈마디가 쿡쿡 쑤셨고, 그녀가 마음을 주기로 결심한 렌츠에게 돌아가자 렌츠는 등불을 든 토만을 비웃으며 그녀에게 이렇게 말했다. "저놈을 애인으로 삼을 거면 저놈 등짝에 구멍이 없는지 조심해……"

그러자 브르가는 얼굴을 살짝 붉히고 멀쩡한 눈을 수줍게 내리깔면서 대꾸했다. "도대체 무슨 뚱딴지같은 생각을 하는 거야? 내 나이에 애인 따위는 필요 없어." 하지만 그녀의 유리눈은 비록 예쁘긴 해도 부끄러워할 줄 몰랐다. 부끄러워하는 건 유리눈의 소관이 아니었고, 유리눈이 가장 멋지게 해낼 수 있는 것은 은밀한 약속이었다. 그럼에도 브르가는 온갖 근심에 잠겨 물었다. "정말 토만이 악마와 한 패거리라고 생각해?…… 제발 나를 온갖 나쁜 쪽으로만 생각하지는 마. 내가 그의 등짝에 구멍이 있는지 없는지 알 수 있을 정도로 그와 가깝게 지낸 적은 없어. 정말 내 말을 믿어도 돼."

그래, 렌츠는 그녀의 말을 믿었다. 하지만 다른 면에서 그는 악마와 상종하는 인간들이 다 그렇듯이 토만 등짝에 구멍이 있을 거라고 철석같이 믿었다…… "오늘 보물찾기는 글러먹었네." 렌츠가 말했다. "저놈이 우리가 영영 보물을 찾지 못하게 저주를 한 거야. 게다가 네 손이 쿡쿡 쑤시는 것도 저놈 짓인지 누가 알아?…… 저놈이 너를 빤히 쳐다보는 꼬락서니 봤어?"

정말 브르가도 눈치를 챘고, 이제 온갖 마법에 능통한 렌츠 같은 남자가 곁에 있어서 기뻤다. "당신과 함께 사는 여자는 정말 호강하는 거야!" 그렇게 말하는 브르가의 유리눈이, 멍청하게 부끄러워하는 기색을 보이는 멀쩡한 눈을 압도하고 당당히 빛났다. "그거야 두말하면 잔소리지!" 렌츠는 그렇게 말하고는 브르가를 이끌고 조심스럽게 숲을 통과해 병 고치는 노파의 집으로 갔다.

노파의 집에 도착했을 때는 한밤중이었지만 렌츠는 안면이 있는 사이라 집 안에 들어갈 수 있었고, 두 사람은 야식을 대접받았을 뿐 아니라 짚 더미 속에 잠자리도 제공받았다.

수탉이 처음 울자 유리눈의 여자가 남자에게 물었다. "내가 지은 죄 때문에 벌을 받아서 치료가 중단되지는 않을까?"

그러자 렌츠는 몹시 기분이 상해서 대꾸했다. "죄라니, 무슨 뚱딴지같은 소리야? 내 등짝에 구멍이라도 생겼어? 무슨 짓을 하든 사람이니까 다 할 수 있는 거라고. 그런 건 어느 나라에서도 죄가 되지 않아. 내가 너와 결혼하지 말라는 법도 없고……"

그러자 하녀 브르가는 행복에 겨워 내내 아무 말도 하지 않았다. 그러다가 수탉이 두번째로 울자 또 이렇게 물었다. "자기야, 아이도 함께 받아줄 거지?"

"아이라니, 누구 말이야?" 동짓날 밤의 꿈을 생각하고 있던 렌츠가 되물었다. 그는 잠시 생각에 잠기더니 다시 물었다. "설마, 마귀 들린 아이 말하는 거야?"

"그래, 걔 말이야." 브르가는 조용히 대답했고, 그새 수탉이 세번째 울었다.

"그건 걔가 진짜 이름을 실토하면 금방 결판이 날 거야…… 그건 그렇고 지금은 기도를 해야지. 해가 뜨고 노파가 오기 전까지 최대한 서둘러서 기도를 많이 해야 한다고."

"더 큰 기도가 될 수 있게 도와줘." 브르가가 그렇게 하소연했고, 렌츠 역시 도와주려 했다. 그런데 렌츠는 무슨 일에든 경험이 많았지만 기도만은 제대로 하지 못한다는 것이 여기서 들통났다. 그가 성인의 이름을 대려고 하면 매번 멍청하게 혀가 꼬여서 엉뚱한 이름이 튀어나왔다. 그리고 브르가는 다시 뼈마디가 쿡쿡 쑤셨기 때문에 순진하게 이렇게 말했다. "조용히 하고 나 혼자 기도하게 해줘. 당신이 내 기도를 죄다 망치잖아. 그래가지고 어떻게 병이 낫겠어?"

"당신 정말 그럴 거야?" 렌츠는 자존심이 상해서 이렇게 말하고는 마술 지팡이를 들고 일요일 아침 해가 뜨는 바깥으로 나갔다. 브르가가 불러줄 거라고 생각했을까? 하지만 브르가는 렌츠를 부르지 않았다. 브르가는 혼자 남았지만 이제는 혼자라는 느낌이 들지 않았기 때문이다. 어쩌면 아직도 잠이 덜 깨서 비몽사몽간에 꿈을 꾸고 있는 것일까? 쿡쿡 쑤시는 통증은 멀리 달아났고, 아마도 어떤 연장이 돌덩어리 아래 깊이 박혀서 서걱서걱 돌을 긁는 소리가 들리는 것 같았다. 동시에 누군가가 병을 낫게 하는 주문을 외고 있었다. 혹시 예배할 때 기도를 선도하는 맨발의 토만일까? 가장 단단한 돌덩어리도 뚫은 빛을 가져온 남자 토만…… 나와 함께 기도해! 브르가는 그렇게 부탁했고, 토만은 부탁을 들어주었다. 기도를 하면서 토만은 맨발 발가락으로 땅에 신성한 동물들을 그렸다. 돌덩어리 밑에서는 여전히 서걱서걱 긁는 소리가 났고, 드디어 돌덩어리를 제압하자 마귀 들린 아이의 얼굴이 솟아올랐는데, 침울한 눈의 어두운 부분이 가려져서 얼굴이 창백했다…… "죽었어?" 브르가가 물었다. "아직 완전히 죽지는 않았어. 두고 보면 알게 될 거야." 토만은 그렇게 대답하면서 기도를 계속했다. 그때 갑자기 노파가 나타났다. 노파의 눈은, 안전한 둥지를 포기하고 모든 새들이 날아오를 수 있는 높이의 한계 너머로 날아올라서 별들의 왕국이 시작되는 곳까지 날아갈 수 있는 늙은 새의 눈처럼 보였다. 늙은 새들은 거기서 초승달이 뜨는 밤이면 더 이상 새의 먹이가 아닌 미지의 먹잇감을 가져온다. 노파는 사나운 갈퀴가 달린 양손에 토만이 그린 신성한 동물들을 움켜쥐고 있었다. 동물들은 노파의 손에서 버둥대지 않고 제물처럼 얌전했으며 돌로 변해 있었다. 브르가의 쪼그라드는 손은 저절로 노파의 갈퀴손을 향해 올라갔고, 노파의 갈퀴손은 브르가의 손을 잡고 신성한 돌로 십자가를 긋는 듯이 쓰다듬었는데, 그 손길이 너무나 부드러워서 브르가는 딸아이의 손이라고 생각했고, 그래서 불현듯 다시 딸을 사랑하는 마음이 솟구쳐서 가슴이 미어질 지경이었다. 멀리 마치 깊은 협곡에서 울려오는 소리처럼 렌츠의 목소리가 들려왔다. 아홉 번 두들겨 패지 않을 거면 물속에 던져버려야 해. 마귀 들린 아이들은 모두 물속에 처넣어야 하니까…… 안 돼! 브르가는 너무 단호하게 큰 소리로 고함을 지르는 바람에 완전히 잠이 깼다. 우묵한 새 눈을 가진 노파는 부드럽게 브르가를 바라보면서 기도를 계속했고, 그러면서 신기하게 생긴 돌로 계속 브르가의 아픈 손을 문지르며 주문을 외웠다.

마귀 들린 아이

살에는 살을, 다리에는 다리를!

인간의 고난은 영원히 계속될지니……

그분은 모든 것을 나눠주시고

모든 이를 고쳐주시고

돌 속에 거하시며

그 무엇도 서두르지 않으시니,

그분께 평안히 맡기라,

네 모든 고통과 고난

온전히 다 맡기라!

우리 주 예수의 이름으로

사라져라, 사라져라,

아, 고통이여 사라져라!

그런 다음에 노파는 브르가에게 성수聖水를 뿌렸는데, 마치 죽은 사람에게 뿌리는 것 같았다. 브르가는 자기가 아직 살아 있노라고 말하고 싶었는데 미처 말을 꺼내기도 전에 노파는 헛간 문틈으로 소리 없이 사라졌다.

그때 브르가는 처음에는 자기가 정말 죽었다고 생각했다. 지금까지 느끼던 모든 감각이, 심지어 손의 뼈마디를 쿡쿡 찌르던 통증마저도 사라졌기 때문이다.

아직 보물을 캐지 못한 렌츠가 브르가 쪽으로 다가왔을

때 브르가는 돌처럼 잠들어 있었다. "자, 할멈이 다시 한번 도와줬네!" 렌츠는 그렇게 혼잣말을 중얼거렸고, 자기 자신에게도 병 고치는 노파에게도 만족했으며 온 세상에 만족했다. 그러나 토만은 예외였다. 방금 다시 토만이 슬쩍 끼어들어 딴지를 거는 바람에— 엄밀히 말하면 그의 가랑이 사이로 지나간 것은 토만이 아니라 빌어먹을 금발의 개였지만— 완전히 또 산통이 깨졌다. 그의 주문과 주술이 헛수고가 되었고 그가 땅속에서 캐낸 것은 죽은 고양이 뼈다귀였다…… 토만 저놈을 저주해서 영원히 보물이나 캐도록 해야지! 그렇지만 렌츠는 어떻게든 행운을 거머쥘 것이다. 일단 그것은 확실하다…… 브르가는 여기 렌츠 앞에 아주 평범한 여자처럼 누워 있지만, 그래도 유리눈이고 이미 그에게 점지된 여자다. 그런데 맨발로 다니는 미친 녀석 때문에 계속 속을 썩을 까닭이 있단 말인가. 녀석이 혼령을 불러내는 힘이 있다는 것도 허풍일 뿐이다.

렌츠가 돈을 가지고 병 고치는 노파에게 가자 노파는 그와 탐스러운 돈을 뚫어지게 바라보면서 말했다. "저 여자를 아내로 맞아 함께 잘 살다가 세월이 흐르면 언젠가는 그걸로 다 갚는 셈이야. 하지만 그러기 전에는 절대로 내 눈앞에 얼씬거리지 마." 그러자 렌츠는 겉으로는 동물 새끼처럼 양순한 태도로 "감사합니다, 영험하신 할머니, 정말 감사합니다!"라고 했다. 하지만 마음속으로는 화가 나서 자신의 할머니와 먼 친척뻘 되는 할망구가 이렇게 독한 말을 하다니 도무지 이해가 되지 않았다. 그렇지만 노파는 자기가 기거하는 뒷방 안쪽을 향해 가볍게 절을 하면서 감사 기도를 계속했는데, 노파가 절하는 쪽에서는 토만이 구석에 모신 성상聖像 앞에 서서 소리 없이 기도하며 새로 발견한 신성한 치유의 돌을 차곡차곡 쌓고 있었다. 약초 다발이 그 사이에 놓여 있어서, 방으로부터 풍겨 나오는 오래 묵은 이상한 냄새가 약초에서 난다는 것을 알 수 있었다…… 그렇다면 할망구가 저놈한테 비법을 전수해주었나? 저놈한테?! 아직 살아 있는데 벌써? 혹시 심지어 가장 강력한 최후의 보물 주문까지도?…… 렌츠는 증오의 표정을 꼭 감춘 채 방 안에 있는 두 사람을 바라보면서 뒷걸음질 쳐 밖으로 나왔고, 주위에 약초 냄새가 사라지고 나서야 비로소 과감히 몸을 돌려 마주 보이는 모든 것에 대해 증오를 드러냈다. 맨 처음 마주친 것은 금발의 개였는데, 개는 그를 보자 털을 곤두세우고 뒤로 물러났다. 두번째로 마주친 것은 하녀 브르가였는데, 그녀는 유리눈의 힘으로 렌츠의 증오를 제압했다.

"이제는 아프지 않아." 브르가가 말했다. "감사의 표시를 해야 하니까 얼마나 드려야 할지 물어봐야겠네."

"물어볼 필요도 없어. 내가 다 갚았거든. 딱 한 가지 요구하신 게 있는데, 마귀 들린 아이를 치워버리라는 거야. 그럼 이제 짐 챙겨. 집으로 갈 거니까."

이 멀고 험한 귀갓길에는 별로 할 말이 없었다. 브르가는 줄곧 눈물을 훔치느라 정신이 없었다. 한쪽 눈에서만 눈물이 나왔는데도 말이다.

그러자 렌츠가 물었다. "다시 아픈 거야?" 치유의 배후에 토만이 있다는 걸 알았으니 브르가가 다시 아프다고 해도 놀랄 일이 아니었다.

브르가는 "아니야"라고 대꾸했다. 손을 찌르던 칼이 심장으로 옮겨 가서 보물이라도 캐낼 듯이 쿡쿡 찔러댄다는 걸 시인하고 싶지 않았다.

*

한동안 브르가는 세상에서 가장 배은망덕한 인간처럼 보였다. 렌츠가 계란 껍데기 얘기를 꺼내면 심지어 "이 악당아, 날 좀 가만 내버려둬!"라는 말도 다시 했다. 그러다가 어느 일요일 오후가 지나고서 상황이 바뀌었다. 브르가는 연로한 신부님을 찾아갔다. 브르가가 무슨 희망을 품고 그랬는지 누가 알겠는가! 어쩌면 그녀의 예쁜 눈을 봐서라도 큰 소동 없이 그녀를 한 번 더 용서해주실 거라고 생각했던 것일까? 하지만 신부님은 그러지 않았다. 아니, 원래 그럴 수 없는 사람이었다. 신부님은 뭔가를 말하려고 떨리는 손을 비비 꼬다가 결국에는 이 말밖에 하지 않았다. "그럼 너희는 정말 결혼해야지. 당연히 그래야지, 달리 어쩌겠나. 나폴레옹이나 치타 같은 애를 낳으면 안 돼. 이 세상에 죄의 씨앗으로 태어난 아이가 더 늘어나면 쓰겠나? 아무도 옳은 일을 하지 않는다면 도대체 우리 주님께서 무엇 때문에 죽었겠나?"

브르가는 그러면 렌츠와 결혼해도 아무런 문제가 없겠냐고 물었다. 그러자 신부님이 대답했다. "아무런 문제가 없을 수는 없지. 하지만 너처럼 죄지은 인간이 옳은 일을 해서 속죄를 하면 문제가 없지…… 그건 그렇고 아이는 어떻게 먹여 살릴 거냐?" 신부님은 대뜸 그렇게 물었고, 그럼으로써 신부님이 내세우던 정의를 식언한 셈이 되었다. 브르가는 깊은 안도의 한숨을 내쉬고는 대답했다. "예, 신부님, 그게 문제죠. 그래서 농부들은 결혼한 하인을 들이려 하지 않잖아요. 그럼 아이 때문에 못 하게 되는 건가요? 결국 그것이 주님의 깊은 뜻인가요?"

그렇지만 신부님은 그건 아니라고 한사코 부인했다. 그건 절대로 아니다, 그렇게 생각하면 하느님의 자비를 곡해

하는 것이니, 그런 생각에 솔깃하면 안 된다. 그러면 죄를 벗어날 길이 없어지는 거다…… 이렇게 해서 신부님은 브르가가 다 털어놓고 싶었던 말을 또 잘라버린 결과가 되었다. 브르가는 렌츠에 대한 두려움, 가슴으로 옮겨 간 통증, 그녀가 여전히 받아들이지 않고 버티는 끔찍한 계란 껍데기 등에 대해 솔직히 말씀드리고 싶었다.

브르가는 신뢰감이 넘치면서도 몹시 슬프고 불안하게 빛나는 눈빛으로 연로한 신부님을 기묘한 표정으로 쳐다보았다. 하지만 신부님은 그녀의 불안을 잘못 해석해서 이렇게 위로의 말을 해주었다. "너희가 결혼할 뜻이 있다면 지금 비어 있는 우편배달부 자리를 렌츠에게 주선해주지. 렌츠한테 그렇게 말하고 안부 전해줘. 조만간 나한테 한번 들르라고 해."

당연히 브르가는 렌츠에게 그 말을 전했고, 그러면서도 상황이 어떻게든 달라지기를 여전히 바랐다. 아마 렌츠는 그 자리를 거절할 것이며, 자기가 온 동네 여기저기서 부르면 달려가는 강아지 노릇이나 해야겠냐고, 그럴 생각은 추호도 없다고 할 것이다…… 하지만 브르가의 예상은 빗나갔다. 렌츠는 전혀 반대하지 않았을 뿐 아니라 아주 천연덕스럽게 이렇게 말했다. "이제야 뭔가 척척 맞아 돌아가네. 그래도 신부님이 때로는 어딘가에 도움이 된단 말이야. 생각할 필요도 없어, 생각할 필요도 없다고……"

그때부터 브르가는 저 멀리 유리처럼 반짝이는 국경 산악 지대 너머에서 온 렌츠가 그녀의 남편으로 점지된 것이 하느님의 뜻이라 믿게 되었다. 오랜 하녀 생활에 익숙해진 브르가는 이제 매사에 그에게 복종해야 한다는 걸 깨달았다.

그런 일이 있고서 그다음 일요일 저녁에 하녀 율라가 애인을 만나러 간 뒤 하인방에 브르가와 렌츠 둘만 남게 되자 브르가는 렌츠가 항아리와 깡통, 계란 껍데기, 질그릇 등을 난로 앞에 쌓는 일을 몹시 미심쩍은 표정으로 거들었다. 난로 뒤에는 여느 저녁과 마찬가지로 치타가 잠들어 있었다. 맨 위에는 렌츠가 짚 더미 속에서 발견한 작은 빨간색 깡통이 올려졌다. 그런 후에 두 사람은 옷장 뒤로 숨었고, 렌츠가 브르가의 귀에 대고 다급히 중얼거렸다. "이래도 주둥이를 열고 본래 이름을 말하지 않으면 나는 이 자리에서 번개를 맞아도 좋아…… 잘 지켜봐!……" 그러고서 렌츠가 움켜쥔 주먹으로 옷장 벽을 치자 쿵쿵 소리가 났다. 밖에서는 토만과 금발의 개가 지나가고 있었는데, 개가 갑자기 미친 듯이 짖어댔다. 그러니 불쌍한 치타는 원하든 원치 않든 잠에서 깨어날 수밖에 없었다. 치타는 난로 뒤에서 걸어 나왔는데, 아직도 꿈이 덜 깨서 한없이 부드러운 눈빛이었다.

브르가는 아마 백설 공주의 이런 눈빛을 난생처음 보았는지 그 눈빛을 견디지 못하고 딱딱한 양손으로 얼굴을 가렸다. 감히 더 이상의 수단으로 그 눈빛에 저항할 엄두를 내지 못했다. 그런 줄도 모르고 렌츠는 마귀 들린 가증스러운 꼬마의 거동을 집요하게 주시했다. 이윽고 모든 것이 그가 예언한 대로 진행되었다. 렌츠는 낮은 목소리로 "저것 봐! 저것 봐!" 하면서 브르가의 손을 얼굴에서 떼었고, 브르가는 모든 것을 똑똑히 보고 듣게 되었다…… "내가 말한 그대로야! 보라고, 내가 말한 것과 똑같잖아!" 렌츠는 사악한 희열에 들떠서 목소리를 높여 외쳤다. 하지만 치타는 그런 줄도 모르고 계속 고개를 설레설레 저으며 예쁜 장난감 주위를 맴돌았다. 어떻게 이 장난감이 어른들 방으로 오게 되었는지 도무지 영문을 알 수 없었다. 이윽고 후추 깡통을 발견하자 치타는 감격해 그것을 움켜쥐고 —조금 전까지 너무 근사한 깡통 꿈을 꾸었던 것이다— 기쁨에 벅차서 "이빌리무터!"라고 외쳤다…… 맙소사, 말 못 하는 버림받은 아이가 아는 가장 아름다운 말, 다정하고도 당당한 "내가 엄마야!"라는 말을 이 아이가 달리 어떻게 표현할 수 있겠는가.

그러자 옷장 뒤에 있던 두 어른이 모습을 드러냈다. 이 모든 일을 예견했던 영리한 렌츠는 이번에도 기고만장했지만, 아이를 때리거나 발로 차지는 않았다. 마귀 들린 아이라는 것이 명백히 입증되었고 '이빌리무터'라는 흉악하고 불가사의한 이름을 들었지만 말이다. 정말 렌츠는 아이에게 아무런 해코지도 하지 않았고, 기만당한 엄마 브르가에게 그저 이렇게 말했을 뿐이다. "자, 이제 알겠지? 그리고 그만큼 나이를 먹었으면 이제 어떻게 해야 할지도 알겠지!?……"

하지만 브르가는 어떻게 해야 할지 몰랐다. 렌츠가 다시 "물속에 던져버려야 해! 원래 물에서 나왔으니까"라고 딱 부러지게 말해도 브르가는 질겁해서 "안 돼! 나는 못 해! 나는 못 해!"라며 버텼다.

그러는 사이에 치타는 혼비백산해 난로 뒤로 도망가서 꼬마 요괴 인형과 후추 깡통을 꼭 끌어안고 병든 짐승처럼 낑낑 흐느꼈다.

그러자 브르가는 렌츠에게 "이 인간아, 너는 피도 눈물도 없냐? 애가 얼마나 무서워하는지 보라고!" 하면서 그의 증오심 가득한 눈을 쩨려보고는, 난로 뒤로 돌아가서 아이를 최대한 다정하게 '치타' 또는 '백설 공주'라고 부르며 달래려 했다. 하지만 어두컴컴한 곳에서 브르가의 눈에 들어온 것은 꼭 움켜쥔 두 주먹, 그리고 야수처럼 번득이는 이와 불꽃이 이글거리는 두 눈만 보이는 작은 얼굴이 전부였고, 브르가는 불쌍한 어린 시절 이후에는 한 번도 겪어보지 못한 두려움을 느꼈다. 브르가는 질겁한 나머지 렌츠에게 돌아가서 모든 것을 내맡길까 하는 생각이 스쳤다. 하지만 바로 그때 몸속에서, 가슴 바로 아래쪽에서 뭔가 부드럽게 뭉클 닿는 느낌이 들었다. 그녀는 파도처럼 밀려오는 행복과 정감을 가누지 못해 난로에 몸을 기대야만 했다. 언젠가 바로 이런 느낌으로 휘청하며 벽에 몸을 기댄 적이 있었다. 몸속의 백설 공주가 처음으로 그녀의 가슴 아래쪽에서 느껴졌을 때였다. 모질게 혹독한 삶을 고스란히 감당해온 하녀가 어떻게 그 지고지순한 행복감을 잊을 수 있겠는가? 자신의 존재가 이루 말할 수 없이 부드러운 행복감에 감싸인 채 그녀는 용기를 내어, 동물적 본능으로 가장 사랑하는 것을 지키려는 겁먹은 어린것에게 다가가서 바른 말과 바른 몸짓으로 달래고는 아이를 팔로 안아서 렌츠의 곁을 지나 외양간 방으로 데려가 정말 오랜만에 다정하게 잠자리에 눕혔다.

그런데 렌츠가 브르가를 뒤따라왔다. 브르가가 그새 다시 잠든 아이의 이마에 십자가 성호를 긋는 순간에 때맞추어 나타난 렌츠는 짐승처럼 길길이 날뛰며 자기 이마를 탁탁 치면서 욕을 퍼부었다. "완전히 귀신에 씌었군그래!…… 이런 식으로 죄를 짓다니 영락없이 골수까지 귀신에 씌었어! 이 여편네야, 마귀 들린 아이라는 게 명백한데 십자가를 긋다니 완전히 정신 나간 거야? 평생 내내 그렇게 정신 못 차릴 거야? 도대체 내가 어떻게 이런 여자와 함께 살지?……"

이에 브르가는 "순순히 넘어가면 안 돼?"라고 대꾸하고는 외양간 침대 앞에 당당히 버티고 서서 온몸으로 저항할 태세였고, 게다가 멋진 유리눈도 가세했다.

그러자 렌츠는 움찔하고 물러나 마구간으로 가서 수말을 어루만지더니, 다시 약간 용기를 내어 이런 말까지는 할 수 있었다. "4주 후면 결혼해. 일단 그건 확고해. 내가 정당하게 해야 할 일을 모르쇠 하는 사기꾼이라고 생각하진 마. 하지만 저기 마귀 들린 아이는 내 집에 둘 수 없어. 당신이 아둔해서 물속에 던지는 게 너무하다 싶으면 먹여 살리라는 조건으로 누구한테 넘겨버려. 어쩌면 농가에서 가축이라도 돌보라고 받아주지 않을까? 금방 그런 일 정도는 할 수 있게 자랄 거고, 그렇게 하면 먹여 살릴 비용이 한 푼도 안 들잖아……" 이 정도 얘기했으면 빌어먹을 마귀 들린 아이한테는 동전 한 닢도 쓸 생각이 없다는 걸 알아듣겠지.

아무렴, 브르가는 렌츠가 무슨 말을 하는지 알아들었다. "당신이 도와주든 말든 간에 아이를 먹여 살릴 수 있을 만큼은 벌써 저금해두었고, 평생 다른 농가에 보낼 일은 없을 거야. 그러니까 당신 마음대로 해." 브르가는 침대 가장자리에 앉아서 양손으로 얼굴을 가렸는데, 우는 것 같았다.

그러자 렌츠는 어차피 이번 기회는 놓쳤다고 생각해서 다시 마음이 풀어졌고, 외양간을 떠나기 전에 어느 정도 타협하는 어조로 말했다. "모든 문제를 나중에 더 얘기하자고. 전체적으로 한 번 더 깊이 생각해봐."

그렇지만 브르가는 그 문제를 더 이상 생각하지 않았다. 그녀는 거의 밤새도록 침대 가장자리에 앉아서 후추 깡통과 꼬마 요괴 인형을 움켜쥔 백설 공주의 앙칼진 손을 슬프게 바라보고 있었다…… 그러면서 떠올린 생각은 온갖 악몽으로 가위눌린 것보다 천 배는 더 무거웠고, 쿡쿡 쑤시는 통증으로도, 양손을 깍지 끼고 기도를 해도, 그 생각을 막아낼 도리가 없었다. 어릴 적에 산악 지대의 어느 농가를 향해 가던 소녀는 지금의 백설 공주보다 별로 크지 않았다. 당시 엄마는 이미 기력이 다해서 병원에 누워 있었고, 아무리 기억을 돌이켜도 누구인지 알 수 없는 어떤 낯선 사람이 그녀를 데리고 갔다. 너무 지쳐서 더 이상 서 있을 기력도 없어 그냥 주저앉으려고 하면 그 낯선 사람은 이렇게 말하곤 했다. "서둘러 가야지. 저 위에 가면 우유와 꿀이 있고 좋은 건 뭐든지 있어." 그때 생각했다. 귀여운 인형도 얻으면 좋겠다고. 머리를 땋은 꼬마 인형, 언젠가 낯선 아이들이 가지고 노는 것을 본 적이 있는데. 그런 생각을 하면서 걸었고, 쏟아지는 눈물을 몰래 옷소매로 훔치면서 생각했다. 저 위에는 분명히 하늘나라가 있을 거라고…… 우유와 꿀이 흐르는 하늘나라, 꼬마 인형이 있는 하늘나라, 멋진 것은 다 있는 하늘나라…… 그렇지만 그곳은 지옥이었다. 오갈 데 없이 버림받은 어린 소녀가 감당하기에는 너무 참혹한 지옥의 세월이었다. 그 시절을 생각하면 지금도 오싹해서 머리털이 곤두섰다! 아, 이 두려움! 결코 멈출 줄 모르는 이 끔찍한 두려움!

낮에는 안주인의 거친 손과 바깥주인의 나막신, 그리고 어린아이들의 날카로운 손톱이 두려웠다. 브르가는 어린 아이들보다 머리 하나만큼도 더 크지 않았지만 아이들을 안고 이리저리 다녀야 했다. 아이들은 자꾸만 브르가의 배를 걷어차서 아무리 무서워도 어쩌다가 아이를 떨어뜨릴 수밖에 없었다. 그러면 모든 식구들이 온갖 무지막지한 수단을 동원해서 달려들었다…… 그러다가 밤이 되면 또 얼마나 무서웠던가! 다른 사람들은 모두 이미 잠든 시간에 얼마나 자주 커다란 부엌을 문질러 닦아야 했던가. 그러다가 아무리 무서워도 자꾸만 일을 반쯤 하다 말고 축축한 걸레 위에 쓰러져 그대로 잠이 들곤 했다. 그러면 그들은 어김없이 때리고 걷어차고 해서 잠을 깨웠고, 때로는 얼음장처럼 차가운 물을 들이부었는데, 그게 맞는 것보다 훨씬 더 힘들었다. 당연히 그때는 침대도 따로 없었다. 난로 뒤의 물통을 올려놓는 널빤지 위에 사료 자루를 두어 개 깔아서 잠자리를 마련했다. 널빤지는 늘 축축하고 차가웠으며, 매번 거기에 놓여 있는 무거운 물통을 들어 내려야 했다. 그 때문에 초등학교에 들어가기도 전에 악성 류머티즘에 걸렸다. 학교에 다닌 몇 달 동안 배운 거라곤 별로 없어서 겨우 자기 이름이나 쓸 줄 알았고, 모두들 이가 옮을까 봐 꺼렸기 때문에 언제나 혼자서 교실 맨 뒤에 있는 이 잡는 의자에 앉았다. 하지만 그 자리는 어린 시절의 짧은 낙원이었다. 거기서 잠들거나 꿈꿀 수도 있었고, 거기 있으면 자주 맞지도 않았고 맞아봤자 아이들이 때리는 게 고작이었다. 한번은 선생님이 이 잡는 빗을 선물로 주셨는데, 바로 다음 날 농가 안주인한테 빼앗기고 말았다. 정말 학교에 다닐 수 있었던 기간은 겨울 한 철을 넘기지 못했다. 류머티즘의 통증이 모든 이까지 파고들었고, 밤낮으로 일할 때도 줄곧 아파서 주인이 아무리 위협해도 신음 소리를 내며 흐느꼈다. 그러다가 마침내 주인은 저녁마다 오래되고 쓰디쓴 담배를 씹으라고 주었고, 담배를 씹으면 멍해지고 몽롱하게 취해 물통 놓는 널빤지에서 몇 시간은 잠을 잘 수 있었다.

　그 산간 마을에 있을 때 매일 묵주기도를 하는 것으로 기도를 배웠더랬다. 하지만 온몸이 아프고 깜빡 잠들까 봐 줄곧 겁먹은 상태에서 하는 참담한 기도였다. 기도할 때면 씹는담배의 얼얼한 진액과 침이 뒤섞여서 턱으로 방울방울 흘러내렸고, 기도하는 중간에 누군가가 "더러운 년, 좀 닦아!" 하고 욕을 했다. 그러다 보니 실낱같은 희망이라도 담아서 제대로 하는 기도는 훨씬 나중에야—그러니까 처음으로 가슴 아래쪽에서 뭔가가 뭉클하게 닿는 느낌이 들고 따스한 온기와 행복의 물결에 휩싸였을 때였다—배우게 되었다. 그때부터 끔찍한 어린 시절에 생긴 습관에서 서서히 벗어나 쓰디쓴 담배를 점점 덜 씹게 되었다. 담배가 뱃속의 아이에게 해롭다고 누군가가 말해주었고, 아이에게 해로운 것은 원하지 않았기 때문에 담배를 끊었다. 그렇지만 담배를 끊자 견디기 힘들었고, 그래서 아무리 애써도 버티기 힘들 때가 종종 있었는데, 결국 인형처럼 예쁜 꼬맹이를 낳고 나서야 담배를 완전히 끊었다. 그러나 너무 때가 늦었는지 아이는 온갖 병을 얻었다. 그 모든 사달이 난 까닭은 렌츠가 말한 것과는 다르지 않은가?⋯⋯ 하지만 그 이름, 계란 껍데기와 낡은 항아리와 질그릇 앞에서 아이가 말했던 그 끔찍하고 낯선 이름은!?⋯⋯ 진짜 사람이 '이빌리무터'라는 이름을 갖는다는 게 세상에서 가능할까?…… 성모 마리아님, 제가 그 아이를 아직도 제 아이라 여기고 렌츠가 시키는 어떤 짓도 하지 않더라도 저의 죄를 용서해주세요!…… 그때 뱃속에서 꿈틀대는 걸 틀림없이 느꼈잖아? 그런데 만약 누군가가 바꿔치기를 한 거라면? 하지만 내가 그렇게 오랫동안 뱃속에 품고 있었는데? 그런데 지금은 다른 아이를 데리고 있다고? 그렇다면 낮에는 몰라도 적어도 밤에는 꿈에서 생각나야 하지 않을까?…… 고난을 당하신 모든 성인들이여, 그가 내일 다시 와서 흉측한 생각을 품고 끔찍한 짓을 요구한다면 제발 저를 도와주세요……

브르가는 지금까지 살아오면서 가장 애절한 기도를 하고 또 했다. 그러다가 날이 샐 무렵 잠들기 전에 백설 공주에게 몸을 숙이고 이렇게 말했다. "너를 내주지 않을 거야! 내가 살아 있는 한 너를 내주지 않을 거야! 설령 네가 그가 말하는 그런 아이라 해도……"

*

시간은 마을의 동정에 아랑곳하지 않고 무심히 흘러갔다. 초가집 지붕들은 여전히 낡았지만 당당했고, 해 질 녘에

한 무리의 철새가 마을 위로 날아가다가 새된 소리로 울면서 낯선 고장의 소식을 이것저것 전해주려 해도 지붕들은 위로 눈길도 주지 않고 어떤 유혹에도 넘어가지 않았다. 땅에서는 아이들이 여전히 똑같은 놀이를 했고, 여전히 가끔 나폴레옹이나 치타 같은 아이가 놀이에 끼어들었다. 신부님의 손은 여전히 근엄하게 뒷짐을 졌는데, 다만 눈은 다소 흐려지고 결국 조금 부드러워지기도 했다. 벽돌색 재킷을 입은 영감은 여전히 "에헴, 에헴, 에헴" 하고 헛기침을 했고, 앞으로 일어날 모든 일을 짐승들과 의논했다. 플로나는 여전히 프란츠를 "잘될 거야!" 하고 달랬지만, 그러느라 눈에 띄게 일찍 늙은 티가 났다.

머슴 토만은 아직도 보물을 캐내지 못했다. 적어도 그가 보여줄 수 있거나 보여주고 싶은 보물은 캐내지 못했다. 그는 여전히 금발의 개를 데리고 맨발로 돌아다녔는데, 물론 개도 나이가 들고 철이 들어서 예전처럼 자주 오두막집 아이들이 노는 판에 휩쓸리지 않았다. 어쩌면 이제는 아이들 놀이에 흥미를 잃은 것인지도 몰랐다. 큰 아이 둘이 학교를 졸업하고 도시로 일하러 나가는 바람에 아이들 무리가 아주 작아졌기 때문이다. 치타도 아빠가 생기고 여동생이 생긴 데다 마을 밖의 오래된 물레방앗간으로 이사를 해서 이제는 놀이에 끼어들지 않았다.

마을에서 아마도 유일하게 큰 변화는 유리처럼 반짝이는 국경 산악 지대에서 온 사내 렌츠의 신상에 일어났다. 그가 어엿한 신사가 되었다는 것은 누구도 부인할 수 없었다. 이제는 머슴 토만을 만나면 "좋은 아침이야"라거나 "좋은 저녁이야, 토만" 같은 인사도 하지 않았는데, 가죽 우편 가방을 뒤적이며 중요한 편지나 서류를 찾느라 맨발로 다가오는 녀석한테까지 인사를 챙길 겨를이 없었다. 그렇지만 토만은 곧잘 아둔한 머슴의 머리로는 상황을 파악하지 못하고 정말 당돌하게도 신사 렌츠에게 다짜고짜 인사를 건네서 금쪽같은 시간을 빼앗으려 했다. 그렇지만 신사 렌츠는 거의 거들떠보지도 않고—정말 거들떠볼 겨를도 없었다—두 손가락을 모자챙에 갖다 대는 시늉만 하면서 약간 콧소리로 들릴락 말락 하게 "안녕!" 하는 것이 고작이었다. 그러면 대개는 개가 미친 듯이 짖어댔는데, 신사 렌츠는 개를 상대하는 것이 우편배달부의 체면을 구기지만 않는다면 그럴 때마다 개를 호되게 걷어차고 싶어 몸이 근질거렸다.

사정이 이렇다 보니 신사 렌츠는 이제 보물을 캘 시간 여유도 없었다. 게다가 마귀 들린 아이를 집에서 내쫓지 못하면 어차피 보물을 캐는 것도 성공할 수 없다는 걸 이미 오래전부터 확신해온 터였다. 사실 동짓날 밤에 꾸는 꿈조차 정직한 사람을 속일 수 있다는 것도 진즉에 깨달았다. 마누라가 유리눈인 것까지는 좋았다. 그렇지만 대가리는 깨지기 쉬운 유리가 아니라 완전히 무쇠 덩어리여서 도무지 말을 알아듣지 못했다. 아무리 단단해도 한번 깨부술까 하는 생각도 했지만 그러다가 자칫 소중한 유리눈을 다치게라도 하면 완전히 재수 옴 붙어서 덧니가 있는 평범한 늙은 여자와 마귀 들린 아이만 남게 될까 봐 덜컥 겁이 났다. 그러니 두들겨 팰 때는 다소 조심해서 소중한 머리는 가능하면 잘 보호해야 했다. 그렇지만 마누라의 등짝은 아무리 두들겨 패도 끄떡도 하지 않았다. 등짝에 시퍼렇게 멍이 들도록 팬 뒤 가능하면 부드러운 말투로 묻곤 했다. "이제 어쩔 거야? 마귀 들린 아이를 내쫓겠어, 아니면 더 얻어맞을 거야?" 그러면 마누라는 언제나 그저 "어디 날 때려죽여봐!"라고 대꾸할 뿐이었다…… 그렇지만 고집불통의 얼간이를 정신 차리게 만드는 일에만 매달려 시간을 허비할 수는 없는 노릇이었고, 그러다 보니 브르가도 곧잘 며칠 동안은 남편 곁에서 좋은 시간을 보낼 수도 있었다. 심지어 때로는 남편이 손수건이나 앞치마를 집으로 가져와서 그녀에게 주면서 "제발 노상 그렇게 하녀 차림으로 돌아다니지 마!" 하는 경우도 있었다…… 그럴 때면 브르가는 환한 표정으로 남편을 빤히 쳐다보면서 "자기야" 하고 살갑게 부르기도 했다. 마귀 들린 아이가 난로 뒤쪽이나 식탁 밑에 웅크리고 겁에 질려 잽싸게 숨는다는 사실을 렌츠가 잊을 수만 있다면 정말 만사형통일 것이다. 진짜 인간의 자식이라면 어째서 금발의 천사 막달레나처럼 그에게 반갑게 다가오지 않는가? 막달레나는 비단결처럼 곱고 금붕어처럼 예쁜데! 이제 겨우 강아지 키만 한데도 그가 문틈으로 머리를 내밀면 금방 다가와서 그의 신발끈을 잡고 만지작거리고 무거운 발을 끌어당기기도 했다. 정말 눈에 넣어도 아프지 않았다…… 제발 마누라가 이제라도 정신 차리고 마귀 들린 아이를 어떻게든 치워주기만 한다면 그 행운의 꿈이 딱 들어맞을 텐데. 그렇게만 해주면 그는 이제 자기 집의 주인으로 얼마나 멋진 인생을 살겠는가. 물론 집으로 사용하는 물레방앗간은 관할 관청에 저렴한 임대료를 주고 장기 임대한 것이긴 했다. 비록 물레방앗간이 낡았지만 여러 해를 넘기고 만사가 순조롭게 돌아가면 단단하고 마른 바닥에 마루를 깔 수도 있을 것이다. 그리고 마누라가 여름내 딸기를 수확해서 지난해만큼 벌 수 있다면 난로 옆에 페인트칠한 의자를 놓을 여유도 생길 테니 이따금 저녁에 어엿한 주인의 자세 또는 농부의 자세로 의자에 앉아서 이런저런 생각에 잠길 수도 있을 것이다. 그러면 마귀 들린 아이가 난로 뒤의 따뜻한 자리를 차지하지 못하겠지. 절대로 멋진 의자에 닿으면 안 되니까. 그러면 문가의 식탁 아래 웅크리고 붉으락푸르락 추위에 떨면서 결국 아무리 대가리가 꽉 막혀도 자기가 있어야 할 자리가 어딘지 알겠지. 밖에는 마침 둑으로 막은 개울이 있었는데, 자식이 발에 차이는 개처럼 울부짖는 소리를 듣고서도 마귀 들린 늙은이가 아직도 나타나지 않으니 신기한 노릇이었다. 정말 외눈박이 브르가가 두들겨 맞으면 아이는 마치 자기가 맞는 것처럼 울부짖었다. 그렇지만 렌츠는 지금까지 어쩌다가라도 격분해서 이성을 잃고 이 괴물한테 손가락 하나라도 대는 실수는 하지 않았다. 이런 요괴의 힘이 과연 어디까지 미칠지 모르니까. 혹시라도 한평생 내내 손상된 몸을 건사해야 할지 모르니까. 그렇지만 바로 집 옆에 개울이 흘러가는 것도 우연은 아닐 테니 어떻게든 해치우고야 말 것이다. 이따금 저녁에—이제 어엿한 신사니까—큰 식당에 들르면 식당에서는 다른 공무원이나 교사 또는 관리 등이 포도주를 마시는데, 렌츠도 거기서 한잔하고 집에 가면 이런저런 좋은 생각이 곧잘 떠오르니까 언젠가는 만사가 척척 풀릴 것이다.

그렇지만 예전의 하녀 브르가는 늙은 짐승처럼 조심성이 많아서 창문으로 멀리서 렌츠가 오는 것이 보이면 곧바로 하던 일을 내려놓고는 치타를 막달레나한테서 떼어

내 난로 뒤나 식탁 밑으로 몰았다. 그저 "쉿! 쉿! 아빠가 온다!"라고만 하면 치타는 금세 알아서 사라지곤 꼼짝도 하지 않았다. 그러다가 저녁 늦게 렌츠가 잠이 들면 이미 오래전부터 엄마 앞에서는 숨기지 않는 후추 깡통과 꼬마 요괴 인형을 챙겨서 닭장을 지나 자기 다락방으로 올라갔다. 치타는 다락방에서 여왕처럼 따로 침대를 썼고 겨울에는 낡은 이불을 덮었다. 이제 치타는 정말 추위에 떨 필요도 없었고, 굶지 않아도 되었다. 비록 종종 다른 식구들이 식사를 마칠 때까지 기다려야 하긴 했지만. 그러면 대개는 브르가가 몰래 남은 음식을 식탁 밑으로 밀어 넣어주었다. 음식이 부족하지 않으면 브르가는 이따금, 가장인 렌츠가 아직 돌아오지 않고 식사 때가 되기 전에 괜찮은 간식거리를 주기도 했는데, 그러면 치타는 어린 여동생 막달레나가 한 입 먹기 전에는 절대로 먼저 먹지 않았다. 치타가 가장 좋아하는 장난감인 후추 깡통과 꼬마 요괴 인형은 이미 오래전에 금발의 막달레나가 차지했고, 치타는 저녁에 자러 가기 전이나 문이 열리고 아빠가 들어올 때만 잽싸고 단호하게 장난감을 움켜쥐었다. 처음에 막달레나는 빼앗기지 않으려고 저항했지만, 아빠가 그 예쁜 장난감을 손이 아플 정도로 홱 쳐내는 바람에 꼬마가 놀라서 거의 숨이 넘어갈 정도로 울어대는 일을 겪고부터는 장난감을 둘 다 항상 제

때에 선뜻 내주었다. 두 자매는 달랐지만 언제나 사이좋게 잘 놀았고, 이따금 브르가는 아이들이 얌전하고 다정하게, 진짜 주인집 아이들과 똑같이 따뜻하고 깨끗한 방에서 노는 것을 지켜보노라면 지상에서 누리는 이 엄청난 행복감에 가슴이 벅찼다. 그러면 브르가는 말 한 마리와 장정 셋이 하루에 일하는 만큼, 또는 수많은 실패가 실을 감는 것마냥 억척스럽게 일했다. 렌츠가 거듭 강조하듯이 이제 브르가는 어엿한 공무원 부인이었지만, 그녀는 한가로운 삶에는 익숙지 않았다. 사실 렌츠가 버는 돈은 얼마 되지 않아서 그걸로 그가 바라는 대로 방앗간 집을 빛나게 꾸밀 형편은 못 되었다. 게다가 렌츠는 사생아 치타를 위해서는 단 한 푼도 주지 않았다. 그는 절대로 그러지 않았고, 브르가도 요구하지 않았다. 그가 잘해주었고, 어쨌거나 치타가 한 지붕 밑에 살도록 묵인해주는 것만으로 충분했다. 브르가는 치타 때문에 힘들다는 생각은 한 번도 해본 적이 없었다. 두려운 것은 단지 혹시라도 하느님이 언젠가는 지금의 근사한 삶을 누린 대가로 엄하게 벌하지 않을까 하는 걱정뿐이었다. 그래서 렌츠가 이따금 변덕을 부리며 때려도 묵묵히 감내했을 뿐 아니라 차라리 홀가분하다 싶은 심정으로 받아들였다. 남편이자 주인인 렌츠가 아니면 다른 누가 그럴 수 있겠는가? 렌츠가 막달레나를 천사처럼 사랑하고 치타가 식탁 밑이나 난로 뒤에 숨어 있는 것을 그냥 봐 넘기고 때리거나 차지 않는 한에는, 충동을 못 이기고 매일 그녀의 등짝을 몇 대씩 패도 무방하리라. 따지고 보면 그런 짓도 못 하면서 대체 무엇 때문에 그녀와 결혼을 했겠는가? 그는 체격도 좋으니 귀여워해주고 예뻐해줄 여자를 원했다면 더 젊고 예쁜 여자를, 두 눈도 멀쩡하고 딸린 자식도 없는 여자를 택했을 것이다. 그래, 브르가는 나이도 들고 분별이 있어서 그 모든 것을 익히 잘 알았다. 그런데 하느님이 이렇게 느지막이 국가공무원인 데다 제집과 다름없는 집도 있는 남자를 안겨주신 까닭을 이해하기 힘들었고, 그래서 종종 깊은 근심에 잠겼다. 자꾸만 뭔가 안 좋은 일이 벌어질 것 같은 불길한 예감이 들었다. 렌츠가 금발의 천사 막달레나한테는 나쁜 짓을 하지 않을 것이다. 죄짓고 태어난 아이도 아니고 이름도 제대로 신성한 이름을 지었으니까. 그렇지만 죄의 씨앗으로 태어난 치타에게는 언젠가는 벌을 주려고 할지 몰랐다. 그래서 브르가는 날이 갈수록 치타를 더 사랑하게 되었고 다시는 못된 것이라고 타박하지 않았는데, 전에는 어째서 그렇게 야박하게 굴었는지 도무지 이해되지 않았다.

그리하여 치타는 여전히 멋진 인생을 보낼 수 있게 되었다. 물론 이제는 '귀여운 자두씨'라거나 '꿀단지'라고 불러주는 사람은 아무도 없었고, 오두막집 아이들이나 금발의 개도 가끔 그저 꿈에서나 찾아왔다. 그나마 몇 마디 하던 말도 다 잊어버렸는데, 다만 이따금 막달레나와 단둘이 있을 때면 떨림증이 생긴 작은 손으로 동생의 비단결 같은 금발 머리를 빗겨주면서 "이빌리무터"라고 했다. 낯선 남자 렌츠가 아빠가 된 이후로는 치타의 손이 늘 조금 떨렸는데, 식탁 아래가 차갑기 때문이거나 대개는 그저 겁을 먹었기 때문이다. 그 낯선 남자가 엄마를 때리면 처음 몇 번은 무는 짐승처럼 식탁 아래에서 뛰쳐나왔다. 하지만 그럴 때마다 매번 브르가가 최대한 신속히 치타를 발로 툭툭 차서 다시 식탁 아래로 밀어 넣었기 때문에 이미 오래전부터 감히 뛰쳐나올 엄두를 내지 않았다. 그렇지만 딱 한 번 남자가 귀여운 천사 막달레나를 때리고 후추 깡통과 꼬마 요괴 인형을 빼앗아 난로에다 던졌을 때는 브르가도 보지 못하고 아마 렌츠 자신도 못 보는 사이에 치타가 렌츠의 신발 위쪽 다리를 깨물었다. 당시 거의 숨이 멎을 정도로 울어대던 막달레나가 정신을 차리고 나서야 브르가가 말했다. "이런, 당신 피 흘리잖아!" 그러자 치타는 식탁 밑에서 눈을 질끈 감고 양손으로 얼굴을 가린 채 등을 바닥에 바짝 붙였다. 그런데 아무 일도 일어나지 않았다. 렌츠는 너무 놀라서 누가 그런 짓을 했는지 본인도 알아차리지 못했을 것이다.

　그날 렌츠의 혈관 속에 독이 침투해서 점점 더 무르익고 있는 줄은 정말 아무도 몰랐다. 그는 이렇게 저렇게 하면 치타를 해치울 수 있는데 하는 궁리만 했다…… 하지만 그 자신도 오래도록 꺼림칙했다. 자기가 생각해도 그것은 악마의 사주처럼 느껴졌기 때문이다. 그가 비단결처럼 곱고 비둘기 부리처럼 귀여운 막달레나를 지키려고 자신의 정직한 손으로 악마의 장난감을 잡는 바로 그 순간에 해치워야겠다는 생각이 퍼뜩 들지 않았던가. 그리고 막달레나한테 얼마나 난폭하게 굴었던가! 하느님이 그 죄를 영원히 기억하지는 않을까? 어떻게 그렇게까지 심하게 했을까! 환한 천사 같은 피붙이한테 우악스러운 손으로 연한 고사리손을 때리다니?!…… 집안에 불행의 화근을 키우니까 그런 불상사가 벌어지는 것이다…… 정말 렌츠는 그의 다리와 가슴에 피를 흘린 그날을 결코 잊지 않았다. 그렇지만 병 고치는 노파가 죽지만 않았어도, 그리고 할멈이 머슴 토만에게 모든 것을 물려주었다는 소문이 마을에 돌지만 않았어도 렌츠는 오래도록 악마의 사주를 뿌리쳤을 것이다. 밭뙈기는 당연히 주지 않았을 것이다. 노파는 이미 오래전에 농사일에서 거의 손을 뗐으니까 밭뙈기의 소유권이 넘어간 지도 한참 되었다. 하지만 다른 것, 다른 것이 있다! 이 골짜기를 통틀어 할멈 말고 다른 사람은 아무도 모르는 것, 어쩌면 이 마을 전체보다 더 값나가는 것이 있다. 아득한 옛날부터 전해오는 처방, 신성한 주문, 병을 낫게 하는 기도, 그리고 언제 어디서 어떻게 보물을 캐낼 수 있는지 때와 기간을 아는 지식…… 이 모든 것을 이젠 토만이 움켜쥐고 있다!? 평생 맨발의 머슴 신세를 벗어나지 못한 주제에…… 그 녀석이 어느 날 갑자기 부자가 되어 나타나 국가공무원 렌츠 앞에서 제왕처럼 거들먹거리면 어쩔 것인가? 그러면 그 빌어먹을 개한테 황금 입마개를 달아줄 것이고, 이제 다시는 맨발로 다니지 않고 송아지 가죽 장화를 신고 머리끝에서 발끝까지 휘황찬란하게 치장을 할 것이다.

렌츠는 토만만 아니라면 다른 누구든 이런 행운을 얻은 것을 기꺼이 인정하고 자신의 신분 상승에 만족했을 것이다. 그런데 하필이면 처음 볼 때부터 미워한 새치기 토만이라니, 그건 참을 수 없었다. 적어도 보물만큼은 토만보다 앞서간다면 어떨까? 토만이 주문이나 처방은 얼마든지 가져도 좋다. 그렇다고 부자가 되는 건 아니니까. 그렇지만 보물은! 보물은!…… 다음 보름달이 뜨기 전에 분명히 기회가 올 것이다. 그건 확실하다. 그 새치기 녀석이 일단 모든 걸 알고 있다면 이제는 돌이나 약초에는 만족하지 않을 것이다. 어떻게 그럴 수 있겠는가? 아무렴, 아무리 인간이 멍청해도 그 정도에 만족하지는 않을 것이다. 물론 병 고치는 노파가 그 녀석의 머슴 팔자를 고쳐주지는 못했다. 할멈이 아무리 영리해도 한낱 여자일 뿐이었고, 결국 여자는 모름지기 그런 일까지 해낼 능력이 없다. 유리눈의 브르가도 해내지 못했는데……

이 고장 전체의 하인 렌츠는 그해 초여름 한 달 내내 신들린 사람이나 마법에 걸린 사람 같았다. 멋진 가죽 가방을 농가의 방에 깜박 놓고 와서 본래 국가공무원만 알 수 있는 비밀을 모든 사람이 알게 되는 일도 벌어졌다. 그런가 하면 청소부 아줌마 트리나의 빈곤증명서를 부유한 '장미 주점' 안주인에게 배달한 일도 있었는데, 단지 이름이 같다는 이유로 그런 실수를 했다. 물론 안주인은 빈곤증명서를 수령하지 않았는데, 평소와 달리 적포도주를 대접하지도 않았다. 안주인은 렌츠가 건방지게 자기를 놀려먹었다고 생각한 것이다. 안주인은 "이제 살판났다 이거야, 웅!?" 하고 화를 냈고, 하느님과 시장님은 천한 것들이 분수도 모르고 기어오르지 않도록 신경을 써야 한다고 덧붙였다……

이렇게 가는 곳마다 불운이 따라다니니 렌츠가 어떻게 마음을 온유하고 관대하게 쓸 것이며 마음을 좋게 먹을 수 있겠는가?

이 무렵 벽돌색 재킷을 입은 영감이 몸져눕는 일이 일어났다. 누군가가 저주로 아프게 한 것이 분명했다. 척추 아래가 칼로 찌르는 듯이 아팠다. 영감의 딸 플로나는 지난 세월 동안 영감이 그녀의 하소연을 거절한 처사를 앙갚음할 수도 있었겠지만, 그러지 않고 영감을 어린아이처럼 자리에서 일으키고 눕히며 수발을 했다. 게다가 일요일마다 약방에서 비싼 영국산 특제 진통제를 한 바구니씩 사 와서 영감의 몸에 정성껏 문질러 발라주었고, 영감의 입에 사탕을 넣어주면서 위로의 말을 건넸다. "잘될 거예요, 아빠, 잘될 거예요. 프란츠가 그러는데 병원에서 의사 선생님들이 이 약으로 모두 완전히 낫게 한대요." 그러자 영감은 처음에는 들으려 하지도 않았지만, 차츰 가슴속까지 편안해지고 다시 젊은 시절처럼 잠을 편하게 잘 수 있을 뿐 아니라 훨씬 멋진 꿈도 꾸는 것을 경험하게 되었다. 그러자 딸은 진통제를 줄기차게 가져왔고, 결국 영감은 병원에서 일하는 프란츠가 진통제를 가지고 와도 싫어하지 않게 되었다. 어느 토요일 저녁에 플로나가 영감에게 말했다. "아빠, 내일 우리는 결혼할 거예요. 벌써 모든 준비를 마쳤고, 브르가가 아빠를 보살펴줄 거예요. 벌써 브르가에게 우편으로 기별했어요." 그래도 영감은 전혀 싫은 내색을 하지 않앉고, 결혼 계획을 감쪽같이 숨겨온 것에 놀라거나 언짢아하지도 않으며 그저 이렇게 말했을 뿐이다. "너희 좋을 대로 해, 너희 좋을 대로 해. 진통제나 가져와, 진통제나 가져와." 그래서 플로나는 진통제 병을 한 바구니 가득 채워서 가져왔고, 오두막집 아이들 중 한 명을 브르가에게 보내서 일요일에는 틀림없이 오도록 일러두었다.

외눈박이 브르가는 평소에 호의적이고 감사할 줄 아는 사람이라서 아무도 그녀가 무뚝뚝하다고 험담할 수 없었다. 더구나 플로나는 막달레나의 대모였고 세례식 때 관례상 내는 것보다 훨씬 많은 돈을 희사했다. 그런데도 브르가는 렌츠에게 이렇게 말했다. "내가 경황이 없어, 정말 경황이 없어, 그러니 당신이 아침 일찍 플로나 집을 지나가는 길에 아이들이 아프다고 말 좀 해주면 좋겠어. 아픈 애들을 데리고 갈 수도 없잖아. 게다가 애들이 온 집 안이 떠나가도록 울어대는데, 영감님이 죽은 듯이 누워 계시는 데서 그러면 안 되지."

그러자 렌츠가 잠시 생각하더니 아주 부드러운 어조로 말했다. "그래도 당신이 가야지. 반드시 가야 한다고. 아이들은 내가 보면 되지. 어차피 일요일인데." 그런데 렌츠가 처음으로 '아이들'이라고 말한 것이 브르가에겐 어쩐지 께름칙했다. 렌츠가 드디어 차별하지 않고 두 아이를 보살펴주려 하는 것은 물론 대단히 기특한 일이다. 하지만 브르가는 이렇게 말했다. "아니, 내 말은 그런 뜻이 아니야. 물론 당신이 일요일을 희생한다면 정말 가상하지. 하지만 나 혼자 힘으로 어떻게 맞춰볼게. 원래 당신은 내일 빨래통 빌리러 포들-빈터한테 간다고 했잖아. 월요일에 빨래통을 써야 해. 안 그러면 당신 셔츠를 빨 수 없어."

좋다, 렌츠는 브르가가 부탁한 대로 빨래통을 가져오겠다고 했다. 그러지 못할 이유가 없지 않은가?…… 렌츠는 믿음직한 눈빛으로 그러겠다고 약속했고, 이른 아침에 길을 떠나 낮 동안에는 밖에 있겠다고 했다. 그러자 브르가는 다시 마음이 편안해졌고, 플로나의 부탁을 들어주려면 아이들을 어떻게 해야 할지 금방 파악했다.

이윽고 화창한 일요일 아침이 밝았고, 렌츠는 벌써 집을 나갔는데 배낭과 마법 지팡이에 곡괭이도 챙겨 갔다. 그래서 브르가는 태평하게 추호도 걱정하지 않았고, 심지어 신열이 있는 치타를 다락방에서 안고 내려와 막달레나 옆에 눕히기까지 했다. 어차피 둘 다 홍역을 치렀고, 잠이 깨어 둘이서 조금 놀다 보면 오두막집 아이들 중 누군가가 올 것이다. 누구한테 애들을 좀 봐달라고 부탁하기는 쉽지 않았다. 한때는 하녀였지만 그래도 지금은 그 정도 자존심은 있었다. 그렇지만 한 번쯤 그런 부탁을 한다고 해서 체면이 땅에 떨어지는 것도 아니고, 어차피 수고비를 지불할 수도 있었다. 그녀가 뭔가를 공짜로 받았다고 험담한다면 사람을 잘못 본 것이다.

브르가는 그렇게 다소 우쭐한 기분으로 마을을 향해 갔고, 렌츠가 뭔가 중요한 것을 깜박 잊어서 다시 집으로 돌아오고 있는 줄은 몰랐다. 렌츠는 서둘러야만 했다. 마귀 들린 아이가 막달레나의 침대에 함께 누워 있는 것을 보고도 흥분하지 않고 그저 주문을 중얼거리며 자기 가슴에 십자가 성호를 긋고 나서 치타를 담요에 감쌌다. 치타는 신열로 잠에 취해서 전혀 저항하지 않았고, 아마 엄마라고 생각했을 것이다. 렌츠는 그 정도로 살며시 조심스럽게 아이를 받쳐 들었다. 정말 아이한테 아무런 해코지도 하지 않았다. 따뜻한 일요일 아침에 아이를 살며시 개울가에 내려놓는 것은 결코 해코지라 할 수 없다. 아이는 개울가에서 수없이 놀았어도 전혀 다친 적이 없었다. 렌츠는 치타가 손에 쥐고 있던 작은 빨간색 장난감을 살며시 빼앗아 쥐고 아이 곁을 떠나 다리 위로 올라갔다. 하느님이 그런 것쯤은 용서해주실 것이다. 세상에는 아이들이 가지고 놀 수 있는 빨간색 장난감이 흔하니까.

치타 역시 유리처럼 반짝이는 눈으로, 예쁘게 꾸미라고 하늘에서 곧바로 내려준 것 같은 그 눈으로 렌츠를 용서하는 것 같았다. 치타는 비명을 지르지도 않았고, 그저 오랫동안 입 밖에 내지 않았던 "아우투벨라!"를 더듬거리며 혼자 중얼거렸을 뿐이다. 그 말을 한 것도 단지 들판 어디선가 금발의 개가 미친 듯이 짖어댔기 때문일 것이다.

그런데 개울 위쪽에서 새 한 마리가 엄청나게 큰 소리로 날카롭게 울기 시작했고, 그 바람에 다른 새들은 모두 주둥이를 다물었는데, 심지어 발칙한 뻐꾸기조차도 화들짝 놀라서 줄기차게 울어대던 소리를 속으로 삼켰고, 물레방앗간 안에서는 금발의 천사 막달레나가 갑자기 잠에서 깨어나 벌써 홍역이 다 나았는지 침대에서 고양이처럼 팔짝 뛰어내렸는데도 전혀 다친 데가 없었다. 그런데 집 안에 아무도 없는 데다 '이타' 언니마저 보이지 않고 밖에서는 날카로운 낯선 새 울음소리가 들려오자 아이는 깜짝 놀라기도 하고 호기심도 생겨서 하천 쪽으로 나왔다. 가장 렌츠가 그렇게 서둘지 말고 문을 단단히 잠갔어야 했지만, 그러지 않았기에 금발의 천사는 화창하고 따뜻한 일요일 아침에 유혹하며 부르는 새소리를 따라 속옷 차림으로 자유롭게 밖으로 나올 수 있었다.

치타 또한 날카로운 새소리를 계속 들으면서 개울 위쪽을 쳐다보았는데, 바로 그때 갑자기 개울물 소용돌이 한가운데서 후추 깡통과 꼬마 요괴 인형이 춤을 추고 있는 것을 발견했다. 소용돌이 물결 속에서 세상에서 가장 멋진 놀이인 양 줄곧 너무 신나게 춤추고 있었다. 치타는 제발 그쪽으로 가서 함께 놀고 싶었지만, 몸이 너무 노곤해서 일어섰다가 금방 픽 쓰러져 도저히 일어날 수 없었고, 깡통과 꼬마 인형만 단둘이 계속 춤을 추고 새는 하릴없이 울어댔다.

하지만 이번에는 새가 울어대는 이유가 따로 있었다. 긴 실에 매여 있는 빨간색 장난감이 다시 멋지고 신나게 춤을 춘 것은 금발의 천사 막달레나가 함께 놀려고 다가오는 것을 알아보았기 때문이다.

위쪽에서 새가 무엇에 깜짝 놀란 듯 울음을 멈추었다. 그렇지만 화창한 일요일 아침의 희열과 행복감만 감돌았을 뿐이다. 가까이 어디선가 벨라가 멍멍 짖어댔고, 신열로 몽롱하던 치타도 이제는 소스라치게 놀랐다. 치타는 완전히 잠이 깨어 어린 동생이 벌써 물속에 들어간 것, 그리고 후추 깡통과 꼬마 요괴 인형을 보더니 자기가 아는 모든 말을 더듬거리며 외쳤다. "아우투벨라! 이빌리무터! 도오드! 도오드! 도오드!" 그러고는 떨리는 작은 손과 발에 용기와 힘을 실어 비단결처럼 곱고 비둘기 부리처럼 귀여운 동생을 향해 다가갔다.

치타는 연이어 "이빌리무터! 이빌리무터!"라고 외치며

온갖 힘을 다해 어린 천사를 악마의 장난감과 소용돌이치는 물결로부터 떼어놓으려 애썼고, 물에 잠긴 나뭇가지를 야수처럼 물고는 더 이상 말은 하지 못하고 오로지 그렇게 버티기만 했다.

가장 먼저 달려온 것은 금발의 개 벨라였다. 마음씨 착한 벨라는 치타의 나막신에 걷어차인 것은 진즉에 잊고 용서해서 치타를 잡으려 했는데, 치타는 자기가 잡히는 대신 벨라에게 어린 천사를 떠밀어주었고, 벨라도 이에 만족했다.

아이들 아빠 렌츠는 뒤늦게 나타나서 모든 걸 보았고 미친 사람처럼 울부짖었으며, 구조된 어린 천사의 몸에 엎어져서 계속 울부짖었고, 지난 일을 금세 다 잊고 물속에 뛰어들어 저주받은 마귀 들린 아이를 구하기 위해 온 힘을 다했다.

그렇지만 물은 이미 오래전에 렌츠의 약속을 들어준 터였고, 렌츠의 예전 주문과 약속을 받아들였으며 그것을 잊으려 하지 않았다. 어쩌면 마귀 들린 늙은이도 마침내 자기 아이가 너무 많은 것을 감내해야 했다는 것을 알았고 렌츠의 비명과 약속을 더 이상 믿지 않고 모든 것을 끝장내려 했던 것일까?

그렇다, 신사가 된 렌츠는 모든 것을 약속했다. 경황이 없어 입으로 약속하지는 못했고, 저주받은 아이가 어린 천사를 밀쳐서 개에게 보내주는 모습을 눈으로 본 것보다 더 많이 느낀 가슴으로 약속했다. 그래서 렌츠는 이제 치타를 친딸처럼 대하려 했고, 난로 뒤 벤치에서 원하는 만큼 얼마든지 잠도 잘 수 있게 허락해주고 모든 것을 진짜 자매간처럼 고루 나눠주려 했다.

하지만 물은 그러길 바라지 않았고, 물속의 누군가는 렌츠보다 힘이 세거나 더 현명해서 마귀 들린 아이가 이 세상에서 어떤 대접을 받고 사는지 익히 예견했기에 아이의 운명을 바꾸려 했다.

렌츠는 꼬마 요괴 인형과 후추 깡통만을 실에서 떼어내 건질 수 있었고, 나중에 머슴 토만도 평소처럼 맨발로 달려와서 벨라가 지키던 어린 천사를 방앗간 안으로 데려다 놓고서 "이 인간아, 그렇게 가만있지 말라고. 저 아래 수문 쪽으로 떠내려갔을 거야!"라고 했을 때에야 두 사람은 뒤늦게 정말 수문 쪽에서 치타를 발견했고, 그다지 힘들지 않게 아이를 물에서 건져 올렸다. 치타는 이미 약속된 운명을 맞았기에 다시 고분고분하고 부드러웠다.

"아이가 자신을 희생했어! 바로 자기 목숨을 바쳤어!" 렌츠는 계속 그렇게 말했고, 그새 달려온 오두막집 아이들은 절망에 빠져서 울고불고하면서 치타를 "자두씨야" 그리고 "꿀단지야"라고 불렀으며, 엄마한테서 배운 온갖 다정한 말을 쏟아냈다.

하지만 이 모든 노력도 아무런 소용이 없었고, 엄마 브르가가 왔을 때 백설 공주는 여전히 죽어 있었다.

브르가는 아이를 어루만지지도 않았고 달콤한 이름을 부르지도 않았으며, 단지 양쪽 눈이 다 유리로 된 것처럼 보였을 따름이다.

렌츠는 보물찾기를 좋아하니 이제 유리눈이 많아진 것에 기뻐할 법도 했다. 하지만 그는 고막을 찢을 듯한 무서운 절규로 자신을 변화시켜서 더 이상 보물을 생각하지 않고 머슴처럼 겸손하게 말했다. "우리 앞으로 함께 견뎌내고, 우리가 살아 있는 동안 아이 영혼의 평온을 위해 기도하자고. 그럴 거지, 브르가?"

그러자 브르가는 렌츠를 멍하게 바라보기만 했고, 이로써 그녀 자신이 분명히 자각하는 정도 이상으로 그를 용서해주었다.

렌츠는 그날 저녁 연로한 신부님을 찾아가서 다음과 같은 말로 자기가 신사라는 것을 보여주었다. "아이에게 성녀나 순교자에 어울리는 추모사를 해줘야 합니다. 모든 것을 제 눈으로 똑똑히 봤으니까요!" 이로써 렌츠는 자기가 어쩌다가 현장에 있었다는 사실을 거리낌 없이 고백한 셈이었다. 하지만 아무도 이 문제에 관해서는 더 이상 묻지 않았고, 아무도 국가공무원 렌츠에게 어두운 치부가 있다고 생각하지 않았으며, 머슴 토만은 입을 다물었다.

이틀 후 오두막집네 첫째와 둘째 아이가 자두씨처럼 귀여운 치타를 후추 깡통, 꼬마 요괴 인형과 함께 묘지로 옮겨 갔다.

연로한 신부님이 이 고장의 전령 렌츠가 너무나 진지하게 부탁한 멋지고 긴 추모사를 막 시작하려는데, 늙은 손이 너무 떨리는 바람에 양손을 얼굴에 갖다 댔고, 그러자 손은 부드러워지고 눈물에 젖어서 무시무시한 정의 따위는 까맣게 잊었다. 신부님이 키운다는 늙은 새들이 신부님 귀에 뭐라고 속삭였는지는 아무도 모를 일이었지만, 신부님은 그저 이런 말만 했을 뿐이다. "아이의 이름은 치타였고, 그런데, 그런데 어린 여동생을 위해 목숨을 바쳤습니다…… 아멘!"

추모사는 그렇게 짧았지만 모두가 만족했다. 장례 비용을 전부 부담한 렌츠도 만족했다.

장례식이 끝나자 렌츠는 신발을 신은 머슴 토만에게 다가가서 말했다. "정말 고맙네, 바르틀-토만. 주님의 이름으로 부탁하는데 제발 나한테 나쁜 감정 갖지 말기를 바라네. 이제 지난 일은 다 정리된 거잖아……?"

"나는 아무것도 할 말이 없어. 내 걱정 하지 말고 오래도록 평안히 살게!" 토만은 그렇게 말하고는 발에 신발을 신었다는 것을 깜박 잊고 모래땅에 신성한 동물을 그리려 했다.

그러자 유리처럼 반짝이는 국경 산악 지대 너머에서 온 사내 렌츠는 전에 없이 기뻤고, 브르가와 어린 천사에게 세상에서 가장 멋진 인생을 마련해주기로 결심했다.

예배당 안에서는 연로한 신부님이 제단 앞에 무릎을 꿇고서 이제 얼마 남지 않은 여생 동안 다시는 어떤 아이에게도 치타나 나폴레옹이라는 이름을 지어주지 않기로 마음먹었다.

브르가는 슬픔에 잠겨 다시 쓰고 독한 담배를 씹고 싶었다. 그런데 저녁에 어린 천사를 품에 안자 뭔가 새로운 것, 연한 것이 그녀의 가슴에 닿는 것이 느껴졌고, 그러자 왈칵 울음을 터뜨리며 렌츠의 마지막 죄를 용서했다.

치타의 무덤 위에 아름답고 값진 묘비와 십자가가 세워지자 누군가가 서투른 어린아이 서체로 묘비에 '이빌리무터'라고 써놓았고, 그 이름을 지우는 사람은 아무도 없었다.

옮긴이 해설

육신의 고통을 이겨낸 영혼의 기록

크리스티네 라반트Christine Lavant(1915~1973)는 한국에 처음 소개되는 오스트리아 여성 작가이다. 한국 독자들에겐 생소한 만큼 먼저 작가의 생애를 소개하고 이 책에 수록된 세 작품을 살펴보기로 하겠다. 라반트의 본명은 크리스티네 톤하우저Thonhauser인데, 고향 동네를 끼고 흐르는 '라반트'강과 계곡의 지명을 필명으로 사용하다가 이름으로 굳어진 것이다. 라반트 계곡은 오스트리아 남부의 알프스 자락에 위치한 광산촌으로, 작가는 광산 노동자인 아버지와 삯바느질하는 어머니 사이에서 9남매의 막내로 태어났다. 생후 한 달째부터 림프 부종으로 얼굴과 온몸에 진물이 나고 합병증으로 시력과 청력을 상실할 위기를 겪었으며, 세 살 때에는 폐렴까지 겹쳐서 죽을 고비를 넘기고 가까스로 살아남았다. 아홉 살 때 클라겐푸르트 병원에 8주 동안 입원해 눈 치료를 받고 시력을 회복했다. 퇴원할 때는 차비가 없어서 60킬로미터를 걸어서 집으로 돌아왔다고 한다. 이 병원에서 라반트는 장차 운명을 바꿀 은인, 안과 의사 아돌프 푸르처Adolf Purtscher를 만나게 된다. 그는 라반트의 눈을 고쳐주어 세상의 빛을 선사했으니 어린 소녀에겐 구세주나 다름없었다. 뿐만 아니라 의사는 아홉 살 소녀에게 글쓰기 재능이 있다는 것을 알아보고 퇴원한 후로도 계속 연락을 취하면서 격려해주었고, 나중에 라반트가 시와 소설을 발표할 수 있도록 출판사를 소개해주는 일까지 도맡았다. 의사의 부인도 함께 거들었고, 그의 딸도 훗날 화가 겸 삽화가로 일하면서 라반트의 문필 활동을 도와주었다. 라반트가 서른세 살에 처음 발표한 중편소설 「어린아이」는 이 당시 병원에서 치료받았던 경험을 바탕으로 쓴 것이다.

열두 살 때 라반트는 종창과 폐결핵으로 건강이 악화되어 고강도의 방사선 치료를 받았다. 다행히 병세는 크게 호전되었지만, 인체에 치명적 영향을 줄 수 있는 위험한 치료여서 오른쪽 반신의 감각이 점차 마비되는 심각한 후유증을 남겼다. 스무 살에는 심한 우울증에 시달리던 중 수면제로 자살을 시도했다가 클라겐푸르트 정신병원에

6주 동안 입원했다. 이때의 체험을 다룬 작품이 「정신병동 수기」이다.

라반트는 초등학교 졸업 후 질병과 가난 때문에 중등학교 진학을 포기하고 10대 중반부터 어머니의 바느질 일거리와 가사 일을 도우면서 틈틈이 그림 그리기와 글쓰기, 독서를 했다. 라반트의 회고에 따르면 당시 독서물은 대부분 통속문학이었지만, 그나마도 글쓰기를 배우고 익히는 데 도움이 되었다고 한다. 신체적 장애와 가난이라는 악조건 속에서도 지적 자양분에 대한 갈증이 그만큼 컸다는 뜻일 것이다.

어머니가 바느질로 생계를 꾸렸듯이 라반트 역시 훗날 작품을 발표한 이후에도 주로 뜨개질과 바느질로 연명했다. 스물두 살 때 37세 연상의 무명 화가 요제프 하베르니히Josef Habernig(1878~1964)를 알게 되어 동거를 하다가 1939년에 정식 결혼을 했다. 1939년은 히틀러가 오스트리아를 점령한 바로 다음 해였다. 하필 그 시점에 뒤늦게 혼인 신고를 한 것은 아마도 나치의 위협을 피하기 위한 자구책이었던 것으로 보인다. 나치는 유대인 학살 이전에 이미 장애인들을 수용소에 가두고 생체실험과 이른바 '안락사'를 자행하는 만행을 저질렀기 때문이다. 나치 점령기(1939~45) 동안 라반트의 고향이 속해 있던 케른텐주州에서만 1,100여 명의 장애인이 희생되었다.

라반트는 10대 후반부터 시와 소설 습작을 시작했다. 10대 말에 지역 신문에 시를 발표했고, 안과 의사 부부의 주선으로 소설을 출판할 기회도 얻었으나 마지막에 출판사의 거절로 무산되고 말았다. 그 후로는 창작을 포기하고 20대에는 뜨개질과 바느질, 형제들의 도움으로 생계를 꾸려갔다. 앞서 말했듯이 나치 점령기에는 장애인 안락사의 공포 때문에 외부와의 접촉을 피하고 뜨개질과 바느질로 연명하며 숨죽여 지냈다. 그 시기를 넘기고 마침내 전쟁이 끝난 후부터 '봇물처럼' 글이 쏟아져 나왔다고 한다.* 그녀에게 글쓰기는 극한의 절망을 견딜 수 있는 유일한 출구였다. 1946년 라반트는 안과 의사의 딸에게 보낸 편지에서 이렇게 말했다.

글을 쓰는 동안에는 행복해요. 물론 글을 쓴다는 것도 상상하기 힘든 어려움을 수반하지만요. [……] 하지만 글쓰기는 제가 가진 유일한 것이죠. 글쓰기는 나의 고통스러운 환부이자 나를 치유해주는 약이랍니다. 나는 글을 쓰면

---

* 처음 발표한 중편소설 「어린아이Das Kind」(1948)는 이틀 만에 썼고, 이듬해 발표한 장편소설 『작은 항아리Das Krüglein』(1949)는 2주 만에 썼다고 한다.

서 웃고 울며, 기도하고 조소하며, 모험을 하고 유희를 하며, 당당해지고 담대해지며, 마침내는 비참해지고 모멸감을 느끼게 됩니다. 이 모든 일이 오로지 글을 쓸 때만 일어나지요. 제가 어떻게 글쓰기 말고 다른 일에 참여할 수 있겠어요?*

요컨대 라반트에게 글쓰기는 현실에서 잃어버린 삶을 보상받을 수 있는 치유의 수단인 동시에 고통스러운 환부를 다시 상기시키는 것이기도 했다. 그래서 작가는 글쓰기를 통해 상상의 모험과 유희로 담대해지면서도 다시 "마침내는 비참해지고 모멸감을 느끼게" 된다.

라반트의 소설은 사회 환경에 의해 왜곡된 인간관계를 예리하게 간파하고, 사회의 주변부로 내몰린 사람들의 고통을 애정 어린 시선으로 보듬는다. 그녀의 문학은 극한의 환경에서 체험한 진실의 증언이다. 그러면서도 경험적 제재에 갇히지 않고 자유자재로 활달한 형식을 구사하며, 외부 세계와 내면을 넘나드는 묘사에 능하다. 오스트리아 작가 토마스 베른하르트Thomas Bernhard는 라반트의 문학을

---

* 유고 소설집에 실린 아만Amann 교수의 후기에서 재인용. *Christine Lavant: Erzählungen aus dem Nachlass*(Göttingen: Wallstein Verlag, 2018), S. 801.

옮긴이 해설

가리켜 "모든 천사들에게 버림받은 한 인간의 원초적 증언이자 세상에 그 진가가 알려지지 않은 위대한 문학"*이라고 일컬었다.

라반트는 1,700여 편의 시와 1,200쪽 분량의 소설을 남겼다. 이번에 소개하는 세 편의 중편소설은 그중에서도 자전적 요소가 두드러진 작품들이다. 「어린아이」와 「정신병동 수기」는 작가 자신이 병원에 입원해 치료받았던 경험을 바탕으로 삼은 것이고, 두 작품에 비해 허구적 색채가 강한 「마귀 들린 아이」 역시 천대받는 장애아를 주인공으로 삼았다는 점에서 작가의 실존적 체험과 무관하지 않다.

「어린아이」

이 작품은 라반트가 아홉 살 때 클라겐푸르트 병원에서 안과 수술을 받고 8주 동안 입원했던 경험을 다룬 것이다. 집필 시기는 1945년 여름에 전쟁이 끝난 후 가을 무렵으로 짐작된다. 그러니까 서른 살이 되어서야 아홉 살 때 병원에서 치료받았던 기억을 되살려 쓴 것이다. 그렇지만 작품

* Christine Lavant, *Gedichte*(Frankfurt a. M.: Suhrkamp Verlag, 1988), S. 91.

에서 그런 시차는 거의 느껴지지 않고 작품 제목처럼 온전히 '어린아이'의 시점으로 서술되어 있다. 소설의 첫 장면은 앞을 제대로 보지 못하는 아이가 바깥세상을 어떻게 인지하는지 잘 보여준다.

긴 복도가 있다. 복도의 좌우로는 흰색으로 칠한 문들이 있다. 흰색으로 칠한 많은 문들. 그 위쪽, 어쩌면 거기서 하늘 언저리가 시작될지도 모를 아득히 높은 그 위쪽은 아무리 눈을 치켜떠도 보이지 않고, 거기에는 뭔가 검은 것이 아른거린다. 이 검은 것이 무엇인지는 아마 죽은 후에나 알게 될 것이다. 죽으면 모든 것을 알게 되니까.(9쪽)

아이는 안과 수술을 받은 뒤 아직 붕대로 눈을 반쯤 가린 상태로 병실에 있으면서 병원 내의 다른 공간으로 통하는 복도를 유리창을 통해 바라보고 있다. 붕대로 가려서 시야에 들어오지 않는 복도 위쪽은 검게 보인다. 그 검은 것이 무엇인지는 죽은 후에나 알게 될 거라고 생각하는 것은 왜일까? 시야의 사각지대가 검게 보이는 것은 단지 붕대로 가렸기 때문만이 아니라, 과연 붕대를 풀면 저 검은 장막이 걷히고 푸른 하늘이 보일까 하는 의구심과 두려움이 가시지 않기 때문이다. 검은 것이 무엇인지 죽은 후에

나 알게 될 거라는 말은 붕대를 풀더라도 시력을 되찾지 못한다면 제대로 보이지 않는 눈으로 평생을 감당해내야 한다는 막막한 두려움을 나타낸다. 아홉 살 어린 소녀가 감당하기에는 너무나 가혹한 두려움이다. 이렇듯 푸른 하늘을 보고 싶은 간절한 소망과 영영 보지 못할지도 모른다는 절망적 두려움이 교차하는 지점에서 라반트의 글쓰기는 시작된다.

아이가 복도 끝에 있는 유리문을 통과해 놀이방으로 들어갈 때 느끼는 두려움에도 희망과 불안이 교차한다. 유리문을 통과할 때마다 아이는 낭만주의 작가 빌헬름 하우프 Wilhelm Hauff(1802~1827)의 동화「난쟁이 코」를 떠올린다. 이 동화에서 아름다운 소년 야코프는 사악한 마술사의 마술에 걸려 흉측한 코가 달린 난쟁이로 변하지만, 결국 마술사의 착한 딸의 도움을 받아 다시 본래 모습으로 돌아온다. 아이가 이 동화를 떠올리는 것은 자신이 유리문을 통과할 때 동화 속의 소년처럼 흉하게 둔갑하지 않을까 두렵기 때문이다. 그렇지만 아무 탈 없이 유리문을 지나가면 안도하면서도 은근히 실망한다. 앞을 제대로 보지 못하는 처지이니 더 나빠질 두려움보다는 나아지길 바라는 기대가 더 크기 때문이다. 동화 같은 기적이 일어나 눈이 깨끗이 낫기를 바라지만, 기대가 충족되지 않으니 실망하는 것이다. 결국 아무리 근사한 동화적 상상도 아픈 몸을 잊게 하지는 못한다. 아이는 동화의 세계에서 위로를 받긴 해도 동화 속으로 달아나지는 못한다. 앞을 보지 못하니 오히려 동화의 나라로 날아갈 법도 하지만, 아픈 몸을 자각하는 아이 나름의 자의식은 그런 도피를 허용하지 않는다.

그렇지만 고만고만한 아이들이 모여 있는 소아 병동에서는 진짜 동화 같은 기적도 일어난다. 이를테면 수녀님이 찌그러진 공을 뜨거운 물에 담그면 신기하게도 공이 다시 부풀어 올라 탱탱해진다. 이것을 지켜보는 아이는 자신의 눈도 낫고 얼굴에 번진 종기도 깨끗이 낫는 모습을 상상한다. 그리고 평소에 자기를 놀려대는 동급생 아이들에게 위대한 마법사의 기적으로 병이 나았노라고 둘러댈 상상도 한다. 또한 엄마가 마법사의 재킷을 바느질로 기워주어서 그 보답으로 마법사가 병을 고쳐주었노라고 자랑할 궁리도 한다. 그렇지만 아이는 다시 이런 상상을 취소한다. 이유는 간단하다. 그런 상상은 거짓인 까닭이다. 어린 마음에도 그런 거짓을 거부하는 것은 자신의 혹독한 병이 마법 같은 기적으로는 치유될 수 없음을 잘 알기 때문일 것이다. 또한 삯바느질로 가족의 생계를 꾸리는 엄마의 정직한 노동이 마법사의 옷을 기워주는 불순한 부역으로 비하되는 것은 용납할 수 없다.

옮긴이 해설

그런데 아이가 동화적 상상이나 마법의 세계로 도피하지 않는 결정적인 이유는 따로 있다. 의사 선생님이 자신의 병을 고쳐줄 거라고 철석같이 믿기 때문이다. 실제로 아홉 살 때 눈을 치료해준 그 의사가 이 작품에도 구세주처럼 등장한다. 다른 아이들이 감히 의사 선생님 놀이를 하는 것도 '성령에 대한 모독'이라 여길 만큼 의사 선생님에 대한 믿음은 절대적이다. 그러나 치료를 마치고 집으로 돌아가기 전에 의사 선생님이 보여준 태도에서 아이는 다시 어쩔 수 없이 미묘한 거리감을 느끼게 된다. 아이의 집이 찢어지게 가난하다는 것을 익히 아는 의사는 그럼에도 아이의 언니가 "리본 달린 모자를 쓰고 숙녀 행세를" 한다고 핀잔을 주는 것이다. 의사의 이런 말에 아이는 "갑자기 세상의 모든 유리가 깨지는 것처럼" 충격을 받는다. 사실 언니의 리본은 엄마의 바느질 손님이 선물로 준 낡은 블라우스를 오려서 만든 것이다. 아이가 억울해하는 이유는 그런 가난이 부끄러워서가 아니라, 구세주처럼 받들던 의사 선생님이 언니가 분수를 모르고 '숙녀 행세'를 한다고 모욕했기 때문이다. 그럼에도 아이는 의사 선생님이 언니의 리본이 만들어진 사연을 몰라서 그렇게 말했으니 죄가 아니라고 마음으로 용서해준다. 아니, 용서해준다기보다는, 마침내 언니와 엄마가 자기를 데리러 온 것을 보고 눈물을 쏟으며 맺힌 마음이 풀린다. 그리고 하느님이 "그(의사 선생님)는 의로운 사람이다!"라고 외치는 소리를 듣게 된다. 하느님도 감동시킨 진짜 기적은 사랑하는 엄마와 언니의 품으로 돌아가는 것이다. 몹쓸 병에 시달리고 학교 친구들에게 손가락질당해온 아이에겐 병이 낫고 따뜻한 가족의 품에 안기는 것이 곧 구원의 기적이다. 이 작품은 건강한 사람에겐 잊히기 쉬운 작은 행복의 소중함을 어린아이의 눈높이로 잔잔히 서술하고 있다. 1948년 출간 당시 『클라겐푸르트 신문』은 다음과 같은 서평을 실었다.

> 동시대 문학에서 청소년기 체험에 대한 묘사가 이 작품만큼 심리적으로 설득력 있는 경우는 드물다. 극히 독창적인 언어, 환상으로 가득한 저주와 주문呪文, 사람들 사이의 마찰, 삶에 대한 굶주림, 가난의 충격 등이 생생히 눈앞에 펼쳐지며, 신세 타령을 하거나 시적으로 과장하지 않고 자명한 것처럼 묘사된다. 이것은 삶 자체를 글로 옮겨놓은 것이라 할 수 있는데, 물론 비범하게 강렬한 판타지로 관찰한 삶이다. 여기서 이 아이들은 죄와 벌을 가차 없이 가혹하게 경험하는데, 그 준엄한 묘사는 더러 위대한 러시아 작가들이 인간의 영혼을 한 올씩 풀어내는 방식을 떠올리게 한다. *

옮긴이 해설

「정신병동 수기」

이 작품은 1946년 가을에 집필했는데, 출판사는 이 소설의 출판을 원했지만 작가가 끝내 거부해 사후에야 출간되었다. 작가 생시에 출간을 꺼렸던 것은 자신의 깊은 트라우마와 직결되는 체험을 다루고 있기 때문이다. 라반트는 1935년 스무 살이 되던 해에 심한 우울증으로 자살을 시도했다. 수면제 과다 복용으로 사흘 동안 혼수상태에 빠졌다가 깨어났고 열두 살 때 방사선 치료를 해주었던 의사의 권유로 정신병원에 6주 동안 입원했다. 그러고서 다시 10여 년이 지난 후 정신병원 안에서 겪었던 일을 소설로 쓴 것이다. 그렇지만 스무 살에 겪었던 일을 나중에 회고하는 형식이 아니라, 자신의 체험을 가감 없이 기록하려는 '수기' 형식을 취하고 있다.

정신병원 안에서는 보통 사람의 상식과 상상을 초월하는 온갖 일들이 일어난다. 가령 '십자가에 매달린 여자'의 경우 자신이 딛고 있는 바닥이 금방이라도 무너질 거라는 공포심 때문에 벽에 고정된 쇠사슬에 양손을 묶인 채 벽에

---

* 아만 교수의 후기에서 재인용. *Christine Lavant: Zu Lebzeiten veröffentlichte Erzählungen*(Göttingen: Wallstein Verlag, 2018, S. 806.

몸을 기대고 서 있어야만 한다. 그럴 때면 제발 예수 그리스도처럼 죽여달라고 울부짖는다. 여자는 도대체 어떤 기구한 사연으로 이렇듯 십자가에 매달리는 형벌을 받고 있는 것일까? 간호사의 말에 따르면 이 여자는 평형기관 장애로 인해 똑바로 설 수 없는 것인데, 그녀의 구체적인 사정은 작품에 드러나지 않는다. 이러한 이해 불가능성은 여자가 겪은 가혹한 운명이 그 누구에 의해서도 이해받지 못했음을 방증한다. 바로 그러한 절대적 고립이 이 병원에 갇힌 환자들의 공통된 운명이다. 비록 정도와 양상이 다르긴 하지만 이들은 모두 위로받지 못하고 이해받지 못하는 자기만의 고통에 시달리는 희생자들이다.

그런데 병원 내부에 대한 묘사를 보면 바깥 사회와 다르지 않은 분위기도 감지된다. 특히 엄격한 위계질서는 사회 전반의 계급 구조를 옮겨놓은 축소판처럼 보인다. 환자들은 간호사와 관리자들의 명령에 무조건 복종해야 한다. 명령에 불복하면 이른바 '구속복'을 입혀서 꼼짝도 못 하게 만든다. 영화에서 가끔 보듯이 구속복은 극악한 흉악범에게 가해지는 형벌이다. 그런데 환자들 가운데 왕초 노릇을 하는 '여왕'은 구속복으로 위협해도 끄떡도 않을 정도로 배짱이 좋다. 그러니까 이 병원은 사실상 감옥과 다름없다. 그래서인지 환자들 사이의 차별도 극심하다. 예컨대 주인공 겸 화자인 '나'는 지방 관청에서 입원 치료비를 전액 지원받는 '3등급 환자'로 분류되어 있다. 그런가 하면 자비로 병원비를 지불하는 '2등급 환자'들은 자기들끼리만 어울리는 폐쇄적인 집단이다. 릴케의 시를 읊조리며 배우지 못한 무지렁이들을 주눅 들게 하는 식자층도 있다.

화자인 '나'는 병원 안에서 벌어지는 기상천외한 일들을 관찰·기록하고 있으므로 환자들과는 달리 정신이 말짱해 보인다. 그렇지만 우울증을 견디지 못해 자살 시도를 하고서 병원에 입원했으니 딱히 온전하다고 할 수도 없다. 실제로 다른 환자들과 의사들은 '나'가 실연에 비관해서 자살하려 했다고 지레짐작한다. 그런데 공교롭게 '나'의 형부가 종종 면회를 오자 사람들은 형부에 대한 이룰 수 없는 사랑 때문에 '나'가 자살을 시도한 거라고 믿기에 이른다. 이로써 '나'는 비로소 진짜 환자로 인정받는 아이러니한 사태가 벌어진다.

이런 상황에서 '나'는 과연 자신의 진심이 응답받을 수 있을지 도발적인 시험을 한다. 오래전에 자신을 치료해주었던 의사 선생님에게 얼굴을 들이밀고 "키스해주세요!"라고 요구하는 것이다. 이 의사는 작가가 열두 살 때 방사선 치료를 해주었고 또 정신병원 입원을 권유했던 바로 그 의사로 짐작된다. 감성이 예민한 사춘기 소녀에게 그런 은인은 지극한 고마움을 넘어 색다른 감정을 불러일으킬 법도 하다. 그런데 스무 살이 되도록 그런 감정을 키워온 것은 달리 감정을 해소할 출구가 없었기 때문일 것이다. 그러니까 '나'의 도발적 행동은 딱히 의사에 대한 감정의 표현이라기보다는 자신을 고립 속에 가두어놓은 사방의 벽을 깨부수고 싶은 몸부림에 가깝다. 의사의 무덤덤한 반응에 대한 '나'의 격렬한 반응도 그런 맥락에서 이해된다.

키스해달라는 '나'의 요구에 의사는 코감기가 걸렸다는 이유로 마스크를 쓰고 '나'의 이마에 '아버지 같은' 키스를 해준다. 이 사건으로 '나'는 사흘 동안 줄곧 울기만 하고 간호사의 말을 듣지 않아 '구속복'을 입기 직전까지 갔다고 묘사된다. 이로 인해 사람들은 '나'를 진짜 미쳤다고 여기지만, 그럼에도 '나'는 이 참담한 좌절을 통해 나름의 깨달음을 얻는다. 이곳 병원에 갇힌 채 기이한 행동을 하는 환자들은 '인공 불빛' 주위를 맴돌며 춤추는 불나비와 같다는 것이다. 세상을 환하게 비추는 진짜 사랑의 불빛이 없어도 사랑에 목마른 이들은 자신의 상상이 만들어낸 '인공 불빛'에 이끌려 불나비처럼 춤춘다는 뜻이다. 사랑에 대한 갈망이 워낙 간절해서 그들은 보통 사람들이 듣지 못하는 '목소리'를 듣는다. 그래서 미친 사람 취급을 당하는 것이다. '나'는 그렇게 마음이 아픈 사람들을 여기까지는 이해했으니 그만큼은 성숙한 셈이다. 그러나 '나'는 아직 그들처럼 '목소리'를 듣는 경지에는 이르지 못했으니 그들의 아픔을 온전히 이해한 것은 아니라고 겸손하게 고백한다.

이 모든 이야기는 '나'의 체험적 기록이다. 글쓰기를 통해 '나'는 자신보다 훨씬 더 절망적인 상황에 몰려 있는 타인의 고통을 차츰 이해하게 되고, 그 과정에서 자신의 고통을 객관화할 수 있는 자기 성찰에 도달한다. 그런 의미에서 '나'의 글쓰기는 자기 인식과 치유의 과정에 해당한다.

이와 관련하여 작품에서 묘사하는 의사들이 두 유형으로 나뉘는 것에 주목할 필요가 있다. 이해심이 깊은 주임 의사는 '나'의 글쓰기를 장려하고 배려해준다. '나'의 글쓰기가 고통의 유일한 출구이자 치유 수단이라는 것을 잘 알고 있기 때문이다. 이와 달리 '법원 소속 정신과 의사'는 '나'에게 '광산 노동자의 딸'인 주제에 학교를 다니고 글을 쓰려고 하니 쓸데없는 망상에 빠져서 자살 시도를 한 거라고 독설을 쏘아댄다. 그 '법원 소속' 의사가 심지어 '나'를 정신병원에 1년 더 가두어두어야 한다고 주장했다는 서술로 소설은 끝난다. 그러니 짐작건대 주임 의사의 배려가 없었더라면 '나'는 1년 더 정신병원에 갇히는 신세를 면하기 어려웠을 것이고, 아마도 '나'는 진짜 미쳤을 가능성을 배제할 수 없다. 불과 6주 만에 '나'는 다른 환자들에게 '진짜 미친' 여자로 인정받을 만큼 잘 '적응'했으니 1년 더 갇혀 지내면 다른 환자들과 똑같이 분류되어 사회적응 '부적격' 판정을 받을 것이기 때문이다. 그러면 '나'의 병세는 더욱 악화되어 사회 복귀는 영영 불가능해질 것이다.

이 끔찍한 가상 시나리오는 실제로 작가 라반트가 정신병원에서 퇴원한 후 5년 뒤부터 자행된 나치의 잔혹사와 연결된다. 라반트가 입원했던 바로 그 정신병원에서 1940년부터 전쟁이 끝난 1945년까지 1,100여 명의 환자들이 이른바 장애인 안락사 프로그램에 의해 살해되었다.[*] 나치는 유대인 학살 이전부터 '살려둘 가치가 없는 생명 lebensunwertes Leben'을 제거한다는 악법까지 제정하여 수많은 장애인들을 강제 수용소에 감금하고 학살을 자행했는데, 나치에 점령된 오스트리아에서도 똑같은 만행이 벌어졌던 것이다. 전쟁이 끝난 이듬해 1946년 3월 20일부터 4월 3일까지 작품의 배경이 되는 하르트하임Hartheim 정신병원의 학살 관련자 15명에 대한 전범 재판이 열려서, 병원장은 사형 선고를 받고 바로 집행되었다. 라반트가 이 소설을 쓴 것은 1946년 가을이니 당연히 그런 사실을 알

---

[*] 아만 교수의 후기에서 재인용. *Christine Lavant: Aufzeichnungen aus dem Irrenhaus*(Göttingen: Wallstein Verlag, 2016), S. 109.

고 있었다. 비록 작품에서 직접 언급되지는 않지만, 이런 역사적 사실을 알고 있는 독자라면 감옥과 다름없는 비인간적 억압 구조에서 조만간 닥쳐올 나치의 만행을 떠올리지 않을 수 없을 것이다. 훗날 라반트는 그 어두운 과거사를 떠올리며 지인에게 보낸 편지(1962년)에서 "나는 언제나 모든 수인囚人들과 고문당한 사람들, 정신적 장애인들을 생각합니다"*라고 했다. 작가 자신의 지극히 개인적인 체험의 기록인 「정신병동 수기」는 그런 맥락에서 나치의 야만적 폭력에 희생된 사회적 약자들에 대한 추모의 기록이기도 하다.

「마귀 들린 아이」

이 작품은 1946년경 집필한 것으로 추정된다. 작가 생시에는 발표되지 않다가 사후 1999년에야 처음 출간되었다. '마귀 들린 아이'로 옮긴 제목 Wechselbälgchen의 문자적 의미는 '바꿔친 아이'라는 뜻이다. 이 말은 서양 중세부터 기형아가 태어나면 마귀가 몰래 갓난아이를 바꿔치기

---

* 같은 책, S. 112.

한 거라고 믿었던 전설 내지 미신에서 유래한다. 빈곤층의 열악한 생활환경에서 기형아가 태어나면 '악마의 저주' 때문이라고 믿고 싶었던 것이다. 그러나 일단 그렇게 낙인을 찍으면 마귀를 몰아낸다는 구실로 온갖 가혹 행위가 자행되고 정당화되었다.

이 작품은 중세부터 전해오는 그런 전설을 이야기의 얼개로 빌려 오고 있지만, 이야기의 현실적 배경은 매우 구체적이다. 외눈박이 하녀 브르가Wrga의 어린 딸 치타Zitha는 말을 할 줄 모르는 장애아이다. 모녀의 가혹한 운명은 브르가가 어릴 적부터 당한 모진 학대에서 비롯된다. 어린 시절부터 농가의 하녀로 일한 브르가는 한겨울에도 추운 문간에서 자고, 체벌로 온몸에 찬물을 뒤집어쓰고, 구타를 당하기 일쑤였다. 이로 인해 류머티즘에 걸렸고, 그 통증을 견디지 못해 담배를 씹어야 했다. 뱃속에 브르가를 가진 후에도 통증 때문에 담배를 끊지 못했고, 결국 장애가 있는 딸이 태어나고 말았다. 브르가가 한쪽 눈을 잃은 사연도 참혹하다. 치타를 갖기 전에 브르가는 농가 주인이 겁탈해서 아이를 가졌고, 주인은 아이를 지우려고 브르가에게 건초더미에서 뛰어내리라고 시켰는데, 발을 헛디뎌서 쇠스랑에 눈이 찔려 실명하게 된 것이다.

머슴 렌츠Lenz의 등장과 더불어 브르가와 치타 모녀의 운명은 중대한 변화를 맞게 된다. 미신과 무속신앙에 빠진 렌츠는 오래전 꿈속에서 '유리눈'의 여자를 만나면 머슴 신세에서 벗어나 팔자를 고칠 수 있다는 '예언'을 들었던 터이다. 그런데 브르가의 인공 눈이 바로 유리눈이니 팔자를 고쳐줄 임자를 만났다고 믿는다. 브르가는 렌츠의 그런 속내는 모르지만 어쨌거나 오갈 데 없는 자신에게 호감을 보이며 접근해오는 렌츠를 마다할 이유가 없었고, 두 사람은 결혼을 하기에 이른다. 결혼 직후 동네 신부님이 렌츠에게 우편배달부 자리를 주선해주어 렌츠는 어엿한 '공무원' 신분의 '신사'가 되었으니 꿈속의 예언 이상으로 팔자를 고친 셈이다. 머슴 시절에는 농가의 외양간에서 기거하다가 우편배달부가 된 이후로는 시냇가의 물레방앗간을 임대하여 살림도 독립하게 되었다. 그리고 부부는 천사처럼 예쁜 딸 막달레나도 얻어 남부러울 게 없어 보인다. 그러나 렌츠는 여전히 치타가 마귀 들린 아이라는 맹신을 버리지 못해 브르가가 집을 비운 사이에 흉계를 꾸미고, 치타는 희생된다.

'마귀 들린 아이'라는 미신적 소재는 중세적이다. 그러나 작품의 실상이 그렇지 않다는 것은 신부님이 브르가의 딸에게 '치타'라는 이름을 지어준 배경 설명에서 명확히 드러난다. 작품 첫머리에 "그 이름은 나라를 배신한 여왕의 이름과 똑같은데, 벌로 그렇게 지어준 거라고"(179쪽) 묘사된다. 여기서 말하는 '여왕'이란 오스트리아 합스부르크 왕조의 마지막 황후 치타Zita(1892~1982)를 가리킨다. 치타 황후는 1차대전 말기에 오스트리아가 프랑스·영국 연합군과 종전 평화협상을 하도록 막후 외교에 관여했다는 이유로 '매국노'라고 불리며 온 국민의 비난을 받았다. 그런데 어째서 촌구석 미천한 하녀의 딸이 그런 엄청난 '매국노'의 이름으로 단죄된 것일까? 그 이유 역시 작품에서 분명히 설명된다. "아비 없는 자식을 낳는 것도 대죄였다"(179쪽)는 것이다. 가톨릭에서 '대죄'란 지옥에 떨어지는 무거운 죄악을 가리킨다. 그러니까 아비 없는 자식이라는 이유만으로 나라를 팔아먹은 매국노에 버금가는 중죄인으로 단죄되는 것이다. 게다가 치타는 신체적 장애에다 말을 못 하는 장애까지 안고 있어서 '마귀 들린 아이', 다시 말해 마귀의 자식이라는 낙인까지 찍힌다.

결국 치타에게 가해지는 폭력은 당대의 극단적 국수주의 이데올로기와 장애아를 악마로 취급하는 극단적 차별이 유착된 것이다. 바로 이 지점에서 작가의 첨예한 현실 인식이 드러난다. 온갖 학대를 당하면서도 어린 동생을 위해 자신을 희생한 소녀 치타의 고결한 희생을 통해 작가는 이 순결한 영혼을 마귀로 단죄한 진짜 악귀들이 들끓는 사악한 시대를 준엄하게 비판하고 있다. 작가는 그러나 이 무거운 주제를 오스트리아 산간 벽촌에서 벌어지는 하녀와 머슴의 이야기로 담담하게 풀어냄으로써 오히려 대도시의 중심부 문학이 보지 못하는 현실의 어두운 이면을 개성적인 필치로 그려내고 있다. 중세적 미신이 현대의 야만과 결탁한 가공할 폭력은 지극히 평범한 일상에 잠복해 있다가 한순간 치명적인 비극을 불러온다.

이 작품에서 특히 돋보이는 것은 섬세한 언어 감각이다. 말을 못 하는 치타가 동네 꼬마들한테서 배운 언어는 모두 네 마디이다. 처음 배운 말은 아이들이 놀이를 할 때 '뒤로 돌아!'라는 구령으로 외치는 '돌아um!'라는 단어이다. 아마도 um이라는 철자가 단순하고 또 아이들의 놀이에 함께 참여하고 싶은 간절함 때문에 자기도 모르게 말문이 트였을 것이다. 그런데 치타가 "돌아!"라고 말하자 아이들은 "섬뜩하고도 잘못된 일이 벌어진 것만 같았다"는 두려움에 휩싸이고 "이 일을 누구에게도 말해선 안 된다는 것을 깨달았다"(192쪽)라고 묘사된다. 어째서일까? 이 아이들은 치타를 불쌍히 여겨 함께 놀이에 끼워주고 애틋하게 챙겨준다. 그렇다면 말 못 하던 치타가 드디어 말문을 열었으니 누구보다 반겨야 하지 않을까? 그 반대로 아이들이 질겁한 것은 치타는 말을 하면 안 되는 존재이기 때문이다. 그러니까 치타가 말을 하면 그 말은 마귀의 언어로 간주되고, 마귀의 자식임을 실토하는 것으로 단정되기 때문이다. 이 무지막지한 미신을 아이들도 알기 때문에 치타를 지켜주려고 함구하는 것이다. 가공할 미신은 이런 식으로 아이들의 순수한 놀이까지도 검열한다.

치타가 할 수 있는 몇 안 되는 말 중에 '이빌리무터Ibillimutter'라는 말도 아이들 놀이에서 배운 것인데, 놀이에서 치타가 엄마 역할을 할 때 '내가 엄마야'라는 뜻으로 표현한 것이다. 실제로 '무터'는 '엄마'라는 뜻이므로 누구나 그 말뜻을 알아들을 수 있다. 그럼에도 렌츠는 드디어 마귀의 자식이 이름을 자백했노라고 확신한다. 치타를 해치려는 렌츠의 흉계 때문에 사고가 발생하고, 위험에 처한 어린 동생을 향해 치타는 "이빌리무터!"라고 외친다. 엄마의 심정으로 어린 동생을 구하겠다는 이 절박한 외침은 어린 치타의 영혼과 육체에 가해진 가혹한 폭력의 상처를 뚫고 나온 처절한 절규이자 폭력적 편견과 혐오를 단숨에 무너뜨리는 사랑의 호소이다.

옮긴이 해설

작가 연보

1915년	오스트리아 남부의 알프스 골짜기 라반트탈Lavanttal에서 9남매 중 막내로 태어남. 아버지는 광산 노동자였고 어머니는 농부들을 상대로 삯바느질을 했음. 생후 5주 만에 가슴, 목, 얼굴에 림프 부종이 발병하고, 실명 위기에 처함. 세 살 때 합병증이 폐렴으로 번져서 그 후 거의 매년 재발함. 네 살 때 생존 가망이 거의 없다는 판정을 받음.

1924년(9세)	클라겐푸르트 병원에 입원하여 눈 치료를 받은 뒤 시력을 회복함. 이때의 경험이 나중에 첫 중편소설 「어린아이Das Kind」(1948)로 발표됨. 어린 소녀의 문학적 재능을 알아본 치료 의사로부터 릴케 시집을 선물받고, 퇴원 후 60킬로미터를 걸어서

	귀가함. 이때 치료해준 의사와 그 부인, 딸이 평생 후원자로 가까이 지냄.
1927년(12세)	림프 부종과 폐결핵이 악화되어 고강도의 위험한 방사선 치료를 받음.
1929년(14세)	초등학교 졸업. 중등학교는 등굣길이 너무 멀어 포기하고, 이때부터 어머니의 집안일을 도우며 바느질을 하고, 그림 그리기, 글쓰기, 독서에 심취함. 뜨개질과 바느질은 나중에 평생 생계 수단이 되었음.
1930년(15세)	중이염으로 청력을 거의 상실함.
1931년(16세)	안과 의사 부부의 주선으로 제목 미상의 첫 소설을 그라츠의 라이캄 Leykam 출판사에 보냄. 출판사는 처음에는 긍정적인 반응을 보였으나 이듬해에 출판을 거절함. 이에 낙담하여 이때까지 쓴 것을 모두 폐기하고 절필함. 10대 말에 지역 신문에 몇 편의 시를 발표함.
1935년(20세)	심한 우울증으로 수면제로 자살을 시도했다가 클라겐푸르트 정신병원에 6주 동안 입원함. 이때의 체험이 중편소설「정신병동 수기Aufzeichnungen aus dem Irrenhaus」(2001)로 사후에 출간됨.
1937년(22세)	화가 요제프 하베르니히Josef Habernig(1878~1964)를 알게 되어, 1939년 결혼.

작가 연보

1938년(23세) 아버지와 어머니 사망으로 부모님 집에서 나오고, 뜨개질과 바느질, 형제들의 도움으로 생계를 꾸림.

1945년(30세) 2차대전이 끝난 후 다시 글쓰기 시작. 여성 시인 파울라 그로거Paula Grogger, 평론가 빅토르 쿱차크Viktor Kubczack 등의 주선으로 시 작품을 출판사에 보냄. 소설도 써보라는 쿱차크의 권유로 중편소설「어린아이」를 이틀 만에 집필.

1946년(31세) 20세에 정신병원에 입원했던 자신의 체험을 바탕으로「정신병동 수기」집필. 출판사는 이 소설을 출판하기를 원했으나, 작가가 끝내 거부하여 출간되지 못하고 사후에 출간됨.

1948년(33세) 슈투트가르트의 브렌타노Brentano 출판사에서 『낮으로 향한 밤Die Nacht an den Tag』이라는 제목으로 시집 교정쇄까지 나왔으나 교정쇄가 분실되어 출간 무산됨. 중편소설「어린아이」가 단행본으로 출간됨.

1949년(34세) 작가가 출생한 무렵 가족과 동네 이야기를 다룬 장편소설『작은 항아리Das Krüglein』출간. 이 작품으로 라반트의 실명과 정체가 밝혀지면서 고향 동네 사람들을 곱지 않게 묘사한 것 때문에 곤욕을 치름. 첫 시집『미완의 사랑Die unvollendete

	Liebe』 출간.
1950년(35세)	장크트파이트 문화 주간에 시 낭송을 하여 크게 주목받음.
1954년(39세)	게오르크 트라클Georg Trakl 문학상 수상.
1956년(41세)	『노이에 도이체 헤프테*Neue Deutsche Hefte*』가 주관한 시 공모전에서 2위 입상.
1961년(46세)	오스트리아 문학 진흥 기금을 받음.
1964년(49세)	게오르크 트라클 문학상, 안톤-빌트간스Anton-Wildgans 문학상 수상.
1970년(55세)	오스트리아 국가 문학 대상 수상.
1973년(58세)	뇌졸중으로 사망.
1999년	1946년경 집필한 것으로 추정되는 『마귀 들린 아이*Das Wechselbälgchen*』 출간.
2001년	『정신병동 수기』 출간.
2015년	'국제 크리스티네 라반트 학회' 창립.
2016년	크리스티네 라반트 문학상 제정.
2018년	라반트 작품 전집 전 4권(각 권 8백여 쪽) 간행(로베르트 무질Robert Musil 연구소 소장 클라우스 아만Klaus Amann 교수가 책임 편집).